W0289334

DUMONT NOIR

Die Originalausgabe erschien unter dem Titel
Scarface *bei Clode*
© *1930 Armitage Trail*

Deutsche Erstausgabe

Die Deutsche Bibliothek – CIP-Einheitsaufnahme
Trail, Armitage:
Scarface / Armitage Trail.
Christian Jentzsch (Übers.). – Köln : DuMont, 1999
(DuMont Noir; Bd. 14) Einheitssacht.:
Scarface <dt.>
ISBN 3-7701-5016-3

Erste Auflage 1999
© *1999 für die deutsche Ausgabe: DuMont Buchverlag, Köln*
Alle Rechte vorbehalten
Umschlag- und Reihengestaltung: Grootbuis & Consorten
Gesetzt aus der Elzevir und der Antique Olive
Gedruckt auf säurefreiem und chlorfrei gebleichtem Papier
Satz: Greiner & Reichel, Köln
Druck und Verarbeitung: Clausen & Bosse, Leck

Printed in Germany
ISBN 3-7701-5016-3

Armitage Trail

Scarface

DuMont Noir 14

Mit einem Nachwort von Martin Compart

Aus dem Amerikanischen übersetzt von Christian Jentzsch

Für Leo Margulies

Armitage Trail war ein Pseudonym des amerikanischen Autors Maurice Coons. Als Sohn eines Konzertagenten geboren, der die Tourneen der New Orleans Opera Company organisierte und außerdem Möbel und Getreidesilos herstellte, verließ Maurice Coons mit 16 die Schule, um sich ganz dem Schreiben zu widmen. Mit 18 verkaufte er bereits Geschichten an Magazine, Anfang 20 schrieb er unter einer Reihe verschiedener Namen ganze Ausgaben diverser Detektivgeschichten-Magazine. Und mit 28 – nachdem er nach New York gezogen war, um mehr Geschichten zu schreiben, und von dort aus nach Hollywood – um Drehbücher für Filme zu schreiben – starb er nach einem Herzanfall im Paramount Theater in Los Angeles.

Bei seinem Tod wog er 315 Pfund, hatte einen buschigen braunen Schnurrbart und trug Borsalino-Hüte mit Barrymore-Rand. Seinem Bruder Hannibal Coons, der komische Geschichten schrieb, war ein längeres Leben beschieden.

Maurice Coons sammelte den Stoff für *Scarface*, als er in Chicago wohnte, wo er viele der einheimischen sizilianischen Gangs kennenlernte. Ein paar Jahre verbrachte Coons mit seinem Freund, einem Rechtsanwalt, viele Nächte mit Recherchen in der Bandenszene und die Tage im Sonnenzimmer seiner Wohnung in Oak Park, wo er *Scarface* schrieb. Er ist Al Capone tatsächlich nie begegnet, der die Inspiration für seinen unsterblichen Charakter war, obwohl Capone noch lebte, als das Buch veröffentlicht wurde.

Als Howard Hughes die Verfilmung des Romans plante, wollte Coons, daß Edward G. Robinson wegen seiner Ähnlichkeit mit Capone die Hauptrolle übernahm, doch es endete damit, daß Paul Muni Scarface spielte, ein Mann mit einem ganz anderen Äußeren. Der Autor erlebte die Premiere des Films nicht mehr, Al Capone hingegen schon, und Drehbuchautor Ben Hecht mußte mit Engelszungen auf dessen Leute einreden, um sie davon zu überzeugen, daß *Scarface* sich nicht auf Capone bezog. 1983 wurde das Buch von Brian de Palma mit Al Pacino in der Hauptrolle neuverfilmt.

Armitage Trails einziger anderer überlebender Roman ist *The Thirteenth Guest* (1929). Beide Romane sind Vorläufer der Hardboiled-Krimis und *Black-Mask*-Magazine.

1

Tony Guarino, der dazu ausersehen war, der bedeutendste aller berüchtigten Bandenführer Amerikas zu werden, war achtzehn, als er sein erstes Kapitalverbrechen beging. Und wie so oft war der Grund dafür eine Frau.

Aber was für eine Frau! Wie er dort in der dunklen Gasse stand, die von der blechernen Bühnentür des billigen Varietés zur Hauptstraße führte, konnte Tony sich mühelos erinnern. Eine hochgewachsene, stattliche Blondine mit goldenen Haaren, einer rosig weißen Gesichtsfarbe und langen, grazilen weißen Beinen. Aus dem Publikum hatte er diese Beine oft angestarrt, während sie sich durch die Vorstellung tanzte, und sie riefen immer ein prickelndes Kribbeln in ihm wach, das ihm den Atem raubte.

Die Bühnentür öffnete sich plötzlich, und ein Schwall gelblichen Lichts fiel auf die Menge düsterer, zu vornehm gekleideter Männer und Burschen, die wie so viele Wölfe auf die Beute dieser Nacht warteten. Dann schlug die Tür mit dumpfem Knall zu, so daß die Gasse wieder in Dunkelheit getaucht wurde, und eine junge Frau huschte rasch durch die Menge, scheinbar ohne die Hände, die nach ihr griffen, um sie festzuhalten, und die rauhen Stimmen, die unverschämte Einladungen aussprachen, zur Kenntnis zu nehmen.

Sie war es! Niemand außer Vyvyan Lovejoy benutzte dieses spezielle schwere, sinnliche Parfüm. Tony stürzte ihr hinterher zu den Lichtern und dem Lärm der Hauptstraße.

Sie blieb auf dem Gehweg stehen, eine geschmeidige, schlanke Gestalt, an der reichlich unechter Schmuck glitzerte, in einem auffälligen leuchtend grünen Kostüm mit einem Rock, der sowohl zu kurz als auch zu eng war. Leute mit der richtigen Perspektive hätten in ihr das falsche und gefährliche Fanal der Verlockung erkannt, das sie war, aber für Tony war sie wunderbar, etwas, das es zu verehren und zu besitzen galt.

Er trat neben sie und nahm seine Mütze ab. Das war eines der Dinge, die er im Kino gelernt hatte, der einzigen Erziehung in Gesellschaftsdingen, die er je genossen hatte.

»Guten Abend, Miss Lovejoy.«

Sie wandte ihm das Gesicht zu, das er so bezaubernd fand. Er konnte nicht sehen, daß dessen Farbe ebenso unecht war wie ihr Schmuck, konnte die Spuren der Ausschweifung nicht sehen, die unter der Schminke und dem Puder lagen, bemerkte weder die harten grausamen Linien rings um den grellroten Mund noch die rücksichtslose Gier in der gepuderten, ziemlich großen Nase. Während sie ihn von oben bis unten betrachtete, nahm ihr gefühlloses, anmaßendes Gesicht einen Ausdruck der Verachtung an, und ein merkwürdiges Funkeln trat in ihre grünen Augen.

»Du!« sagte sie. »Schon wieder.«

»Nein – immer noch.« Tony lachte über die seiner Ansicht nach äußerst witzige Bemerkung. »Und ich werde auch weiter jede Nacht hier sein, bis Sie sich mit mir verabreden.«

Das Mädchen lachte, ein kurzer, durchdringender, freudloser Laut, der mehr wie ein Grunzen klang.

»Hat diese Flasche Nerven?« wollte sie wissen, als wende sie sich an ein Publikum, aber der Blick ihrer kalten grünen Augen bohrte sich direkt in Tonys trotzig blaue. »Noch ein Junge ohne Auto und versucht, sich mit *mir* zu verabreden. Sag mal, Kleiner, weißt du eigentlich, wer mein Freund ist?«

»Nein, und es interessiert mich auch nicht«, erwiderte Tony mit der leidenschaftlichen Unbekümmertheit des Südländers. »Aber bald bin *ich* es.«

»Tja, es ist Al Spingola.«

Plötzlich breitete sich eine Eiseskälte in Tony aus. Al Spingola war einer der wichtigsten Bandenführer der Stadt, ein skrupelloser Mann mit großem Einkommen, einem Haufen Schläger, die ihm treu ergeben waren, weil sie ihn fürchteten und er sie gut bezahlte, und einem nervösen Zeigefinger. Ein gefährlicher Mann!

»Ach, ich wette, er ist nicht so heiß«, antwortete Tony stur.

»Na ja, vielleicht nicht«, räumte Vyvyan ein, »aber zumindest kann er einem Mädchen etwas Solideres als Küsse anbieten ... Solltest du je zu einem Haufen Moneten kommen, Kleiner, und zu einem großen Wagen, kannst du wiederkommen, und dann rede ich vielleicht mit dir.«

Sie lachte wieder und trat an den Randstein, als eine große glänzende Limousine vorfuhr und anhielt. Tony ging ihr nach. Dann hielt er inne, als er den Mann hinter dem Steuer des Wagens erkannte. Es war Al Spingola! Ein stämmiger Mann mit dunklem Teint, harten, verwegenen blauen Augen und einem grausamen Mund mit dicken brutalen Lippen, hübsch in Grau gekleidet, in dessen Krawatte ein riesiger Diamant funkelte. Wie jeder wußte, ruhte der wichtigste Teil seiner Kleidung eng an seiner Hüfte, ein stummelläufiger Revolver aus blauem Stahl, selten zu sehen, aber wenn, dann auch mit Sicherheit für jemanden zu hören und zu spüren. Tony ging auf, daß es den sicheren Tod für ihn bedeutete, wenn er noch ein einziges Wort zu Vyvyan sagte. Natürlich nicht sofort, dazu war dieser Ort zu belebt. Aber binnen weniger Tage würde man seine Leiche irgendwo in einer dunklen Gasse finden.

Spingola warf einen flüchtigen Blick auf Tony, als das Mädchen in den Wagen stieg. Und der Junge war nervös und fror innerlich, bis der teure Wagen mit hoher Geschwindigkeit davonschnurrte. Spingola fuhr wie andere seiner Sorte immer mit hoher Geschwindigkeit, um einem eventuellen Heckenschützen ein möglichst schlechtes Ziel zu bieten.

Tony sah den Wagen davonfahren, dann setzte er seine Mütze auf und zündete sich eine Zigarette an. Er ging um die Ecke zu einem Billardsalon, der sein Stammlokal war, und setzte sich auf einen der hohen Hocker, um diese Sache zu durchdenken, die sein erstes Erwachsenenproblem war. Normalerweise war sein Verstand, wenngleich ungebildet, wach und scharf, seine Gedankenprozesse waren schnell und vernünftig. Doch jetzt wurden sie von dem nagenden, überwältigenden Hunger seiner ersten großen Leidenschaft beeinträchtigt. Natürlich hatte er jede Menge Affären mit den Mädchen aus der Nachbarschaft gehabt. Kein Junge, der so gutaussehend wie er war, hätte die nicht gehabt. Aber irgendwie hatten sie ihn nicht befriedigt. Er wollte etwas Bedeutenderes, Reiferes als das flache, ausschließlich körperliche Gefühl, das diese Mädchen zu bieten hatten. Er war schockierend reif für sein Alter, wie beinahe jeder Junge aus so einer Umgebung. Mit seinen gescheiten Augen, seinem zynischen Mund und dem kräftigen Bartwuchs, der einen soliden Schatten auf seinen dunklen Wangen hinterließ, sah er wie fünfundzwanzig aus. Und er besaß mehr praktische Kenntnisse über die Menschheit und ihre Launen, als sich die meisten Menschen in ihrem ganzen Leben aneignen. Man hätte ihn mittellos in jeder beliebigen Stadt der Welt aussetzen können, und er hätte keine einzige Mahlzeit versäumt. Noch hätte er dafür stehlen müssen. Stehlen war etwas für Leute ohne Grips. Er verachtete Diebe. Ganz besonders die kleinen.

»Hör mal!« flüsterte ihm eine mürrische Stimme ins Ohr.

Tony schaute auf und in ein Rattengesicht, auf dem eine schmutzige, zerknitterte karierte Mütze saß.

»Ja?« sagte er kalt.

»Ein paar von uns fahren raus und nehmen ein paar Tankstellen aus«, antwortete der andere Junge heiser. »Willst du mitkommen?«

»Nein.«

»Jeder bekommt denselben Anteil.«

»Ich sagte *nein*. Ich riskiere keine Verhaftung für ein paar Kröten.«

»Ach, da kommt schon mehr 'rum, Tony. Die Läden haben alle fünfzig, sechzig Mäuse in der Kasse. Und wir sind nur zu viert.«

»*Zieh Leine*!« knurrte Tony. »Bevor ich dir eine knalle.«

Vor sich hin murmelnd, suchte der Junge das Weite. Den anderen Jungen, die sich in diesem Billardsalon herumtrieben, war Tony ein Rätsel. Mit ihm wurden sie nie so warm wie untereinander. Irgendwie kam ihnen nie der Gedanke, es überhaupt zu versuchen. Der Unterschied war ihnen klar. Ihm auch. Aber keiner von ihnen kannte den Grund. Ein Psychologe hätte es so erklärt, daß Tony einen »geistigen Vorsprung« vor den anderen hatte, daß es der Unterschied zwischen einem zur Führung geborenen war und Männern, deren Bestimmung es ist, im Rudel zu laufen.

Die meisten Jungen der Nachbarschaft unternahmen nächtliche Raubzüge. Natürlich niemals in ihrem eigenen Bezirk, weil das den betreffenden Stadtrat befremdet hätte. Wohingegen ihr eigener Stadtrat, wenn sie ihre Überfälle nur in anderen Bezirken ausführten, falls sie erwischt wurden, in das entsprechende Polizeirevier ging, dort vorbrachte, welch guten Ruf sie in ihrer Wohngegend hatten, und ihnen dabei half, wieder entlassen zu werden. Am Wahltag gingen dann dafür alle Schläger nicht nur fünfzehn- oder zwanzigmal zur Urne, sondern streiften auch hordenweise durch den Bezirk und drohten jedem ernsthafte Konsequenzen an, falls der Stadtrat nicht mit einem erklecklichen Vorsprung wiedergewählt werde. Und die Leute, die den Ernst dieser Drohungen erkannten, wählten den Stadtrat wieder, obwohl sie wußten, daß er ein alter Gauner großen Stils war.

Tony weigerte sich immer, an diesen nächtlichen Expeditionen zum Zweck unrechtmäßiger Geldbeschaffung teilzunehmen. »Kleine Fische«, wie er ihre Raubzüge verächtlich nannte, interessierten ihn nicht. Er wollte eine »große Nummer« sein, ein Anführer, vielleicht ein Politiker. Ihn hungerte nach Befehlsgewalt, nach Macht, nach Reichtum. Und er hatte die Absicht, all das zu bekommen. Doch in der Zwischenzeit hatte er keine Arbeit, von der irgend jemand etwas gewußt hätte, und obwohl er sich weigerte, dieselben kriminellen Methoden seiner Nachbarn anzunehmen, kleidete er sich besser als sie und schien alles Geld zu haben, das er brauchte. Viele von den Jungens staunten deswegen, aber so lange er es vorzog, von sich aus nichts zu verraten, würde es ihnen wahrscheinlich ein Rätsel bleiben, da man in jener Gegend nicht einmal einen engen Freund nach seinen Einkommensquellen fragte. Und Tony hatte keine engen Freunde.

Im Eingang des Billardsalons kam plötzlich Unruhe auf, und mehrere stämmige Männer traten ein. Einige der Anwesenden versuchten durch die Hintertür zu entwischen, nur um von anderen stämmigen Männern in Empfang genommen und wieder zurückgeschickt zu werden. Das waren natürlich Polizeibeamte, die eine kleinere Razzia vornahmen.

Da er wußte, daß nichts gegen ihn vorlag, sah Tony mit schwacher Belustigung und einem Gefühl der Rechtschaffenheit zu, wie die Bullen den schlecht beleuchteten verräucherten Raum durchkämmten, Hüfttaschen abklopften, Fragen stellten und hin und wieder einem Schläger, der ihnen frech kam, mit einer schallenden Ohrfeige das Schandmaul stopften. Wie erwartet, machten sie keine Anstalten, ihn zu belästigen.

»Dieser Bursche ist in Ordnung«, sagte ein Mann, in dem er Lieutenant Grady von dem für seine Gegend zuständigen Revier erkannte. »Er ist Ben Guarinos Bruder.«

»Das hat nichts zu bedeuten«, erwiderte ein stämmiger Mann mit kalten Augen, dessen abgebrühte Art ihn als Mann aus dem Präsidium kennzeichnete.

»Bei Tony schon«, schnappte Grady. »Uns ist noch nie eine Gesetzesübertretung von seiner Seite zu Ohren gekommen, weder in diesem Bezirk noch in einem anderen.«

»Danke, Lieutenant!« lächelte Tony. »Kann ich Ihnen und den Jungens eine Zigarre kaufen?«

Darüber lachten sie alle. Keiner unter ihnen, der nicht alt genug war, um sein Vater sein zu können, und doch nannte er sie »Jungens«, und das gefiel ihnen. Mit all der Gelassenheit und Selbstbeherrschung eines Richters führte Tony die Beamten in den vorderen Teil des Billardsalons und kaufte ihnen allen eine Zigarre. Dann wechselten sie ein fröhliches »Gute Nacht« mit ihm und gingen. Tony hatte bereits gelernt, wie viele Vorteile es mit sich brachte, einen »guten Ruf« bei den Bullen zu haben. Außerdem wußte er, wieviel Macht daraus erwachsen konnte, wenn Leute in seiner Schuld standen, und sei es auch nur wegen einer so unbedeutenden Sache wie einer Zigarre. Tony nahm nur selten eine Gefälligkeit von jemandem an, aber wenn er es tat, versuchte er immer, sie doppelt und dreifach zu erwidern, um so die moralische Schuld nicht nur abzutragen, sondern ins Gegenteil zu verkehren. Er hatte den Verstand und die Seele eines meisterhaften Politikers.

Tony bemerkte plötzlich, daß er von der stickigen, verräucherten Luft des Billardsalons Kopfschmerzen bekommen hatte, und beschloß heimzugehen. Abgesehen von einigen Oasen wie dem Billardsalon war die Gegend eine Wüste des Trübsinns und des trostlosen Verfalls. Straßenlaternen gab es nur wenige, und diejenigen, die es gab, gehörten zu der altmodischen summenden Sorte, die einen Haufen Lärm machten, aber wenig bewirkten. Es hatte in jener Nacht nicht geregnet, aber es herrschte eine ungesunde Feuchtigkeit. Die schmuddligen alten Häuser, deren Erdgeschoßfenster mit Brettern vernagelt waren und wie erblindete Augen aussahen, schienen böswillig über den schmalen, verdreckten Straßen zu kauern. Eine Straße, die tagsüber als Schubkarrenmarkt diente, war mit Kisten und Pappe und kleinen Haufen stinkender Abfälle übersät. Gelegentlich schlich eine Gestalt daher, Jäger oder Gejagter. Hin und wieder fuhr ein Wagen vorbei, dessen Lärm in den stillen Straßen noch mehrere Blocks weiter zu hören war. Über allem hing eine brütende Aufregung wie von einer immer präsenten Bedrohung, ein undefinierbares Etwas, das sensible Fremde in der Gegend veranlaßte, sich grundlos umzuschauen.

Dies war die Kulisse der Unterwelt, sein Laichgrund, sein Bau und einer seiner bevorzugten Jagdgründe. Es war außerdem Tonys Wohngegend, die einzige Umgebung, die er je kennengelernt hatte. Doch er konnte nicht sehen, daß eine große Verschwörung der Umstände, ein Netz, das viel zu kompliziert war, als daß er es hätte verstehen können, seit dem Tag seiner Geburt dabei war, seine Bestimmung zu formen, daß es für ihn ebenso schwierig war, kein Verbrecher zu sein, wie für einen Kronprinz, nicht König zu werden.

Tony erreichte den kleinen Gemüseladen, der seinen Eltern gehörte und über dem seine Familie wohnte, ging zu der Haustür daneben, steckte seinen Schlüssel ins Schloß und erklomm die schmutzige teppichlose Treppe. Im Eßzimmer, das auch als Wohnzimmer diente, brannte noch Licht. In einem alten, mit Draht geflickten Schaukelstuhl saß Ben Guarino und las die Zeitung. Seine blau uniformierten Beine und die schweren schwarzen Schuhe lagen auf der schmutzigen rot-weiß karierten Tischdecke. Sein gehalfterter Revolver hing am Munitionsgürtel von der Lehne eines anderen klapprigen Stuhls, auf dem seine Uniformjacke und -mütze lagen.

Als Tony hereinkam, schaute Ben auf. Er war ein untersetzter Bursche Mitte zwanzig mit brutalem Mund und Kiefer und trotzigen blauen Augen, die normalerweise hämisch funkelten. Aus einer ganzen Reihe von Gründen, die er alle für sich behielt, hatte Tony das Gefühl, daß sein Bruder es als Polizist weit bringen würde. Für Tony war der einzige Unterschied zwischen einem Polizist und einem Verbrecher das Abzeichen. Sie stammten beide aus demselben Milieu, hatten in etwa dieselbe Schulbildung und dieselben Ideen, kannten einander in der Regel, bevor und nachdem sich ihre Wege trennten, und kamen immer gut miteinander aus, wenn die Verbrecher genug Geld hatten.

»Wo warst du noch so spät?« wollte Ben gehässig wissen.

»Was, zum Teufel, geht dich das an?« erwiderte Tony, doch dann fiel ihm wieder der Gefallen ein, um den er Ben bitten wollte, und er wurde friedlich. »Ich wollte nicht frech sein, Ben. Aber ich habe ekelhafte Kopfschmerzen.«

»Du warst doch bestimmt wieder in O'Haras Laden, oder?«

»Na ja, jeder braucht einen Laden, wohin er abends gehen kann.

Und der einzige andere Laden ist ein Tanzschuppen, wo es von diesen billigen, albernen Bräuten wimmelt.«

»Wirst wohl langsam wählerisch, was deine Frauen angeht, was?«

»Ja.«

»Tja, das ist auch gut so«, antwortete Ben mit einem Grinsen. »Nichts bringt einen Mann schneller ganz nach oben – oder ganz nach unten – als eine Frau mit Klasse, die ihn antreibt.« Plötzlich landeten seine Füße auf dem Boden, und er beugte sich vor, wobei sein Blick sich geradewegs in die Augen seines Bruders bohrte. »Sag mal, was höre ich da, du lieferst Päckchen für Smoky Joe aus?«

»Und?«

»Wußtest du nicht, daß in den Päckchen Dope ist?«

»Nein, wußte ich nicht. Aber jetzt, wo ich es weiß, wird es ihn mehr kosten.«

»Du läßt die Finger von dem Zeug.«

»Ja, schon gut. Ich nehme an, irgendein Bulle hat sich deswegen bei dir beschwert. Von mir aus kann er das bißchen Schmiergeld haben, wenn er will. Es gibt noch andere Dinge, die ich tun kann.«

»Ja, ich schätze, das hast du auch schon«, pflichtete Ben trocken bei, »nach allem, was ich so höre. Also hast du auch für Mike Raffertys Spielhölle Schmiere gestanden?«

»Ja. Und warum auch nicht? Das ist eine anständige Art, ein paar Kröten zu verdienen. Soll ich mich lieber an Raubüberfällen beteiligen wie die anderen Jungens aus der Gegend?«

»Natürlich nicht.« Er beugte sich vor und redete in ernstem Tonfall. »Komm bloß nie in ernste Schwierigkeiten, Tony. Dann wäre ich im Präsidium erledigt.«

»Das werde ich nicht. Mach dir um mich keine Sorgen. Du hast genug damit zu tun, auf dich selbst aufzupassen.«

»Was willst du damit sagen?«

»Nichts«, antwortete Tony beiläufig und mit einem Lächeln, da er die jähe Furcht auf dem Gesicht seines Bruders genoß. »Das ist nur ein freundschaftlicher Rat von einem Burschen, der mehr weiß, als du glaubst.«

»Von wem?« wollte Ben mit heiserer Stimme wissen.

»Von mir.« Tony grinste wieder und schnippte seine Zigarettenasche auf den nackten Fußboden. »Sag mal, Ben, kann ich morgen abend deinen Wagen haben?«

»Nein. Ich brauche ihn selbst. Morgen ist mein freier Abend.«

»Wie wär's übermorgen?«

»Nein. Du würdest dir wahrscheinlich nur Ärger damit einhandeln. Kinder und Autos passen nicht zusammen.«

»Schon in Ordnung. Sehr bald werde ich meinen eigenen Wagen haben, und ich werde ihn ebenso mühelos bekommen wie du deinen.«

Mit dieser abschließenden Spitze ging Tony ins Bett, wobei er die Tür hinter sich zu knallte. Wie ein Kerl, der hundertfünfzig im Monat verdiente, auf ehrliche Weise zu einem Wagen kommen konnte, der fast dreitausend Dollar kostete, war Tony zu hoch. Andererseits fuhren alle Detectives dicke Wagen, und die Captains besaßen reihenweise Wohnhäuser und schickten ihre Kinder auf europäische Internate.

Die seltsame Stille, die sich um diese Tageszeit vorübergehend über den Guarino-Haushalt senkte, war Balsam für Tony. Es war die einzige Zeitspanne in den vierundzwanzig Stunden des Tages, die er zu Hause verbringen konnte, ohne das Gefühl zu haben, jeden Moment verrückt zu werden. Die restliche Zeit war Lärm ... Lärm ... Lärm. Er fragte sich, ob das Zuhause anderer Leute ebensowenig einladend und abstoßend war. Jedes, das er bisher gesehen hatte, war es.

Er zog sich rasch aus und legte sich in das schmuddlige Bett, das er und Ben sich teilten. Er wollte schlafen, bevor Ben hereinkam, damit sie sich nicht mehr streiten konnten. Doch seine Gedanken überschlugen sich und kehrten immer wieder zu Vyvyan Lovejoy zurück. Beim bloßen Gedanken an sie wurde ihm abwechselnd heiß und kalt, und er zitterte vor Erwartung. Er *würde* sie bekommen. Niemand konnte ihn daran hindern – nicht einmal Al Spingola.

Die Tatsache, daß die Frau, die er begehrte, einem anderen gehörte, bedeutete Tony nicht das geringste. Das ganze Leben war ein Kampf, und der Stärkste bekam die Sahnestücke. Jedenfalls hatte sie ihm versprochen, mit ihm zu reden, wenn er einen Wagen und Geld hatte. Tja, er würde sich beides beschaffen und morgen abend wieder vor dem Bühneneingang stehen.

2

Um halb elf am nächsten Abend bog Tony Guarino prompt in die dunkle Gasse ein, die zur Eisenblechtür des Bühneneingangs des grell aufgemachten Gaiety Theatre führte. Und er ging nicht, sondern er stolzierte, zumindest ein wenig. Er kam sich groß und mächtig vor, ein unnatürliches Hochgefühl, das zum Teil darauf zurückzuführen war, daß er unterwegs in drei Kneipen eingekehrt war. Für ihn ungewöhnlich. Am Randstein stand ein schnelles und teures Sportcabriolet, das gewöhnlich in weitaus ruchloseren Unternehmungen Dienst tat. Er hatte es für diesen Abend gemietet – warum, wußte er nicht genau. Den Leuten zufolge, die in dieser

Branche tätig waren, war Autodiebstahl das leichteste aller Verbrechen, sowohl, was die Ausführung, als auch, was die Strafe betraf. Er war das Einstiegsdelikt für neunzig Prozent aller Verbrecher. Aber er hatte nicht die Absicht, beim erstenmal, wo Vyvyan ihn mit ihrer Gesellschaft ehrte, eingebuchtet zu werden – weil sie heute nacht mit ihm ausgehen würde, auch wenn sie es noch nicht wußte. Also hatte er das Cabriolet für die Nacht gemietet. Seine Hosentasche wurde von einer Rolle Geldscheine im Wert von zweihundert Dollar ausgebeult – sämtliches Geld, das er besaß. Die Rolle war so arrangiert, daß der erste und äußere Schein ein glatter, nagelneuer Hunderter war. Das Innere, ein paar Fünfer, aber hauptsächlich Einer, blähte die Rolle mit dem Hunderter so auf, daß sie aussah, als habe sie das Zehnfache ihres tatsächlichen Werts.

Folglich besaß er alles, was sie verlangte. Aber er hatte auch noch etwas anderes. In der rechten Jackentasche steckte ein häßlicher Revolver aus blauem Stahl, den er an diesem Nachmittag gekauft hatte. Er hatte noch nie zuvor eine Kanone getragen, und er fand, daß es aufregend war. Es gab einem ein Gefühl von Sicherheit und Macht, ein Gefühl der Ebenbürtigkeit mit aller Welt. Du meine Güte, mit diesem Revolver in der Tasche war er genausogut wie Al Spingola. Auf diese Weise steigerte Tony sich in Hochstimmung und große Courage. Doch ganz tief drinnen fragte er sich, wie er sich wohl verhalten würde, falls es tatsächlich zu einer Begegnung auf Leben und Tod mit Spingola kam.

Vyvyan stolzierte ein wenig früher als sonst heraus, glitzernd und wohlriechend wie immer, das harte Gesicht von einem breitkrempigen, federgeschmückten Hut eingerahmt.

»Ja um Himmels willen!« rief sie, als sie ihn sah. »Marias kleines Lämmchen ist ja schon wieder am Ball.«

»Worauf Sie Ihr Leben verwetten können«, grinste Tony. »Und ich hab auch den Wagen und den Haufen Moneten, wie Sie verlangt haben.«

»Hast du?« sagte sie spöttisch. »Tja, damit steht klein Johnny an der Spitze der Schlange.«

Tonys Grinsen erlosch plötzlich, und er packte ihren Arm.

»Hör mal, Schwester, versuch nicht, mich zum Narren zu halten!« fauchte er. »Du und ich, wir gehen heute abend aus.«

»Ja?«

»*Ja!* Also kannst du dich ebensogut damit abfinden und mitziehen.«

»Na ja«, sagte sie müde, »ich treffe mich erst wieder morgen abend mit Al, also schätze ich, daß ich es jetzt ebensogut mit dir versuchen kann. Aber ich will nicht, daß uns jemand sieht, weil er sonst davon erfahren würde.« Ein Schauder überlief sie. »Al ist gefährlich, Kleiner. Also fahr bis zur Ecke Taylor und Sangamon und warte dort auf mich. Ich nehme ein Taxi und komme in fünf Minuten nach.«

»Du führst mich nicht an der Nase herum?«

»Absolut nicht. Ich werde da sein.«

»Das will ich dir auch geraten haben«, sagte Tony finster. »Andernfalls komme ich morgen abend wieder und schieße den Laden zusammen.«

Er stieg in das Cabriolet und fuhr los, wobei er sich sehr bedeutend vorkam. An der verabredeten Ecke wartete er nervös, während er finstere Drohungen vor sich hin murmelte. Aber sie kam und stieg eilig neben ihm ein. Das beengte Innere des Cabriolets bewirkte, daß ihre Oberschenkel sich in ihrer ganzen Länge berührten, und bei dem Kontakt empfand er eine jähe Erregung. Als sie ihn plötzlich mit einem merkwürdigen Flackern in ihren grünen Augen ansah, wußte er, daß sie seinen Revolver gespürt hatte.

»Ist schon gut, Baby«, grinste er beruhigend. »Ich benutze die Kanone nur, wenn ich muß.«

Er fuhr mit ihr zu einem Restaurant auf der North Side, das für seine Diskretion berühmt war. Sie saßen einander in einem kleinen privaten Eßzimmer im ersten Stock gegenüber und nahmen ein erlesenes, teures Menü und zwei Flaschen Champagner zu sich. Damals konnte man noch in fast jedem Restaurant echten Champagner bestellen.

Nach dem Essen, als nur noch eine weitere Flasche und Gläser auf dem Tisch standen, rutschte Tony mit seinem Stuhl zu Vyvyan rüber. Sie war prächtig gediehen und hatte mittlerweile das Stadium erreicht, in dem sie hin und wieder mit einem lauten »Puuh!« Luft über ihr Gesicht blies, als wolle sie sich eine Haarsträhne aus den Augen pusten.

»Und, Baby, wie fühlst du dich?« fragte Tony, indem er nach ihrer Hand griff.

»Irgendwie warm«, kicherte sie.

»Ich mich auch.«

Als er sie um kurz vor fünf nach Hause brachte, gab sie ihm einen Gute-Nacht-Kuß und stieg dann mit einem lauten Seufzer aus dem Cabriolet.

»Junge, du kannst vielleicht lieben!« sagte sie matt und schwankte in ihr billiges Hotel.

Tony wachte gegen Mittag auf. Nach einer gründlichen Rasur mit reichlich Gesichtspuder hinterher sah er nicht mehr ganz so abgespannt aus. In ihm sang ein sonderbares Hochgefühl. Endlich hatte er eine richtige Frau gebändigt, eine Frau, die viel älter und erfahrener war als er. Außerdem hatte er herausgefunden, daß es eben jenes Bändigen war, das er in der Liebe genoß. Der Hunger nach Macht war fast eine Manie bei ihm. Und die Tatsache, daß Umstände und Verhältnisse ihm das Recht absprachen, erwarten zu können, jemals welche zu haben, bewirkte, daß er sie nur um so mehr wollte.

Seine Schwester Rosie, ein hochgewachsenes hübsches Mädchen von sechzehn Jahren, machte ihm etwas zu essen. Die sechs anderen Kinder waren in der Schule. Er aß eilig und schweigend. Es gab jetzt so viel zu tun.

Als er die Treppe herunterpolterte, drang der heisere, herrische Ruf seiner Mutter an seine Ohren. Er zögerte einen Augenblick und betrat dann mit mürrischer, trotziger Miene den Laden. Mrs. Guarino war eine untersetzte runzlige italienische Frau von fünfzig mit der Figur eines locker gestopften Sacks, der in der Mitte zusammengeschnürt war. Sie trug einen formlosen Morgenrock von unbeschreiblich grauer Farbe, dessen Taille von vorne nicht zu sehen war, da ihre Brüste darüber hingen. Ihre ungeschnittenen grauen Haare waren zu einem festen Knoten auf dem Kopf zusammengefaßt. Die Ohrläppchen waren durchbohrt, und in den Löchern hingen schlichte schwere Goldohrringe. Doch trotz ihrer Häßlichkeit und ihres barbarischen Aussehens waren ihre Züge gut und ließen auf naive Intelligenz und Ehrlichkeit schließen. Carlotta Guarino war eine gute Bürgerin. Hätte sie ihre Kinder doch nur zu ebensoguten Bürgern erziehen können, wie sie und ihr Mann es waren – aber das war unmöglich, obwohl weder sie noch ihre Kinder sehen konnten, warum.

»Wo warst du noch so spät?« wollte sie in stakkatohaftem Italienisch wissen. »Es war nach fünf, als du nach Hause gekommen bist.«

»Ach, ich hatte noch geschäftlich mit jemand zu reden«, antwortete Tony auf Englisch.

»Über was für Geschäfte kann man um diese Tageszeit reden?« wollte sie wiederum auf Italienisch wissen. »Du mußt früher nach Hause kommen. Sei ein guter Junge wie Ben und mach uns keinen Ärger.«

»Ist gut«, stimmte Tony zu und eilte nach draußen, erleichtert darüber, nach einer so kurzen Zurechtweisung entkommen zu sein.

So war es immer, Tadel, Anschuldigungen, Warnungen. Sie und seinem Vater fielen immer mehr Dinge ein, die er nicht tun sollte. Es kam ihm nie in den Sinn, daß sie sich bemühten, ihren eigenen Kodex von Ethik und Ehrlichkeit an ihn weiterzugeben. Ihre unbeholfene Ausdrucksweise hinderte ihn daran, das zu erkennen. Und selbst wenn er es erkannt haben könnte, hätte er es nicht akzeptiert. Weil er seine Eltern zwar mit der heftigen Sippen-Liebe der Südländer liebte, aber ihre Ideen nicht achtete. Dafür gab es viele logische Gründe – ihre Unfähigkeit, gut Englisch zu lernen, ihre Unfähigkeit, mit den Zeiten und dem Land Schritt zu halten, ihr Staunen – sogar noch nach zwanzig Jahren – über die große Nation, die sie sich als neue Heimat ausgewählt hatten, die Tatsache, daß es ihnen nicht gelang, für ihre große Familie mehr als nur das Nötigste zu verdienen, obwohl sein Vater jeden Tag hart arbeitete und seine Mutter sich um den kleinen Laden kümmerte. Warum sollte er also ihre ethischen Ideen akzeptieren? Wohin hatten sie diese Ideen gebracht? Tony hatte nicht die Absicht, sein Leben lang in dieser Armseligkeit zu verbringen. Er wollte eine große Nummer sein. Und so brachte ein weiteres anständiges Zuhause einen weiteren Verbrecher hervor, so unvermeidlich, wie eine Auster eine Perle bildet.

Natürlich trugen noch andere Faktoren dazu bei, daß aus Tony ein Verbrecher wurde. Zum Beispiel seine Einstellung zum Gesetz. Im Alter von sechs Jahren hatte er zum erstenmal mit ihm Bekanntschaft gemacht, als er sich hungrig eine Birne von einem Obstkarren geschnappt und ein Polizist ihn verfolgt hatte. Und so hatte er das Gesetz von Anfang an als Feind und nicht als Schutz kennengelernt, als etwas, das zwischen ihm und der Erfüllung seiner Wünsche stand.

Seine Affäre mit Vyvyan schien all dem eine konkrete Form zu geben, so daß er nun mit einer Rücksichtslosigkeit und einer Gesetzlosigkeit dachte und handelte, die ihm bis dahin fremd gewesen waren.

Aus der Telefonzelle des Drugstores an der Ecke rief er sie in ihrem billigen Hotel an.

»Hallo, Süße!« sagte er. »Wie fühlst du dich?«

»Nicht so toll«, antwortete sie müde. Sie klang so, als sei sie gerade erst aufgewacht.

»Ich bin auch noch etwas müde«, räumte er ein. »Aber es war 'ne tolle Nacht, also was soll's … Hör mal, Vyv, vergiß nicht, daß wir heute abend wieder verabredet sind.«

»Ich soll mich heute abend mit Al treffen.«

»Zum Teufel mit Al!« platzte es wütend aus Tony heraus. »Du triffst dich nicht mehr mit Al. Merk dir das, Baby. Und wenn er grob wird, kümmere ich mich um ihn. Ich kann genauso viele Gorillas für einen Kampf zusammentrommeln wie er. Also mach dir seinetwegen keine Sorgen. Geh heute abend so früh, wie du kannst – er kommt immer ziemlich spät –, und triff mich an derselben Ecke wie gestern. Und sei da, Baby, sonst ist der Teufel los.«

Den Rest des Tages verbrachte Tony mit einer Bestandsaufnahme all seiner Beschäftigungen und Verdienstmöglichkeiten. Ein paar Anrufe brachten diejenigen, welche er in letzter Zeit ein wenig vernachlässigt hatte, wieder in Reih und Glied, und ein paar andere riefen ganz neue ins Leben, die bei den unwilligen Kunden auf wenig Gegenliebe stoßen, für ihn aber einträglich sein würden. Von nun an konnte er sich kein Interesse an den weniger ergiebigen Beschäftigungen leisten, weil er so eine Ahnung hatte, daß Vyvyan sich als ein ziemlich kostspieliges Projekt erweisen würde.

An diesem Abend war er bereits sehr früh in seinem bevorzugten Billardsalon und schaute überrascht auf, als ein häßlicher Mann auf den Hocker neben ihm glitt und ihn anstieß.

»Und?« sagte Tony kalt.

»Du bist Tony Guarino, nicht?«

»Ja. Was ist?«

»Nur Folgendes: Wenn du noch mal mit Al Spingolas Braut ausgehst, machst du's keine Woche mehr. Und das läßt dir der Boß persönlich ausrichten.«

»Was meinst du damit?« fragte Tony, obwohl er es ganz genau wußte.

»Stell dich nicht dumm. Irgendwann finden sie dich mit durchschnittener Kehle in einer dunklen Gasse.«

»Ich riskier's mit ihm und seinen Gorillas«, bluffte Tony und lachte. »Eine Kanone ist jederzeit besser als ein Messer, und ich kann besser schießen als jeder von euch. Also lauf los, Kleiner, und sag deiner ganzen verdammten Bande, daß sie sich das hinter die Ohren schreiben können.«

Tony lachte lauthals über den Ausdruck der Verblüffung im häßlichen Gesicht des Laufburschen und beobachtete dann mit höhnischem Grinsen, wie er sich entfernte. In der Seitentasche seiner Jacke steckte immer noch bequem und beruhigend der Revolver. Es war erstaunlich, wieviel Mut die Waffe ihm verlieh. Sie überbrückte den Unterschied zwischen einem David und einem Goliath – das ist bei einem geborenen Verbrecher immer so. An diesem Nachmittag hatte er außerdem dafür gesorgt, daß ein Bekannter, der ein guter Schütze war, ihm von nun an überallhin folgte und bereit war, jeden von hinten abzuknallen, der versuchte, Tony auf dieselbe Weise zu erwischen.

Vyvyan war nervös und zittrig, als sie mit einem Taxi an der vereinbarten Straßenecke eintraf und zu ihm in das Cabriolet stieg.

»Ich habe Angst, Tony«, sagte sie und packte seinen Arm, während sie einen Blick nach hinten warf. Dann schrie sie halb auf. »Oh, da ist ein Wagen hinter uns, der uns folgt!«

»Keine Sorge. Das ist mein Leibwächter.«

»Ach so! ... Na ja, als ich heute abend ins Theater ging, hielt mich der am gemeinsten aussehende Mann auf, den ich in meinem ganzen Leben gesehen habe, und drückte mir einen Zettel in die Hand. Ich wäre nicht überrascht gewesen, wenn er mich auf der Stelle umgebracht hätte. Aber er ging weiter. Als ich in meiner Garderobe war, habe ich die Nachricht gelesen. Sie war mit Bleistift geschrieben, eigentlich mehr gekritzelt und ganz schmutzig, aber eindeutig. Sie lautete: ›Wenn du dich noch mal mit einem anderen triffst, ist dein Leben keinen Pfifferling mehr wert. Vergiß das nicht!‹ Die Nachricht war natürlich von Al«, schloß sie.

»Ja. Einer seiner Gorillas hat heute abend im Billardsalon versucht, mich einzuschüchtern, aber ich sagte ihm, ich könne auf mich selber aufpassen, egal ob sein Boß Spingola oder sonstwie heiße.«

Sie fuhren zu demselben Restaurant wie in der Nacht zuvor und bekamen dasselbe kleine private Eßzimmer. Eine halbe Stunde später wurde die Tür aufgestoßen, und Al Spingola stand vor ihnen.

Sein dunkles Gesicht hatte eine gräßlich graue Farbe, seine Augen sprühten das Feuer der Hölle, und sein brutaler Mund war zu einer häßlichen Grimasse des Zähnefletschens erstarrt. Am wichtigsten jedoch, seine rechte Hand steckte tief in seiner Jackentasche.

Tony hatte eine seltsam grünlich weiße Gesichtsfarbe angenommen, seine Augen waren glasig. Die Konfrontation zwischen ihm und Spingola war endlich da, und daß es sich dabei um einen Kampf auf Leben und Tod handelte, war offensichtlich.

»Al!« keuchte Vyvyan. »Tu nichts–« Ihre Stimme verlor sich.

Tony und Spingola sahen einander in die Augen. Der jüngere Mann wirkte etwas nervös. Es ist nicht so leicht, seinen ersten Mord zu begehen.

»Also konntet ihr zwei Nieten keine Warnung beherzigen. Ihr dachtet, ihr würdet damit durchkommen, *mich* an der Nase herumzuführen.«

»Wer sind Sie?« fragte Tony, der wußte, daß er nichts sagen konnte, was Spingola noch stärker aus der Fassung brachte.

»Wer ich bin?« tobte Spingola. »Das zeig' ich dir sofort–«

Und in diesem Augenblick schoß Tony durch seine Jackentasche. Er hatte nach seiner Serviette gegriffen, als Spingola hereingekommen war. Seine Hand war sofort, aber unauffällig weiter zu seiner Kanone gewandert. Er hatte Spingola die ganze Zeit in der Tasche gehabt und lediglich für eine kleine Ablenkung gesorgt, um ganz sicherzugehen, daß er sein erstes Revolverduell auch gewann.

Spingola schaute überrascht drein, dann sank er zu Boden. Mit einem Taschentuch wischte Tony rasch die Fingerabdrücke von seiner Waffe und warf sie dann durch das Fenster hinaus auf die Gasse.

»Komm, Schatz«, sagte er kalt, indem er den Arm der zitternden Vyvyan ergriff. Nun, da es vollbracht war, fühlte er sich sonderbar ruhig und stark, zu allem bereit.

Er legte einen Fünfzigdollarschein auf den Tisch und scheuchte das Mädchen die Hintertreppe herunter. Sie eilten durch die Gasse zu ihrem geparkten Cabriolet und schossen eine undurchdringlich dunkle Straße entlang, als zwei uniformierte Polizisten durch den Vordereingang des Restaurants stürmten. Tony war nicht beunruhigt. Er wußte, daß der Besitzer und die Kellner eine Beschreibung der Leute abgeben würden, die in dem privaten Eßzimmer gesessen hatten, aber sie würde so vage, wenn nicht sogar tatsächlich falsch sein, daß sie für die Polizei vollkommen wertlos war.

3

Der gewaltsame Tod Al Spingolas war eine Sensation. Er ereignete sich kurz vor dem Eintritt Amerikas in den Weltkrieg, lange bevor das Bandenwesen auch nur einen Bruchteil seiner gegenwärtigen Macht, seines Reichtums und seiner Bereitschaft erreicht hatte, auf einzigartige Weise zu morden. Natürlich gab es reichlich Kämpfe, und eine gelegentliche Messerstecherei erregte wenig Aufsehen, aber Schießereien waren selten. Spingola war im Grunde der erste Bandenführer der Stadt gewesen, der seine Macht mit einer Kanone erzwungen hatte, und die Tatsache, daß er so unvermittelt abserviert worden war, hatte für die anderen Gangbosse etwas extrem Beunruhigendes, da sie drauf und dran gewesen waren, dieselben Methoden anzuwenden. Doch nun wußten sie nicht mehr, ob eine Kanone die beste Quelle der Macht war oder nicht.

Am Morgen nach der Schießerei stand Tony früh und mit einem etwas wackligen Gefühl in den Beinen auf. Er ging sofort zu seiner Mutter und veranlaßte sie, das kleine Loch in seiner Jackentasche zu stopfen. Er behauptete, eine Zigarette habe es hineingebrannt. Dann beschloß er klugerweise, diesen Anzug nicht mehr auf der Straße zu tragen.

Zuerst ging er zu Klondike O'Haras Kneipe. Klondike stand selbst hinter der Bar. Er war ein stämmiger rotgesichtiger junger Ire, der in seiner Gegend als Bandenführer eine recht gute Figur abgab und einer von Spingolas erbittertsten Feinden war.

»Ich bin Tony Guarino«, verkündete der Junge, »aus der Taylor Street.«

»Und?«

»Ich nehme an, Sie haben gelesen, daß es letzte Nacht Al Spingola erwischt hat.«

»Ja«, bestätigte O'Hara vorsichtig, während er auf einer schwarzen Zigarre herumkaute.

»Na ja, ich weiß, Sie und er waren Feinde, also dachte ich mir, falls sie mich wegen seines Todes hochnehmen, würden Sie dafür sorgen, daß ich einen guten Anwalt und so weiter bekomme.«

»Du? Du hast diese Ratte erledigt – eine Flasche wie du?«

»Das habe ich nicht gesagt«, erwiderte Tony verbissen. »Ich wollte nur wissen, ob Sie mir einen Rechtsanwalt besorgen, falls sie mich hochnehmen.«

»Darauf kannst du dein Leben verwetten. Und von jetzt an bist du hier jederzeit willkommen. Ich kann immer einen Burschen gebrauchen, der Mumm hat.«

»Danke.«

Von O'Haras Kneipe ging Tony zu Vyvyans billigem kleinen Hotel. Sie war nervös und verweint, aber unter der Nervosität konnte er eine neue Haltung überwältigender Härte spüren, und hinter den Tränen hatten ihre grünen Augen einen Glanz, der ihn keineswegs beruhigte. Er fragte sich, ob sie wußte, wieviel ihr Schweigen ihm bedeutete – und kam zu dem Schluß, daß dem höchstwahrscheinlich so war.

»Du hast mir Al weggenommen«, schluchzte sie. »Also mußt du dich jetzt so um mich kümmern, wie er es getan hat.«

»Halt die Klappe!« schnauzte Tony. »Das werde ich. Laß uns heute eine nette kleine Bude mieten.«

Und so tötete Tony Guarino im Zeitraum von vierundzwanzig Stunden seinen ersten Mann, schloß sich einer regulären Gang an und nahm sich eine Geliebte. In der Unterwelt entwickeln sich die Dinge sehr schnell.

Tony hatte nicht die Absicht, jetzt schon von zu Hause auszuziehen. Seine Familie würde das nicht für richtig halten.

Wiederum überschritt er die Grenzlinie zwischen dem von den Iren und dem von den Italienern beherrschten Gebiet und ging zu O'Haras Kneipe. Ein schwerer Wagen fuhr an den Randstein und hielt mit quietschenden Reifen.

»Hey, Junge!« rief eine heisere Stimme. »Komm her!«

Tonys erster Gedanke war Flucht, aber da er den Wagen als einen des Polizei-Präsidiums identifizierte, erkannte er, daß Flucht bedeutete, erschossen zu werden. Also gehorchte er und ging zu dem Wagen.

»Steig ein!« befahl ein stämmiger Rohling.

Er zerrte Tony praktisch auf die Rückbank, und der Wagen fuhr los. Er traf vor dem Präsidium ein, und dann stiefelte die ganze Mannschaft mit Tony in der Mitte die Treppe zu einem der Konferenzräume im ersten Stock hinauf.

»Ich nehme an, du hast gehört, daß letzte Nacht Al Spingola umgelegt worden ist«, sagte der Wortführer der Polizeitruppe.

»Ja«, gab Tony zu, der sich nicht verblüffen ließ. »Ich habe es in der Morgenzeitung gelesen.«

Das halbe Dutzend Männer lachte häßlich.

»Den Teufel hast du!« sagte der erste. »Du wußtest schon viel früher alles darüber. *Weil du Al Spingola erschossen hast.*«

»Ist Ihnen die Hitze zu Kopf gestiegen?« wollte Tony kühl wissen.

»Mach keine Ausflüchte, sonst werde ich grob. Wir wissen alles. Mach schon und spuck's aus.«

»Ich weiß nicht, wovon Sie reden«, erwiderte Tony, als langweilten ihn die Vorgänge zu Tode.

»Ach so, du willst also den harten Burschen spielen, was?«

»Nein. Ich sage nur die Wahrheit.«

»Wo warst du letzte Nacht zwischen zwölf und drei Uhr?«

»Zuhause im Bett.«

»Kannst du das beweisen?«

»Meine ganze Familie würde es beschwören.«

»Woher hattest du *den*?« wollte ein anderer Detective plötzlich wissen und hielt dem verblüfften Tony den Revolver unter die Nase, mit dem Spingola erschossen worden war.

Der Junge schluckte, bewahrte jedoch mit einer gewaltigen Anstrengung seine äußerliche Gelassenheit.

»Den habe ich noch nie zuvor gesehen«, erwiderte er stur. Er fragte sich, wieviel sie tatsächlich wußten. Es sah schlecht aus. Denn damals brachte die Polizei noch dasselbe Interesse für einen Bandenmord wie für jeden anderen Mord auf und bemühte sich ebenso eifrig und ernsthaft um dessen Aufklärung. Ihm blieb nichts anderes übrig, als sich durchzubluffen.

»Den habe ich noch nie zuvor gesehen«, wiederholte er, wobei er sich trotzig straffte.

Der Wortführer der Truppe verpaßte ihm unvermutet einen harten Rückhandschlag ins Gesicht.

»Keine Ausflüchte mehr«, knurrte er. »Erzähl uns endlich die Wahrheit!«

»Sparen Sie sich die Grobheiten!« schnauzte Tony, seine Augen sprühten. »Ich habe einen Bruder, der Bulle ist, und ich weiß alles über die Art und Weise, wie Sie Leute fertigmachen. Außerdem habe ich viele mächtige Freunde, und ich werde eines Tages selbst eine große Nummer in dieser Stadt sein. Also behandeln Sie mich anständig, weil das besser für uns alle ist.«

»Jetzt hört euch das an!« höhnte einer der Bullen. »Von allen großmäuligen Rotznasen, die ich je gesehen habe–«

»Ich höre, du gehst mit einem von Spingolas Mädchen aus«, sagte der Wortführer.

Tony lächelte. »Nach allem, was *ich* höre, hatte er so viele, daß ihm die Hälfte aller Mädchen in der Stadt gehört haben.«

»Nein, ich meine seine feste Freundin – seine Braut. Du weißt doch, wen ich meine – diese hochgewachsene Blondine mit den dürren Stelzen, die im Gaiety Theatre tanzt.«

»Kenn' ich nicht.«

»Bei euch in der Gegend erzählt man sich, ihr zwei wärt in den letzten zwei, drei Tagen zusammen ausgegangen. Alle haben deswegen mit Ärger gerechnet. Und jetzt ist Al tot.«

»Ach, das beweist doch gar nichts«, argumentierte Tony. »Selbst wenn das stimmte, was Sie sagen, dann hätte er ein Motiv gehabt, mich umzulegen, nicht umgekehrt. Und überhaupt, glauben Sie, ein so gefährlicher Revolverheld wie Spingola würde sich von einem Jungen wie mir abservieren lassen?«

»Ist ziemlich unwahrscheinlich«, räumte der Wortführer der Truppe ein.

Draußen vor der Tür kam plötzlich Unruhe auf, und ein schnurrbärtiger kleiner Mann mit strahlenden Augen kam in das Zimmer gerauscht.

»Ich habe hier eine gerichtliche Anordnung für die Freilassung von Mr. Tony Guarino«, verkündete er mit Würde und präsentierte ein Dokument.

Die Polizisten staunten. Die Tatsache, daß bereits so kurz nach seiner Festnahme eine gerichtliche Anordnung vorlag, konnte nur bedeuten, daß der Festgenommene Verbindungen hatte. Sie hätten sich nie träumen lassen, daß dieser Junge mit den organisierten Elementen der Unterwelt im Bunde war. Doch die Anordnung lag vor. Und sie hatten nicht genügend Beweise, um Tony unter Anklage zu stellen und einzubuchten, sie mußten der Anordnung folgen und ihn freilassen.

»Nichts für ungut, Jungens«, sagte er freundlich, als er dem Rechtsanwalt hinaus folgte.

4

Tony fand seine Verbindung zu O'Haras Gang aktiv und angenehm. Zuerst begegneten die irischen Jungens dem Italiener in ihrer Mitte mit einigem Mißtrauen, aber als das Gerücht die Runde machte, er sei es gewesen, der den furchteinflößenden Al Spingola erschossen habe, löste sich ihre Feindseligkeit auf wie Nebel in der Sonne, und sie hießen ihn mit offener Begeisterung willkommen.

Tony selbst erwähnte den Vorfall nie. Weder bestritt er ihn, noch prahlte er damit. Aber Tag und Nacht war er vor einer Vergeltungsaktion durch die Handlanger Spingolas auf der Hut. Er hatte immer noch seinen bewaffneten Leibwächter, der ihm auf Schritt und Tritt folgte, wenn er nach draußen ging, und das wußten nicht einmal die Mitglieder seiner eigenen Bande.

Tonys Führungsqualitäten wurden rasch offenbar, und nach kurzer Zeit fungierte er als O'Haras Stellvertreter. Er machte jedoch von Anfang an Klondike gegenüber kein Hehl daraus, daß er sich nicht an Einbrüchen, Raubüberfällen und Diebstählen jeglicher Art beteiligen würde. Und er erläuterte seinen Standpunkt mit seinem kleinen Ausspruch, der später so berühmt werden sollte:

»Ich riskiere für ein paar Kröten keine Festnahme.«

Es war keine Frage der Ethik bei ihm. Es war eine Frage der Wirtschaftlichkeit, des Austarierens des möglichen Gewinns mit dem wahrscheinlichen Risiko, um dann herauszufinden, ob der eine das andere wert war. Jedenfalls machte das Grobe keinen Spaß, es sprach weder Abenteuerlust noch Sportsgeist an. Tony gefielen die glatteren, intelligenteren Formen des Diebstahls, jene, die an Erpressung grenzten. Zum Beispiel konnte er einen kleinen Ladenbesitzer in ein paar Minuten davon überzeugen, daß fünf oder zehn Dollar im Monat ein sehr preiswerter Schutz davor waren, daß sein Laden ausgeraubt wurde oder er auf dem nächtlichen Heimweg überfallen wurde. Und es gab unzählige unwissende, ängstliche Mütter, die man mühelos davon überzeugen konnte, daß ein Vierteldollar oder ein halber pro Monat pro Kind eine günstige Versicherung gegen Kindesentführung und Lösegeldforderungen war. Und einmal überzeugt, zahlten sie ihren Tribut regelmäßig und ohne mit der Wimper zu zucken, wenn er seinen Kassierer schickte, wie sie es auch bei einer Versicherung getan hätten. Er konnte sich jeden Tag zwei oder drei neue Maschen dieser Art ausdenken, und sie funktionierten immer. Wie er zu O'Hara sagte:

»Was macht es für einen Sinn, Leute auszurauben oder ihnen eins über den Schädel zu geben, wenn man ihnen das Geld mit ein paar Worten aus der Nase ziehen kann? Meine Methode ist nicht nur viel sicherer, sondern macht auch mehr Spaß.«

Von allen Seiten begegnete man ihm jetzt mit größtem Respekt. Und er wußte, warum: Es lag daran, daß es sich herumgesprochen hatte, daß er ein Killer war. Er hatte nur einmal getötet, tatsächlich in Notwehr und größtenteils aus Furcht, und doch war er als Killer abgestempelt, und sein ganzes Leben würde den Vorteilen und Nachteilen unterworfen sein, die mit diesem Titel verbunden waren.

Sein Einkommen belief sich jetzt auf ungefähr dreihundert Dollar pro Woche – was für einen Verbrecher enorm war, bevor die Prohibition kam und sie zu Millionären machte –, und mit Vyvyans Hilfe schaffte er es, sich zu amüsieren. Er hatte mittlerweile eine nettere Wohnung für sie gemietet, und sie hatte bei der Show aufgehört.

»Ich kann den Gedanken einfach nicht ertragen, daß andere Männer deine hübschen Beine anstarren, Kleine«, erklärte er, als er darauf bestand, daß sie kündigte. »Ich verdiene reichlich Moneten für uns beide, also schmeiß den Job hin.«

Da es ihr wie den meisten Blondinen gefiel, ein angenehmes Leben bei geringstmöglichem Energieaufwand zu führen, befolgte sie seine Anordnung. Tony wohnte noch zu Hause, beabsichtigte jedoch auszuziehen, sobald er die erforderliche Courage aufbrachte. Sein Bruder Ben, der Polizist, hatte von seinem Verhör im Zusammenhang mit dem Mord an Spingola im Präsidium gehört und ihn zu Hause einem zweiten unterzogen, während der Rest der Familie im Hintergrund jammerte. Aber der gerissene Tony hatte in den richtigen Augenblicken grimmig geschwiegen und sich dann wieder verbindlich und wortreich geäußert. Mit dem Ergebnis, daß er seine Familie ebenso davon überzeugt hatte wie die Detectives, daß er mit Spingolas Ableben nichts zu tun hatte.

Eines Samstagabends traf Tony um kurz vor sieben bei Vyvyan ein. Er war in ziemlicher Hochstimmung.

»Also, Kleine, was willst du heute abend unternehmen?« fragte er.

»Laß uns zu Colosimo's gehen.«

»Nee, die Kneipe gefällt mir nicht. Laß uns in einen dieser netten Läden auf der North Side gehen.«

»*Nein*, ich will zu Colosimo's.« Ihre Unterlippe schob sich bedrohlich vor.

»Nee, die Kneipe gefällt mir nicht, habe ich gesagt.«

»Warum nicht?«

»Samstags abends trifft man dort ziemlich viele Mitglieder der alten Spingola-Bande.«

»Hast du Schiß?« höhnte sie. Sie schien heute abend ziemlich übellaunig zu sein.

»Nein!« schnauzte er. »Aber der Gedanke, in den Rücken geschossen zu werden, hat mir noch nie gefallen.«

»Ach so, schon gut, wenn du es so siehst. Wie wär's mit Ike Bloom's?«

»Na ja, das ist nicht besonders weit von Colosimo's entfernt, aber die Leute sind viel netter. In Ordnung, wir gehen hin, wenn du willst.«

Tony bewahrte den größten Teil seiner Garderobe in der Wohnung auf. Er badete, rasierte sich und zog einen gut geschnittenen, scharf gebügelten Smoking an. Als er das Wohnzimmer betrat, hing ein Revolver in einem Schulterhalfter unter seiner linken Achselhöhle, und in der rechten Westentasche steckte eine winzige Automatik.

Vyvyan sah in ihrem leuchtend grünen Abendkleid und dem weichen weißen Umhang ziemlich umwerfend aus. Sie waren ein hübsches Paar, als sie die Treppe zur Straße hinuntergingen und in die wartende Limousine stiegen. Sie gehörte Tony. Er hatte sein Versprechen gehalten, einen besseren Wagen zu fahren als sein Bruder und ihn ebenso mühelos zu bekommen.

In Ike Bloom's, dem riesigen und wunderschönen Nachtclub auf der Zweiundzwanzigsten Straße, nahmen sie einen Tisch am Rande der Empore. Von diesem Platz aus konnten sie alles sehen, ohne selbst allzusehr aufzufallen, und sie saßen an einem Ende des hufeisenförmigen Nachtclubs, so daß Tony die Wand im Rücken hatte und den Abend noch mehr genießen konnte.

Sie hatten ein hervorragendes Abendessen mit ausgezeichnetem Champagner, sahen sich die sprühende, wenn auch ein wenig nackte Revue an und entspannten sich dann – mit Rauchen, Trinken und Reden –, bis um kurz nach Elf der Nachtbetrieb einsetzte. Tony beäugte ausgiebig jeden neu eintretenden Gast. Doch um halb eins, als der Laden praktisch bis auf den letzten Platz gefüllt war, hatte er weder einen Feind gesehen noch sonst jemanden, dem er mißtraute. Also erklärte er sich dazu bereit, mit Vyvyan zu tanzen.

Danach ließen sie fast keinen Tanz aus, nur um zwischendurch verschiedene wenig gehaltvolle, aber dafür sehr teure Häppchen zu probieren. Und jede Stunde wurde eine neue Revue präsentiert.

Bei einer dieser Shows, als eine stattliche Frau mit netter Stimme und zu vielen Diamanten etwas über Liebe im Mondschein gurrte, richtete Tony sich plötzlich kerzengerade auf, da sein Blick auf eine Frau fiel, die ihm am anderen Ende des Balkons direkt gegenüber saß. Sie war eine Brünette, eine umwerfende Brünette, offensichtlich jung und mit einem hinreißenden weißen Abendkleid bekleidet. Der stämmige Mann bei ihr sah wie ein Preisboxer aus.

»Was für eine Frau!« hauchte Tony voller Bewunderung.

»Wo?« schnappte Vyvyan.

»Die Brünette dort drüben in Weiß.«

Vyvyan schaute hin, ängstlich und mit zusammengekniffenen Augen. Dann wandte sie sich wieder an Tony.

»Ich weiß nicht, was du an ihr findest«, sagte sie schnippisch.

»Eifersüchtig?«

»Auf diese Person? Sicher nicht. Und dieser Penner bei ihr sieht wie ein Einbrecher aus.«

»Vielleicht ist er sogar einer«, räumte Tony ungerührt ein. »Es gibt schlimmere Berufe. Aber sie ist umwerfend. Ich frage mich, wer sie ist.«

»Ich wette, sie ist irgend so ein Flittchen von der Straße.«

»Ich wette, das ist sie nicht«, schnappte Tony und winkte den Kellner heran. »Sagen Sie, wissen Sie, wer die Dame dort drüben ist – die gutaussehende Brünette in Weiß?«

Der Kellner sah hin und lächelte dann.

»Das ist Miss Jane Conley«, antwortete er.

»Den Namen habe ich noch nie gehört«, murmelte Tony.

»Vielleicht haben Sie schon unter ihrem anderen Namen von ihr gehört. Sie ist in weiten Kreisen auch als das Gun-Girl bekannt.«

»Mein Gott!« japste Tony. »Ist sie *das* Gun-Girl?«

»Ja, Sir. Obwohl wir darüber nicht gern reden, weil wir hier keinen Ärger wollen.«

»Nein, natürlich nicht«, stimmte Tony trocken zu.

»Wer ist dieses Gun-Girl?« wollte Vyvyan schnippisch wissen, als der Kellner gegangen war.

»Also, Kleine, dann erkläre ich dir jetzt mal ein paar Dinge, die mit der Unterwelt zu tun haben, obwohl das weiß Gott nicht das einzige Gebiet ist, von dem du keine Ahnung hast. Ein wirklich guter Revolvermann ist normalerweise ziemlich bekannt, nicht nur anderen Ganoven, sondern auch den Bullen. Wenn sie ihn auf der Straße sehen, halten sie ihn an und filzen ihn, um festzustellen, ob er etwas vorhat. Er kann keine zwei Blocks weit gehen, ohne aufgehalten und von jemandem gefilzt zu werden – entweder von Zivilen, also Detectives, oder von Bullen in Uniform. Also braucht er jemanden – normalerweise ein gutaussehendes, gutgekleidetes Mädchen, das niemand verdächtigen würde –, der seine Kanone für ihn trägt und ihm folgt, bis er bereit ist, sie zu benutzen. Dann begegnet sie ihm, steckt sie ihm zu und geht langsam den Block entlang. Er erledigt seinen Job, läuft die Straße runter und gibt ihr die Kanone zurück, wenn er an ihr vorbeirennt. Dann verschwindet sie sofort – in einem Wagen, einem Taxi oder zu Fuß, egal wie –, aber ohne so auszusehen, als sei sie in Eile. Wenn er dann einkassiert wird, finden sie nichts bei ihm. Verstehst du?«

»Ich kann daran nichts so Großartiges finden.«

»Das kannst du nicht, wie? Tja, dann laß dir sagen, daß nichts seltener ist als ein gutes Gun-Girl. Es braucht Grips und einen Haufen Mumm. Das Mädchen dort drüben ist – wenn der Kellner mich nicht belogen hat – das berühmteste von allen. Sie ist als *das*

Gun-Girl bekannt. Ich höre schon seit einigen Jahren von ihr, aber ich kannte nicht einmal ihren Namen. Sie hat in New York angefangen und dort mit Leech Benson zusammengearbeitet. Als der schließlich eingebuchtet wurde, wechselte sie zu Lefty Kelly, und als es Kelly erwischte, kam sie hierher, um für Ace Darby zu arbeiten. Ich nehme an, sie arbeitet immer noch für ihn. Ich frage mich, ob er das wohl bei ihr ist.«

»Nein, ist er nicht.«

»Woher weißt du das?«

»Weil ich ihm einmal begegnet bin – auf einer Party.«

Sie gingen wieder auf die Tanzfläche. Das Gun-Girl und ihr Begleiter tanzten ebenfalls. Und der faszinierte Tony, der das Mädchen aus der Nähe noch schöner und charmanter fand. Und er war so in ihre Betrachtung vertieft, daß einige Zeit verging, bevor er bemerkte, daß ein Mann mit Vyvyan zu flirten versuchte. Ein großer stämmiger Typ in einem grauen Anzug, der ihm nicht sonderlich gut paßte, ein Mann, der alt genug aussah, um es besser zu wissen. Er tanzte mit einer winzigen Blondine, die er in den Armen hielt, wie ein Kind eine Puppe gehalten hätte. Augenscheinlich hatte er eine Schwäche für Blondinen. Aber er war kein Gentleman. Er war offensichtlich betrunken und spielte sich auf.

Er winkte Vyvyan zu und zwinkerte ominös, als die beiden Paare sich für einen Augenblick nahe kamen. Tonys dunkler Teint nahm einen dunkelvioletten Farbton an. Als sie sich das nächste Mal näherten, sagte der Mann mit einem Grinsen:

»Hallo, Süße! Wie wär's mit dem nächsten Tanz?«

Tony ließ seine Partnerin los, riß dem stämmigen Mann die kleine Blondine aus den Armen und verpaßte ihm eine ordentliche Gerade ans Kinn. Der Schlag war so hart, daß der Mann nicht nur zu Boden ging, sondern auch noch drei Meter über die Tanzfläche rutschte.

»Komm, Kleine, laß uns von hier verschwinden«, sagte Tony und nahm Vyvyans Hand.

Es gab eine kleine, selten benutzte Treppe, die nicht weit von ihrem Tisch endete. Sie eilten dorthin, und Tony winkte hektisch dem Kellner.

»Das war ein großartiges Ding, was Sie ihm verpaßt haben, Sir«, lächelte der Kellner, während er rasch die Posten auf ihrer Rechnung addierte. »Und es war schon lange überfällig. Aber es wird mit Sicherheit einen furchtbaren Krawall geben, wenn er wieder zu sich kommt. Sie wissen doch, wer das ist, oder?«

»Nein.«

»Captain Flanagan.«

»O mein Gott!«

Tony warf einen Blick auf die Rechnung, legte einen Fünfzigdollarschein auf das Tablett und eilte mit Vyvyan hinaus.

»Wer ist Captain Flanagan?« fragte das Mädchen unterwegs.

»Der Chief of Detectives, also der oberste Präsidiumsbulle, und angeblich der abgebrühteste Mann der ganzen Truppe.«

»Glaubst du, du könntest deswegen noch Ärger bekommen?«

»Na ja, auf jeden Fall wird es mir nichts nützen«, erwiderte Tony grimmig.

Vier Blocks weiter verlangsamte er das Tempo, um seinem Leibwächter zu gestatten, bis auf einen halben Block aufzuschließen. Als er die Scheinwerfer des anderen Wagens im Seitenspiegel sah, beschleunigte er wieder.

Sie fuhren vor Vyvyans Wohnung vor, und sie stieg rasch aus. Dann fuhr ein Wagen vorbei, der Feuer und Kugeln spuckte und dann in der Nacht verschwand. Vyvyan schrie auf und kehrte wieder um.

»Tony!« rief sie. »Bist du verletzt?«

Er kam vom Boden des Wagens hoch, auf den er sich vorsichtigerweise in dem Augenblick geworfen hatte, als er das schrille Jaulen eines auf Hochtouren laufenden Motors hörte.

»Nein, sie haben mich nicht angekratzt!« knurrte er. »Aber das war nicht ihre Schuld. Ein Glück, daß du schon ausgestiegen warst, weil auf dem Boden kein Platz für zwei gewesen wäre ... Sag mal, du hattest es furchtbar eilig mit dem Aussteigen. Wußtest du irgendwas über die Vorkehrungen für diese kleine Party?«

»Du meine Güte, Tony, wie kannst du so etwas sagen?«

»Man kann vieles sagen, wenn gerade jemand versucht hat, einen umzubringen.«

5

Captain Flanagan zeigte sofort die Zähne. Montag mittag platzte ein Trupp Detectives aus dem Präsidium in Klondike O'Haras Kneipe, sonderte Tony aus der Menge der Gäste aus und befahl ihm mitzukommen.

»Ich weiß, worum es dabei geht«, sagte Tony zu dem verblüfften und besorgten O'Hara. »Und ich glaube, daß sich alles regeln wird. Jedenfalls solltest du ein paar Stunden warten, bevor du einen Anwalt mit einer Anordnung schickst.«

Sie brachten Tony direkt ins Präsidium und stießen ihn grob in Captain Flanagans Büro, dann schlugen sie die Tür zu und ließen die beiden Männer allein. Flanagan erhob sich und kam um seinen Schreibtisch herum. Er war ein großer Mann, breit und stämmig, mit einem streitsüchtigen Kinn, einem gemeinen höhnischen

Mund und stechenden, blutunterlaufenen, grauen Augen, die zu dicht beieinanderstanden.

»Du bist also der Gauner, der mir vorgestern nacht bei Ike Bloom's ein Ding verpaßt hat, was?« knurrte er.

»Ja, Sir«, sagte Tony gelassen. »Und jeder andere hätte dasselbe getan. Sie selbst auch, wenn jemand ständig die Dame in Ihrer Begleitung beleidigt hätte.«

»Ist das so? Tja, ich kann mir nicht vorstellen, daß ein Gauner wie du je in Begleitung einer Dame sein wird, die überhaupt beleidigt werden *kann*. Also nimm das!«

Ohne Warnung verpaßte er Tony einen heftigen Rückhandschlag auf den Mund, der so hart war, daß Tony schwankte und scharf einatmete, als er die Schmerzen in seinen aufgeplatzten Lippen spürte. Dann funkelten seine Augen vor Wut, und er hob die Hände.

»Heb nicht die Hände gegen mich, du Flasche!« fauchte Flanagan. »Sonst rufe ich ein Dutzend Männer von draußen und lasse dich von ihnen mit Gummischläuchen zusammenschlagen.«

»Dazu wären Sie fähig«, räumte Tony verbittert ein. »Sie sind der Typ.«

»Was soll das heißen – ich bin der Typ?«

»Nichts.«

»Was ist überhaupt deine Masche?«

»Ich habe keine.«

»Nein? Nun, du hängst mit Klondike O'Haras Bande herum, und das ist ein Haufen fauler Äpfel. Und jetzt Schluß mit den Ausflüchten – welche Masche reitest du?«

»Keine – bestimmte.«

»Nun gut, was tust du dann also für O'Hara?«

»Ich befolge Befehle.«

»Aha, ein ganz schlauer Bursche, was?« höhnte Flanagan. Er schlug Tony noch einmal und griff dann an seine Hüfte, als der Junge automatisch die Hände hob. »Nimm die Hände runter, du Schläger. Ich werde dich Respekt vor den Höherstehenden lehren. Also sag schon, was ist deine Masche – Einbrüche oder was?«

»Ich war in meinem ganzen Leben noch nie an einem Einbruch oder Überfall beteiligt«, erwiderte Tony stolz.

»Woher hast du dann die schicken Klamotten und den großen Wagen, den du besitzt, wie mir zu Ohren gekommen ist?«

»Ich habe eigene Mittel und Wege.«

»Das bezweifle ich nicht«, stimmte Flanagan mit trockenem Sarkasmus zu. »Und genau darüber will ich mehr wissen – über deine Mittel und Wege. Und jetzt rede, sonst bekommst du von meinen Jungens eine Tracht Prügel, die du nie vergißt.«

»Das würde ich nicht tun, wenn ich Sie wäre«, antwortete Tony, dessen Augen und Tonfall eine bedrohliche Kälte angenommen hatten. »Ich könnte schon eine große Nummer in dieser Stadt sein – und Sie bezahlen.«

»Was soll das heißen – mich bezahlen?« fauchte Flanagan. »Willst du damit sagen, daß ich käuflich bin?«

»Ich sehe nicht, warum nicht – alle anderen Bullen sind es. Sie wären ein unglaublicher Narr, wenn Sie sich nicht Ihren Anteil sicherten, solange Sie es können.«

»Von allen unverschämten Nieten!« keuchte der Polizeichef. Seine Wut war so groß, daß sein Hals aus dem Kragen zu quellen schien. »Hör zu, du«, sagte er schließlich. »Ich will keine Zeit mehr mit dir verschwenden. Aber ich gebe dir vierundzwanzig Stunden, um die Stadt zu verlassen. Und du solltest besser verschwinden. Verstanden?«

»Ja. Aber das heißt nicht, daß ich verschwinde.« Und der Junge verließ das Büro.

Tony kehrte mit aufgeplatzten Lippen und Mord im Herzen zu O'Haras Kneipe zurück und erklärte Klondike die ganze Angelegenheit persönlich. Der Bandenführer war offenbar äußerst beunruhigt.

»Das ist eine üble Geschichte, Junge«, sagte er zögernd. »Flanagan ist abgebrüht und kann jedem das Leben zur Hölle machen, wenn er es darauf anlegt.«

»Zum Teufel mit ihm!« spottete Tony. »So groß ist er nicht.«

Tony blieb auch nach der ihm zugestandenen Zeit in der Stadt. Und er fand rasch heraus, daß Klondike O'Hara recht hatte. Denn er fand sich in einem Netz von Polizeischikane wieder, das umfassender war, als er je für möglich gehalten hätte. Er wurde ein halbes dutzendmal pro Tag angehalten, in O'Haras Kneipe, auf der Straße, überall, und durchsucht und verhört. Er wagte nicht, eine Kanone zu tragen, denn er wußte, daß sie ihn fertigmachen würden, wenn sie eine Waffe bei ihm fänden. Doch er wußte auch, daß ihm die Reste der Spingola-Bande auf den Fersen waren und aktiv nach dem Leben trachteten. Es war eine nervenaufreibende Woche.

Die Detectives platzten sogar eines Nachts, als er dort war, in Vyvyans Wohnung und stellten sie unter dem Vorwand auf den Kopf, nach Diebesgut zu suchen. Und sie verhörten sie mit mehr Gründlichkeit als Galanterie.

»Das ist also die Braut, die du Al Spingola ausgespannt hast?« sagte einer von ihnen mit lüsternem Grinsen an Vyvyans Adresse zu Tony. »Tja, ich kann ihm keinen Vorwurf machen, daß er durchgedreht ist. Sie ist mit Sicherheit ein netter Anblick … Wie wär's demnächst mal mit 'ner Verabredung, Kleine?«

»Hören Sie–« begann Tony finster.

»Ich rede nicht mal mit Bullen, wenn ich es verhindern kann«, erwiderte Vyvyan und wandte sich mit hoch erhobener Nase ab.

»Wahrscheinlich gab es reichlich Gelegenheiten in deinem Leben, wo du es nicht verhindern konntest«, schnauzte der Detective. »Und es wird noch viel mehr geben, wenn du dich weiter mit seinesgleichen hier abgibst. Also behandle uns mal nicht so von oben herab, Baby. Irgendwann brauchst du vielleicht mal unsere Hilfe.«

Am Freitag rief Klondike O'Hara Tony in sein Büro, einem vollgestopften, unordentlichen kleinen Zimmer mit einem ramponierten Schreibtisch mit Rolljalousie und zwei ehemals goldenen Eichenstühlen. Der Ire hatte seine Jacke ausgezogen, und seine fleckige, aufgeknöpfte Weste flatterte frei umher, nur durch die Kette seiner schweren goldenen Uhr in ihrer Bewegungsfreiheit eingeschränkt. Sein Bowlerhut war weit nach vorn geschoben, so daß er fast auf dem Nasenrücken saß, und eine gründlich durchgekaute unangezündete Zigarre hing in einem Winkel seines schlitzartigen, tabakfleckigen Mundes.

»Setz dich, Tony«, forderte er ihn auf.

Tony setzte sich mit einem äußerst unbehaglichen Gefühl und fragte sich, was dies wohl zu bedeuten hatte. Normalerweise gab O'Hara Befehle, nahm Berichte und Beute entgegen und erledigte alle anderen Gangangelegenheiten von einem Ende seiner Bar aus. Wenn er eine Besprechung in seinem Büro abhielt, konnte es sich nur um etwas sehr Wichtiges handeln.

»Ich habe mir die ganze Woche große Sorgen gemacht«, begann der Anführer, »und zwar deinetwegen. Die Bullen sind hinter dir her, Junge. Daran gibt es keinen Zweifel. Und wegen dieser Flanagan-Sache werden sie dir weiter zusetzen, bis sie dich erwischen.

Flanagan ist hart, und wenn er sich in eine Sache verbeißt, hält er daran fest wie eine Bulldogge – wenn er das will. Wenn du groß genug wärst, um ihm jede Woche einen ordentlichen Haufen Moneten rüberzuschieben, würde er seine Hunde wahrscheinlich zurückpfeifen. Aber das bist du nicht. Also mußt du es hinnehmen. Und in der Zwischenzeit heißt das, daß ich und die ganze Gang im Präsidium unten durch sind. Die Bullen, die hier jeden Tag rumschnüffeln, sind hinter dir her, aber natürlich halten sie trotzdem die Augen nach allem anderen offen, was ihnen auffällt. Wenn sie das lange genug durchziehen, kann es gar nicht ausbleiben, daß sie irgendwann etwas sehen oder hören, das uns ruiniert. Also muß ich dich jetzt bitten, hier nicht mehr aufzukreuzen.«

»Also feuerst du mich, ja?« wollte Tony kalt wissen.

»Unsinn. Jesus, Junge, ich mag dich, und ich hätte dich am liebsten immer bei mir. Aber siehst du denn nicht ein, daß es unseren sicheren Untergang bedeutet, wenn die Polizei ständig den Scheinwerfer auf uns richtet?«

»Ja, wahrscheinlich hast du recht. Aber was ist mit meinen Ideen und Plänen, die ich entwickelt und angeleiert habe?«

»Du bekommst weiterhin jede Woche deinen Anteil. Ich schicke ihn jeden Samstagabend an jeden Ort, den du mir nennst. Und ich spiele ehrlich mit dir, Junge. Ich will, daß du alles bekommst, was dir zusteht. Aber ich wage es einfach nicht mehr, dich noch länger hier 'rumhängen zu lassen. Es wäre den anderen Jungens gegenüber nicht fair.«

Sie schüttelten sich die Hände, und Tony ging hinaus, entlassen wegen der unerwünschten Aufmerksamkeit, die durch seine Schikanierung seitens der Polizei der ganzen Bande zuteil wurde.

In der Bar schob sich einer von O'Haras Leuten neben ihn.

»Hör mal«, flüsterte er ihm zu, »ich habe heute gehört, daß die Spingola-Bande alles daransetzt, dich zu erwischen.«

»Sie haben es schon einmal versucht«, erwiderte Tony kalt.

»Ich weiß. Aber diesmal gehen sie aufs Ganze. Sie sagen, diesmal werden sie treffen.«

»Danke«, sagte Tony. »Tja, ich schätze, ich muß wieder dazu übergehen, eine Kanone zu tragen, Bullen hin oder her, und es einfach darauf ankommen lassen, wenn sie mich anhalten.«

Tony trat auf den Gehsteig und winkte seinen Leibwächter zu sich, der in einem Hauseingang auf der anderen Straßenseite herumlungerte und eine Zigarette rauchte. Der Junge kam über die Straße, ein schlanker, bleichgesichtiger Bursche mit einem wenig ausgeprägten Kinn und glühenden blauen Augen.

»Ich habe gerade den Tip bekommen, daß die Spingola-Bande mir jetzt richtig ans Leder will«, sagte Tony. »Und ich habe keine Kanone. Ich gehe jetzt in die Wohnung, um meine Artillerie zu holen. Also paß gut auf.«

Er sah sich rasch nach links und rechts um, dann drehte er sich um und setzte sich mit raschen Schritten in Bewegung, wobei er seinen scharfen Blick argwöhnisch in alle Richtungen wandern ließ, während der andere Junge ihm in einem Abstand von dreißig Metern folgte, die rechte Hand tief in der Jackentasche.

Vyvyan wurde unter der Belastung dieser ständigen Überwachung und Schikane der Polizei langsam unruhig. Beim Essen war sie aufgebracht und gereizt, und anschließend ging Tony allein ins Kino.

Amerika war erst ein paar Tage zuvor in den Weltkrieg eingetreten, und über die Leinwand flimmerte ein Aufruf, sich freiwillig als Soldat für den sofortigen Dienst in Übersee zu verpflichten. Tony fragte sich, was für Gimpel darauf hereinfallen würden. Er jedenfalls nicht. Was schuldete er dem Land? Was hatte das Land je für ihn getan? Im stillen kicherte er zynisch, als er das Kino verließ, nachdem der Film zu Ende war.

Sein Blick schweifte über die Menge und suchte nach möglichen Feinden, entweder solche auf Seiten des Gesetzes oder solche außerhalb desselben. Doch er sah keine und machte sich mit raschen Schritten auf den Heimweg, denn sein Wagen befand sich noch in der Werkstatt, in die er ihn nach dem Anschlag zur Reparatur gebracht hatte.

Als er von der Hauptgeschäftsstraße des Bezirks abbog und tiefer in die dunklen verlassenen Seitenstraßen eintauchte, wurde Tony plötzlich fremder Schritte gewahr. Er wandte vorsichtig den Kopf und sah drei Männer auf der anderen Straßenseite, die ein wenig zurückhingen, aber in dieselbe Richtung gingen wie er. Etwas in ihm schien zu gefrieren, und seine Hand suchte verstohlen die schußbereite Kanone in seiner Jackentasche.

Doch zuerst mußte er sich vergewissern, daß diese Männer tatsächlich hinter ihm her waren – daß es sich bei ihnen um Killer der Spingola-Bande handelte. An der nächsten Ecke bog er nach links ab und beschleunigte seine Schritte. Die anderen Männer überquerten rasch die Straße und folgten ihm beinahe im Laufschritt, bis sie wieder ihre bevorzugte Position auf der anderen Straßenseite und ein wenig hinter ihm bezogen hatten.

Tony wurde klar, daß ihre Aufgabe darin bestand, ihn umzubringen, und sie nur darauf warteten, daß er eine von ihnen zuvor präparierte oder einfach von ihnen bevorzugte Stelle erreichte. Und es gab keine Möglichkeit, ihren mörderischen Absichten zu entkommen. Wenn er losrannte, beschleunigte er damit nur ihr

Feuer. Wenn er schrie, erreichte er damit dasselbe, und außerdem würde ihm niemand zu Hilfe eilen, denn in dieser Gegend war das Kümmern um die eigenen Angelegenheiten zu einer hohen Kunst entwickelt worden. Es blieb ihm nichts anderes übrig, als abzuwarten und sich mit ihnen eine Schießerei zu liefern, wenn sie angriffen.

Das Furchtbare seiner Situation, mit beinahe derselben Unvermeidlichkeit wie bei einer legalen Hinrichtung zu Tode gehetzt zu werden, ging ihm nicht auf, da Tony wie alle Verbrecher vollkommen phantasielos war.

Die Männer beschleunigten plötzlich ihren Schritt und machten sich daran, die Straße zu überqueren, um direkt hinter Tony zu gelangen. Da er den gewaltigen Wert eines Überraschungsangriffs kannte, beschloß Tony, einen zu unternehmen. Mit der Flinkheit eines Schattens tauchte er in einem Hauseingang unter und fing an zu schießen. Die Kanonen der drei Männer antworteten sogleich, und dem Jungen pfiffen die Kugeln um die Ohren. Hinter den Angreifern sah er die Mündungsblitze und hörte er das Krachen der Kanone seines Leibwächters. Die Angreifer befanden sich im Kreuzfeuer.

Tony selbst, teilweise geschützt und kalt wie Eis, schoß langsam, aber mit tödlicher Wirkung. Er sah einen der Männer zu Boden gehen und liegenbleiben. Er sah einen weiteren fallen, der sich dann wieder aufrappelte und gemeinsam mit dem dritten hinkend floh. Der Feind war in die Flucht geschlagen.

In der Ferne hörte er die Sirene eines Einsatzwagens des Polizeipräsidiums. Zweifellos hatten sie die Schüsse gehört und rasten jetzt auf dem schnellsten Wege hierher. Tony verließ den schützenden Hauseingang und lief an der reglos daliegenden Gestalt vorbei, ohne innezuhalten, um einen Blick darauf zu werfen. Bei seinem Leibwächter angelangt, rannte er mit ihm in eine dunkle, stinkende Gasse.

»Gute Arbeit, Kleiner!« japste Tony im Laufen und steckte ihm einen Zwanzigdollarschein zu. »Wir haben einen erledigt und einen zweiten angeschossen. Aber wir müssen unsere Spuren verwischen, und zwar schnell und vollständig. Wirf deine Kanone hier über den Zaun.« Seine eigene flog hinüber, und die seines Leibwächters folgte. »Wenn sie uns jetzt aufgreifen, haben wir nichts bei uns. Aber wir wollen nicht aufgegriffen werden. Am Ende der Gasse trennen wir uns. Verschwinde von hier, so schnell du kannst, aber lauf nicht so schnell, daß du Aufmerksamkeit erregst. Solltest du von den Bullen angehalten werden, hast du mich den ganzen Abend nicht gesehen. Du warst im Kino. Verstanden?«

Der Junge nickte, und als sie das Ende der Gasse erreichten, bog er nach rechts ab und verschwand in der Dunkelheit. Tony wandte sich nach links. Binnen fünf Minuten hatte er sich sieben Blocks vom Schauplatz der Schießerei entfernt. Unterwegs hatte er gründlich nachgedacht. Zweifellos war der Tote ein Mitglied von Spingolas Bande. Die Polizei, die ihn mittlerweile längst gefunden hatte, würde das selbstverständlich auch wissen, und sie würde eine ziemlich gute Vorstellung davon haben, wie er zu Tode gekommen war. Tony wußte, daß sie sofort nach ihm fahnden würde. Zwischen den Mühlsteinen der Polizei und der Spingola-Bande – die es nach dem heutigen Zwischenfall nur noch mehr auf ihn abgesehen haben würde – wurde die Stadt langsam zu heiß für ihn. Er würde sie für eine Weile verlassen müssen. Doch wohin konnte er gehen? Was konnte er tun? Er erinnerte sich an den Aufruf, den er heute abend auf der Kinoleinwand gesehen hatte. Und er kicherte. Er würde der

Armee beitreten. Sie bot eine Menge Vorteile, nun, da er eingehender darüber nachdachte – niemand würde je auf die Idee kommen, dort nach ihm zu suchen, er würde ein wenig herumkommen und viele neue Dinge sehen, ohne dafür bezahlen zu müssen, und so weiter. Der Krieg würde nicht mehr lange dauern, jetzt, wo Amerika eingetreten war. Er würde ein paar Monate lang einen netten, bezahlten Urlaub machen.

In der Zwischenzeit befand er sich in einer ernsthaften Zwangslage. Die Polizei würde mit Sicherheit an all seinen bekannten bevorzugten Aufenthaltsorten nach ihm suchen. Er wagte nicht, nach Hause zu gehen, auch nicht zu Vyvyan und auch nicht zu O'Haras Kneipe. Er ging in einen Drugstore und rief O'Hara an.

»Hallo, Klon«, sagte er in vorsichtigem Tonfall. »Hier ist Tony. Ich hatte gerade eine Auseinandersetzung mit einigen Mitgliedern der Spingola-Bande. Einer hat ins Gras gebissen, ein anderer wurde angeschossen. Ich schätze, die Bullen werden sofort nach mir fahnden. Ich habe beschlossen, die Stadt für eine Weile zu verlassen. Und ich will dich und Vyvyan noch mal sehen, bevor ich verschwinde, aber ich kann weder zu dir noch zu ihr gehen. Wo können wir uns treffen?«

»Ich schätze, wir treffen uns wohl besser in der Bude einer meiner Bräute«, sagte O'Hara. Er nannte den Namen und die Adresse. »Da sollten wir sicher sein. Ich fahre gleich hin und warte dort auf dich.«

Tony rief Vyvyan an und nahm sich dann ein Taxi. Die Adresse war in einem großen Wohnhaus in einem ruhigen Stadtteil. Die Wohnung, die er suchte, befand sich im zweiten Stock. Tony eilte hinauf und klopfte leise. O'Hara ließ ihn ein und stellte ihn einer fülligen, pferdegesichtigen Blondine namens Gertie vor. Gertie hatte reichlich blonde Haare, blasse, leere blaue Augen mit dunklen Ringen der Ausschweifung darunter und eine ausladende Figur, die in einen lavendelfarbenen, mit gefärbtem Pelz besetzten Morgenrock gehüllt war. Dazu trug sie lavendelfarbene Pantoffeln mit riesigen Bommeln, aber ihre Beine waren nackt. Sie lachte beim geringsten Anlaß laut und hohl und schien eine allesverzehrende Angst davor zu haben, daß jemand nicht genug zu trinken bekommen könnte. Die Wohnung war eine Rokoko-Geschichte in französischem Stil, wo die Wände mit blauem Taft behangen waren, und so mit verschnörkelten Möbeln vollgestellt, daß man sich kaum darin bewegen konnte.

Tony erläuterte rasch die Situation und seinen Plan, sich für eine Weile abzusetzen. O'Hara erklärte sich einverstanden und versprach, Vyvyan und Mrs. Guarino jede Woche Geld zu schicken, Tonys Anteil an den Gewinnen aus den Geschäften, die er ersonnen und eingerichtet hatte.

Dann traf Vyvyan ein, und O'Hara führte Gertie mit einem Einfühlungsvermögen, wie man es bei jemandem seines Schlages selten fand, in ein anderes Zimmer, so daß Tony ein paar Augenblicke allein mit Vyvyan war. Rasch erklärte er ihr alles und erzählte ihr dann von seinem Entschluß, in die Armee einzutreten.

»Aber du könntest dabei sterben«, wandte sie ein.

Tony grinste. »Wenn ich hier bleibe, werde ich entweder umgelegt oder für ein paar Jahre in den Bau geschickt.«

»Aber, Tony, ohne dich komme ich nicht zurecht«, schniefte Vyvyan.

»Ich habe mit O'Hara abgesprochen, daß er dir jede Woche Geld schickt«, antwortete der Junge. »Damit wirst du ein paar Monate zurechtkommen – bis ich wiederkomme. Und ich komme wieder – mach dir deswegen keine Sorgen. Und wenn ich wiederkomme«, sagte er mit einem drohenden Unterton, »gehe ich davon aus, daß du auf mich wartest.«

»Das werde ich, Tony, oh, das werde ich.« Sie klammerte sich an ihn, küßte ihn inbrünstig und schluchzte heftig. »Oh, ich liebe dich so, Kleiner. Bitte komm zu mir zurück.«

Er küßte sie mit all der Leidenschaft, die ihn dazu bewogen hatte, sein Leben zu riskieren, um sie zu bekommen, und für sie zu töten, dann eilte er mit O'Hara hinaus, während ihm ihr Schluchzen und ihr Flehen um seine Rückkehr noch in den Ohren hallte.

O'Hara fuhr ihn nach South Bend, wobei Tony hinten auf der Rückbank lag, bis sie die Stadtgrenze hinter sich gelassen hatten. Um kurz nach ein Uhr morgens hielt dort ein Zug nach New York, in den Tony einstieg. Zwei Tage später war er in der Armee und damit all seinen Feinden entzogen. Damals stellte man Männern, die Soldat werden wollten, nicht viele Fragen.

6

Tony Guarino war ein guter Soldat. Man steckte ihn in eine MG-Kompanie, und es gefiel ihm. Die Offiziere fanden seine Kaltblütigkeit unter Beschuß bemerkenswert. Sie wußten nicht, daß es für ihn ein alter Hut war, im Kugelhagel zu stehen, und er es nicht gewöhnt war, Tausende von Männern neben sich zu haben, die ihm dabei halfen, den Angriff abzuwehren. Schützengräben waren in den Straßenschlachten zu Hause ebenfalls eine unbekannte Schutzmaßnahme. Alles in allem betrachtete er den Krieg als eine ziemlich zahme Angelegenheit und stürzte sich mit Begeisterung hinein.

Binnen sechs Monaten war er First Sergeant in seiner Kompanie. Die Männer, die hauptsächlich Jungens vom Lande waren und daher nichts mit ihm gemeinsam hatten, mochten ihn auf persönlicher Ebene nicht besonders, aber er hatte das gewisse Etwas des geborenen Anführers, was bewirkte, daß sie ihm fraglos überallhin gefolgt wären. Einmal mußten sie es sogar. Es war ein häßliches Nachtgefecht in den Wäldern. Tony kam aus der Dunkelheit geschwankt, seinen bewußtlosen Captain auf dem Rücken und von seinem eigenen Blut zu geblendet, um festzustellen, daß alle Offiziere tot oder schwer verwundet und die führerlosen Männer am Rande der Panik waren. Tony ließ den Captain vorsichtig zu Boden gleiten, wies zwei Männer an, mit ihren Erste-Hilfe-Ausrüstungen für ihn zu tun, was sie konnten, wischte sich dann das Blut aus den Augen und machte ruhig eine Bestandsaufnahme der Situation.

Kurz nach Morgengrauen stellte der verblüffte Colonel fest, daß Tony drei Kompanien befehligte und dabei seine Stellung konsolidiert hatte und seinen Abschnitt der Front mühelos hielt. Tony selbst saß auf einem kleinen Hügel, in tödlicher Gefahr seitens feindlicher Scharfschützen, seine Automatik auf den Knien, während sein scharfer Blick an der Front entlangwanderte, in dem Bemühen, Männer auszumachen, die zum Rückzug geneigt schienen. Er bot einen außerordentlichen Anblick mit seinen nackten, schlammverkrusteten Beinen und dem mit blutigen Taschentüchern und seinen Gamaschen umwickelten Kopf. Nur Augen und Mund waren nicht bedeckt.

»So eine verdammte Unverfrorenheit!« rief der Colonel den Offizieren an seiner Seite zu. »Übernimmt den Befehl über den ganzen Laden und schmeißt ihn besser, als manch ein Major es gekonnt hätte. Wenn die Heinis hier durchgebrochen wären, hätten sie uns ausgelöscht. Hören Sie«, rief er Tony aus dem Schutz des verschlammten Grabens zu, den er in dem Bemühen abschritt, sein versprengtes Regiment zu sammeln, »kommen Sie her und lassen Sie Ihre Wunden versorgen.«

»Wir haben keine Offiziere«, erwiderte Tony stur. »Die meisten hat es im Lauf der Nacht erwischt, aber ein paar wurden nur verwundet, und ich habe sie ins Lazarett geschickt, damit sie wieder zusammengeflickt werden. Natürlich wären sie nicht gegangen, wenn sie bei Bewußtsein gewesen wären, aber sie waren erloschen wie eine Kerze, also hatte ich keinen Ärger mit ihnen. Die Männer kämpfen großartig, wenn sie jemanden haben, der sich um sie kümmert«, fuhr er fort, »aber sie sind etwas nervös, wenn nicht. Also kümmere ich mich um sie, bis ein paar Offiziere herkommen.«

»Teufel!« explodierte der Colonel vor seinem Stab. »Ist das nicht die Höhe? Streitet mit mir, um dort oben zu bleiben und sich den Kopf wegschießen zu lassen?« Dann hob er die Stimme und rief Tony zu: »Ich bin Colonel Riley. Ich habe Captain Stone hier bei mir, der sich um Ihre Männer kümmern wird. Und jetzt kommen Sie von dem Hügel herunter – *auf der Stelle*, verstanden? – und gehen Sie nach hinten und lassen Sie Ihre Wunden versorgen. Ich kann es mir nicht leisten, daß ein Mann wie Sie eine Infektion bekommt und mir wegstirbt.«

Also verließ Tony seinen gefährlichen Aussichtshügel, salutierte vor dem Colonel, der ihm wortlos die Hand schüttelte, und machte sich widerwillig auf den Weg zum Feldlazarett.

Bevor der Tag vorüber war, besaß Colonel Riley einen vollständigen Überblick über die Aktivitäten der Nacht und schickte einen Bericht zum Generalstab, bei dem Tony die Ohren geklingelt hätten. Man verlieh Tony das Ehrenverdienstkreuz und das *Croix de Guerre* für seine Leistung in jener Nacht, er begriff nicht, warum.

Er hatte lediglich getan, was die Situation erforderte, dasselbe, was er bei einer Straßenschlacht zu Hause getan hätte.

Schließlich kam der Waffenstillstand, und Tony wurde heimgeschickt. Er war bereit, wieder nach Hause zu gehen. Er war ein gewiefter Zocker und hatte sich an den Einfaltspinseln schadlos gehalten, so daß sein Kapital mittlerweile etwas über sechstausend Dollar betrug, die er in bar in einem Geldgürtel bei sich trug. Und es hatte viele Momente in Frankreich gegeben, wo er das ganze Geld für eine einzige Stunde mit Vyvyan hergegeben hätte.

Nachdem die Regierung ihn also in allen Teilbereichen der hohen Kunst des Mordes perfektioniert und jede Anstrengung unternommen hatte, seine Denkvorgänge umzugestalten, damit er jederzeit bereit wäre, sein Wissen und seine Techniken einzusetzen, schien sie jetzt von ihm zu erwarten, da sie ihn mit ihrem Segen einer ehrenhaften Entlassung ins Zivilleben entließ, daß er augenblicklich alles Gelernte vergessen und von nun an ein friedlicher, gesetzestreuer Bürger sein würde. Was von jedem Mann viel verlangt gewesen wäre, ganz besonders aber von Tony.

Er kam mit einem neuen Gesicht und einem Haufen neuer Ideen nach Hause, Ideen, die für ihn einträglich, für die Gemeinde, in der er sie in die Tat umsetzen würde, aber höchst abträglich sein würden. Jenes furchtbare Nachtgefecht in den Wäldern, das ihm die Orden eingebracht hatte – er trug sie in einer Innentasche, und zwar so, daß nicht einmal die Bänder zu sehen waren –, zeichnete ebenfalls für eine lange, bläulich verfärbte Narbe auf der linken Gesichtsseite verantwortlich, die von der Ohrmuschel bis zur Kinnspitze verlief. Die Nerven und Muskeln rings um den Mund waren in Mitleidenschaft gezogen worden, und jetzt war der linke Mundwinkel dauerhaft ein wenig hochgezogen, nicht viel, aber es hatte sein Aussehen überraschend drastisch verändert. Wenn er lächelte, lächelte dieser Mundwinkel nicht mit, und das verlieh seinem Gesicht einen erstaunlich finsteren Ausdruck.

Er sah jungenhaft und fesch aus in seiner Uniform und dem Übersee-Käppi, als er in erwartungsvoller Eile den Bahnhof verließ. Er hatte eine Reisetasche, und in der Seitentasche seines Uniformrocks steckte die Automatik eines deutschen Offiziers, die er als Andenken mit nach Hause genommen hatte.

Nun, da er wieder daheim war, wollte er zuallererst Vyvyan wiedersehen. Gott! Wie er sich danach sehnte, sie wieder in die Arme zu nehmen, ihren geschmeidigen und biegsamen Körper weich und lebendig an seinem zu spüren. Er hielt ein Taxi an, nannte die Adresse und befahl dem Fahrer, auf die Tube zu drücken. Seine hungrigen Augen erkannten das Haus selbst im Dunkeln aus zwei Blocks Entfernung wieder, und sein Blick suchte ihre alte Wohnung. Ja, dort brannte Licht. Sie war zu Hause! Falls sie überhaupt noch dort wohnte, fügte er als eine Art Nachgedanken – als eine entsetzliche Möglichkeit – hinzu. Dann grunzte er und grinste. Vyv würde auf ihn warten. Er erinnerte sich noch daran, wie sie in jener Nacht, als er gegangen war, geschluchzt und es ihm versprochen hatte.

Er gab dem Fahrer ein ordentliches Trinkgeld für sein Tempo, eilte ins Haus und ging ungeduldig die Namen neben den Briefkästen durch. Ja, da stand er noch an derselben Stelle – Vyvyan Lovejoy. Welch eine Überraschung seine Ankunft für sie sein mußte. Er hatte seit zwei Monaten nicht mehr geschrieben – er hatte so viele andere Dinge zu tun gehabt. Er versuchte die Haustür, um festzustellen, ob sie vielleicht offen war. Sie war es. Er eilte leise die Treppe empor und klopfte an die vertraute Tür im zweiten Stock, während ihm das Herz im Halse schlug. Er hörte drinnen ein Huschen, doch niemand kam an die Tür. Er klopfte wieder, lauter und ein wenig ungehalten.

Dann öffnete sich die Tür einen Spalt. Tonys zur Umarmung bereite Arme fielen herab, und seine Augen sprühten plötzlich Feuer. Denn in der Tür stand ein Mann, ein rattengesichtiger junger Kerl mit dem Gesicht eines Gauners, aber sinnlichen Lippen und einer leidenschaftlichen Nase. Er war in Hemdsärmeln.

Mit einem Satz stieß Tony die Tür weit auf, wodurch der andere Mann beinahe umgeworfen wurde, und stürzte in die Wohnung.

»Wo ist Vyvyan?« wollte er wissen.

Sie kam aus dem Schlafzimmer geeilt, in einen wunderschönen Morgenrock gehüllt, den er ihr gekauft hatte. Er konnte erkennen, daß sie keinen Schlafanzug darunter trug und ihre Beine nackt waren.

»Wer sind Sie?« fragte sie aufgebracht. »Und wie kommen Sie dazu, hier einfach so einzubrechen?«

Tony hielt den Atem an. Sie erkannte ihn nicht.

»Du meine Güte, ich bin es, Tony. Ich weiß, ich habe mich etwas verändert.« Seine Finger strichen unbewußt über die schreckliche Narbe auf seiner linken Wange. »Aber du wirst doch–«

»Tony!« rief sie voller Erstaunen und kam näher, um ihn verwundert anzustarren. »Du meine Güte, vor sechs Wochen hat man dich für tot erklärt. Es stand in allen Zeitungen.«

»Tja, das war offenbar eine Falschmeldung. Wie du siehst, stehe ich vor dir.« Dann fiel ihm wieder der merkwürdige Mann ein, der mittlerweile die Tür geschlossen hatte und hinter ihm wartete. Er fuhr herum und sah sie beide anklagend an. »Wer ist das?« wollte er wissen, und in seiner Stimme lag ein Unterton, vor dem Vyvyan unwillkürlich zurückschreckte.

»Ein – ein Freund von mir«, antwortete sie.

»Ein Freund von dir, was?« wiederholte er verbittert und starrte den anderen verächtlich an.

Er fuhr herum und stürzte ins Schlafzimmer. Dort fand er im Kleiderschrank zwischen Vyvyans Sachen Männerschuhe, ein halbes Dutzend Anzüge, sogar einen Männerschlafanzug. Als er in den Krieg gezogen war, hatten dort seine Sachen gehangen. Doch jetzt waren sie alle verschwunden – diese Kleider waren ihm fremd, offensichtlich das Eigentum des rattengesichtigen Gauners im Wohnzimmer. Vor Wut zitternd, stürmte Tony wieder dorthin zurück.

»Also hast du mich betrogen, du kleines Miststück!« knurrte er zähneknirschend. »Ich nehme an, du fütterst *ihn* mit dem Geld durch, das ich dir über Klondike O'Hara jede Woche habe schicken lassen.«

»Nein, Tony«, keuchte Vyvyan atemlos. Ihre Hände flogen an ihre Kehle, und sie konnte kaum sprechen. »Tony, du darfst nicht denken, was du jetzt denkst. Ich habe in deiner Abwesenheit keinen anderen Mann angesehen, erst, nachdem man dich für tot erklärt hatte. Das schwöre ich bei Gott.«

»Dann hast du danach nicht lange gewartet. Eine Frau zieht nicht in der ersten Nacht, in der sie ihn kennenlernt, mit einem Mann zusammen. Du hast dir nicht die Mühe gemacht herauszufinden, ob die Meldung stimmte. Du hast keine Weile gewartet, ob ich vielleicht zurückkehren würde, wie ich es jetzt getan habe. Nein, du hast dir sofort einen anderen geangelt. Und ich sehe keine Trauerkleidung in deiner Garderobe. Alle Sachen sind so verrückt und bunt wie eh und je. Du mußt dir ja, abgesehen davon, daß ich deine Einnahmequelle war, viel aus mir gemacht haben.« Plötzlich sah er rot. Sein Verstand schien vor Wut erstarrt zu sein. Automatisch tastete seine Hand nach der Pistole in seiner Tasche. »Du hast dir einen Dreck aus mir gemacht, du lausige kleine–«

Das Wort, das er ihr entgegenschleuderte, wurde vom Knall der Waffe übertönt. Sie faßte sich an den Hals und ging zu Boden, ein weicher blutverschmierter Haufen. Der Mann war zur Seite gesprungen und versuchte, sich hinter einem Sessel zu verstecken. Doch Tony mähte ihn mit tödlicher Präzision nieder. Dann versteckte er die leergeschossene Pistole unter dem Polster eines anderen Sessels und eilte mit seiner Reisetasche in der Hand aus der Wohnung.

7

Es war nach Mitternacht. Auf dem Weg hinaus sah er niemanden. Er hatte auch keinen Menschen auf dem Weg hinein gesehen. Er war davon überzeugt, daß er vor Zeugen, die ihn identifizieren konnten, sicher war.

Zwei Blocks entfernt hielt er ein Taxi an und nannte dem Fahrer den Namen eines der besten Hotels in der Stadt. Die Polizei würde, selbst wenn sie nach Tony Guarino fahndete, niemals auf die Idee kommen, ihn in solch einem Hotel zu suchen.

Auf den Straßen und sogar in der Lobby des ziemlich teuren Hotels sah er viele Uniformen. Es war kein verdächtiges Kostüm. Er trug sich als *J. H. Stevens, Denver, Colo.,* ein und bekam ein nettes Zimmer mit eigenem Bad.

Er legte die Uniformjacke ab und streckte sich in einem Sessel aus, um zu rauchen und nachzudenken. Er hatte Vyvyan und ihren neuen Geliebten getötet. Daran bestand kein Zweifel. Drei oder vier Schüsse aus einer Luger, von jemandem mit seinem Geschick abgefeuert, mußten jeden erledigen. Und er bedauerte die Tat nicht.

Vyvyan hatte ihn nie geliebt, das erkannte er jetzt ganz klar. Tatsächlich empfand er so etwas wie Erleichterung, daß ihre Lippen für immer versiegelt waren. Sie hätte ihn jederzeit wegen des Mordes an Spingola bei der Polizei verpfeifen können, und sie war genau der Typ, der das auch getan hätte, wenn sie etwas eifersüchtig oder wahnsinnig machte. Ja, er konnte jetzt aufatmen, wo sie nicht mehr da war.

Also hatte man ihn für tot erklärt. Er fragte sich, ob Vyvyan in diesem Punkt gelogen hatte, ob sie nur nach einer Ausflucht gesucht hatte, um ihr Verhalten zu rechtfertigen. Er mußte es wissen. Denn die Antwort auf diese Frage würde einen großen Anteil an der Gestaltung seiner zukünftigen Pläne haben.

Er griff nach dem Telefon, das neben ihm stand, und rief in Klondike O'Haras Kneipe an.

»Ich will mit Klondike reden«, sagte er mit heiserer verstellter Stimme.

»Klondike wurde vor sechs Monaten umgelegt«, antwortete eine ihm fremde Stimme.

»Das ist jammerschade. Ich war eine Zeitlang weg und habe nichts davon gehört. Eigentlich wollte ich herausfinden, wo ich einen Burschen finden kann, der mal für Klondike gearbeitet hat – er heißt Tony Guarino.«

»Der? Ach, der hat seine patriotische Ader entdeckt und ist in die Armee eingetreten, gleich nach der Kriegserklärung. Und dann ist er in Frankreich gefallen, nur eine Woche vor dem Waffenstillstand.«

»Woher wissen Sie das?«

»Es stand in der Zeitung – in der Liste der Verwundeten und Gefallenen. Sagen Sie mal, wer sind Sie überhaupt?«

Doch Tony hatte bereits aufgelegt. Und seine Augen strahlten voller Hochstimmung. Also stimmte es. Hier zu Hause hielten ihn alle für tot. Weder die Polizei noch die Spingola-Bande würden noch nach Tony Guarino suchen. Daß sich sein Aussehen stärker verändert hatte, als er dachte, bewies die Tatsache, daß selbst Vyvyan ihn zunächst nicht erkannt hatte. Seine alte Identität war tot. Er würde sie in Frieden ruhen lassen und sein Leben als neuer Mensch fortsetzen. Diese Entscheidung würde seinen Angehörigen keinen Kummer verurachen. Natürlich hatten sie bereits um ihn getrauert, da sie ihn für tot hielten. Er lachte laut. Welch eine glückliche Wendung!

Er stand nach einem guten Schlaf spät auf und ging in ein großes Geschäft nicht weit vom Hotel entfernt, wo er sich eine vollständige Garderobe ziviler Kleidung kaufte. Nachdem er Anweisung gegeben hatte, die Pakete sofort zu seinem Hotelzimmer zu liefern, kehrte er in die Hotellobby zurück, kaufte sich die Morgenzeitungen und ging auf sein Zimmer.

Der Mord an Vyvyan und ihrem Liebhaber war in allen Zeitungen groß aufgemacht. Und er wurde als großes Rätsel dargestellt. Den Artikeln konnte er entnehmen, daß das männliche Opfer in diesem Fall »Frog« Merlin war, Besitzer einer Spielhölle auf der North Side und angeblicher Schnapsschmuggler. Die Mordwaffe war nicht gefunden worden, und es gab keine Hinweise auf den Täter. Detective Sergeant Ben Guarino hatte die Leitung des Falles.

Tony las diese letzte Zeile dreimal und lachte dann schallend. Also war Ben jetzt Detective Sergeant. Schau, schau! Wäre es nicht witzig, wenn sie sich eines Tages begegneten? Dann verhärtete sich Tonys Gesicht. Vielleicht wäre es doch nicht so witzig.

Als seine Pakete eintrafen, kleidete er sich neu an und verließ das Hotel. Nach einem herzhaften Frühstück unternahm er einen Streifzug durch seine alte Gegend. Es war eine fast unwiderstehliche Versuchung für ihn, zu dem kleinen Gemüseladen zu gehen und einen Blick auf seine Familie zu werfen, aber er riß sich zusammen und wandte sich in die entgegengesetzte Richtung. Er sah viele Leute, die er kannte, gab jedoch kein Zeichen des Erkennens, und keiner von ihnen gönnte ihm einen zweiten Blick.

Er verbrachte den Tag in verschiedenen gesetzwidrigen Bars, lauschte allem, was er aufschnappen konnte, und stellte so viele und detaillierte Fragen, wie er wagen konnte. Die Situation stellte sich so dar, wie er es erwartet hatte. Der Schnapshandel machte die Gangs reich, und die Konkurrenz wurde wegen der enormen Profite bereits erbittert. Jeden Augenblick konnte es Tote geben.

Nach dem Beginn der Prohibition hatte ein Mann die Situation eine Zeitlang vollkommen kontrolliert. Dann war er ums Leben gekommen, als sein Pferd ihn auf dem Reitweg im Lincoln Park abgeworfen hatte – welch schrecklich prosaischer Tod für einen Verbrecher, für einen Mann, der gewaltsam gelebt und jedes Recht hatte zu erwarten, auf dieselbe Weise zu sterben. Alle seine Unterführer hatten versucht, sich zu seinem Nachfolger aufzuschwingen, doch keiner war stark genug gewesen, um die Unterstützung durch die Mehrheit der Gang zu bekommen. Also hatten sie sich geteilt. Jeder hatte diejenigen genommen, die ihm treu ergeben waren, und jetzt war ein halbes Dutzend Banden auf die ganze Stadt verteilt, und jede herrschte souverän über einen gewissen Bezirk, in den einzudringen die anderen nicht wagten.

Tony konnte erkennen, daß die großen Gewinne letzten Endes dem Mann mit einer reibungslos funktionierenden Organisation zufallen würden, die wie jedes andere geschäftliche Unternehmen geführt wurde. Denn er wußte, daß der durchschnittliche Verbrecher – sogar die Anführer – nicht mehr organisatorische Fähigkeiten besaß als der Revolver, mit dem er regierte. Das einzige, was er kannte, war das alte Gesetz vom Überleben des Stärksten – Gewalt ging vor Recht, und den letzten bissen die Hunde. Wo Gewalt Recht ist, hat Recht keine Gewalt. Aber wenn man ihn nicht nur mit Kraft, sondern auch mit Grips bekämpfte, hatte man ihn in der Tasche.

Tonys Erkundigungen zeigten ihm, daß der beste Organisator Johnny Lovo war, der sein Hauptquartier in Cicero aufgeschlagen hatte, einem ziemlich großen, aber irgendwie muffigen Vorort im Westen der Stadt. Zwar konnte der Ortsunkundige nicht unterscheiden, wo die Stadt aufhörte und der Vorort begann, aber Cicero war eine eigenständige Gemeinde mit eigener Verwaltung, und die Stadtpolizei hatte kein Recht, sich dort einzumischen. Das machte es in Tonys Augen zu einer idealen Operationsbasis, und in jener Nacht begab er sich dorthin, um sich mit Johnny Lovo zu treffen.

Es war eine Zeit, als die gegenwärtige große Geheimniskrämerei, was die Umtriebe und den Aufenthaltsort der Bandenführer betraf, noch nicht nötig war, und Tony hatte keine Mühe, seinen Mann in dessen Hauptquartier im obersten Stock eines Hotels ausfindig zu machen, dessen Aussehen wesentlich besser war als sein Ruf.

Lovo war ein kleiner, vierschrötiger dunkler Mann von vielleicht fünfunddreißig mit eleganter Kleidung, einem großen Diamantring, einer ebensolchen Krawattennadel und einem verbindlichen Lächeln auf dem recht gefälligen Gesicht, der beständig auf einer langen schwarzen Zigarre kaute. Er hatte sich einige Jahre in

Cicero als Betreiber von Spielhöllen und Lasterhöhlen hervorgetan. Die Prohibition hatte ihm lediglich eine neue Waffe in die Hand gegeben, mit der er sein Ziel enormen Reichtums weiter verfolgen konnte.

Tony mochte ihn augenblicklich. Hier war ein Mann, der nicht nur handeln und befehlen, sondern auch planen konnte.

»Ich bin vor zwei Tagen aus der Armee entlassen worden«, erklärte Tony ohne lange Vorrede. »Und ich will in Ihr Geschäft einsteigen. Ich würde mich Ihnen gern anschließen.«

»Ja? Wer bist du?« fragte Lovo mit dem natürlichen Mißtrauen eines Gangsters.

»Tony – Camonte.« Seine frühere Identität war tot. Er hatte die Absicht, es dabei zu belassen.

»Warst du schon mal in einer Gang?« Lovos scharfe Augen musterten ihn gründlich.

»Ja, Sir. Ich war vor dem Krieg Klondike O'Haras wichtigster Unterführer. Aber natürlich will ich jetzt nicht, daß das bekannt wird. Ich will es vergessen.«

»Kann ich dir nicht verdenken. Das war Kleinkram.«

»Nicht ganz so klein«, warf Tony rasch ein. »Mein Anteil betrug um die dreihundert die Woche.«

»Tatsächlich?« Lovo betrachtete ihn mit neuerlichem Interesse. »Du mußt ziemlich clever gewesen sein.«

»Das war ich«, stimmte Tony freimütig zu, um dann stolz hinzuzufügen: »Und ich hatte nie mit Grobzeug zu tun, keine Einbrüche, keine Überfälle, nichts in der Art.«

»Ich verstehe«, lächelte Lovo. Seine rasche Auffassungsgabe hatte sich bereits ein Bild von Tonys früheren Aktivitäten gemacht. »Und ich glaube, du könntest mit der Zeit noch sehr wertvoll für mich werden. Aber du mußt natürlich ganz unten anfangen, und ich muß dich zuerst eine Zeitlang testen. Ich gebe dir einen Job als Lastwagenfahrer für hundert Dollar die Woche.«

Tony sank das Herz in die Hose. Einen Lastwagen fahren – er, der nie ein Handlanger gewesen war, sondern immer ein Gangster mit weißem Kragen, der immer nur den eleganteren, feineren kriminellen Aktivitäten nachgegangen war und durchaus einen gewissen Ruf in der kleinen Vorkriegs-Unterwelt gehabt hatte. Andererseits hatten sich die Zeiten geändert, und dies war ein viel größeres Spiel, an dem er jetzt teilnehmen wollte.

»In Ordnung, Sir«, erklärte er sich einverstanden. »Aber ich will das nicht länger machen, als ich muß. Es gibt mehr als genug gewöhnliche Gauner, die für derartige Arbeiten angeheuert werden können.«

»Du kannst schießen?« fragte Lovo leise.

»Ja. Und das habe ich auch schon.«

»In der Armee, meinst du?«

»Ja. Aber auch schon vorher.«

»Interessant. Nein, ich glaube nicht, daß du sehr lange einen Lastwagen fahren wirst ... Hast du jetzt eine Kanone?«

»Nein, Sir.«

»Wir stellen dir eine ... Bist du pleite?«

»Nein, Sir. Ich habe ungefähr sechs Riesen.«

»Gut. Aber behalt das für dich. Miete dir morgen bei der Bank gegenüber ein Schließfach und deponiere die Scheine dort. Trag niemals viel Geld mit dir herum. Das ist einfach nicht gesund. Sei morgen gegen Mittag hier.«

Und Tony wurde ein richtiger moderner Gangster, ein Mitglied einer großen, mächtigen, reichen Organisation, die mehr als ein Drittel aller Gewinne einstrich, die Schnapsschmuggel, Glücksspiel und Prostitution in Amerikas zweitgrößter Stadt und einem beachtlichen Gebiet ringsumher abwarfen.

Tony verbrachte die meiste Zeit damit, Alkohol von den unzähligen Destillen, die Lovo in sämtlichen westlichen Vororten betrieb, zu der großen Brennerei in Cicero zu fahren, wo der Whisky hergestellt wurde. Er wurde niemals von Polizisten belästigt, die alle von Lovo bezahlt wurden. Seine einzige Sorge waren Wegelagerer, die jetzt langsam aktiv wurden. Aber er hatte immer zwei Kanonen – einen Sechsschüsser und eine Automatik – im Lastwagen, und seine Lippen wurden schmal, wenn er an die Wegelagerer dachte.

Schließlich hatte Tony eine Idee. Warum nicht alle Lastwagen mit geschlossenen Stahlkabinen und kugelsicheren Scheiben ausrüsten, so daß ein Fahrer sich und die Ware seines Arbeitgebers mit Aussicht auf Erfolg verteidigen konnte? Er ging zu Lovo und trug ihm seine Idee vor.

»Großartig!« zollte ihm der Bandenführer Beifall. »Ich lasse das sofort erledigen. Hier ist eine kleine Sonderprämie.« Er schälte einen Hundertdollarschein von einer dicken Rolle Banknoten und warf sie über den Schreibtisch. »Ich glaube, du hast jetzt lange genug einen Lastwagen gefahren, Tony. Sei heute abend um neun Uhr hier. Ich habe einen kleinen Auftrag, den du für mich erledigen sollst.«

Tony kehrte pünktlich zur verabredeten Zeit mit einem außerordentlichen Hochgefühl in Lovos Büro zurück. Er war befördert worden. Er würde es in diesem Geschäft noch weit bringen.

»Die North Side Gang dringt in letzter Zeit in mein Gebiet ein«, erklärte Lovo, und in seinen Augen funkelte ein hartes, rachsüchtiges Licht, das Tony noch nie zuvor in ihnen gesehen hatte. »Ich will keinen Krieg mit ihnen führen, wenn ich es verhindern kann. Aber ich will den Kneipenbesitzern einen ordentlichen

Schreck einjagen, damit sie nicht aus der Reihe tanzen und von jemand anders kaufen. Also, du sollst folgendes tun.«

Tony hörte sich die Anweisungen ganz genau an und verließ das Büro dann mit sehr schweren Hüfttaschen. Fünfzehn Minuten später ging er langsam in eine große Eckkneipe in einem ziemlich schäbigen Bezirk. Er stellte sich an die Bar, bestellte einen Drink und bezahlte dafür. Dann ging er gelassen durch den Raum, bis er schließlich am Ende der Bar stand, eine Position, aus der er und seine Kanonen die Situation überblicken und kontrollieren konnten, ohne daß die Möglichkeit bestand, überrascht zu werden.

Abgesehen von ihm selbst und dem Besitzer, der sich selbst als Barmann beschäftigte, waren vielleicht vierzig Gäste anwesend, genau die laute, rauhe, gemischte Kundschaft, die man in einer schäbigen Kneipe in einer billigen Gegend vorzufinden erwartete. Tony zündete sich bedächtig eine Zigarette an, um dann mit unglaublich schnellen Bewegungen seine beiden Kanonen zu ziehen. Eine richtete er auf die Bar, während die andere hin und her schwenkte.

»Kommt alle her, Jungens, und nehmt einen Drink«, befahl er gelassen. »Ich gebe einen aus.«

Sie starrten ihn verblüfft an. Aber die Kanonen machten einen bedrohlichen Eindruck, und die Männer sammelten sich an der Bar, obwohl ihnen der ganze Vorgang Rätsel aufgab. Der überraschte Besitzer schenkte nervös aus, wobei sein Blick mehr als einmal zu dem Revolver wanderte, der starr auf ihn gerichtet war.

Nach dem ersten Drink bestellte Tony die nächste Runde und dann noch eine und noch eine. Whisky, Gin, Wein, Bier – alles wurde heruntergespült, bis die Alkoholvorräte der Kneipe erschöpft waren. Dann befahl Tony den Besitzer mit einer seiner Kanonen zu sich.

»Kauf keinen Stoff mehr von diesem Verein von der North Side«, befahl er mit leiser Stimme. »Halt dich an Lovo, mit dem du angefangen hast. Wenn nicht, könnte das nächste Mal, wenn ich vorbeischaue, eines dieser Spielzeuge hier losgehen. Gute Nacht!«

Er ging durch die Tür, rannte durch den halben Block und lief dann durch eine Gasse zur nächsten Parallelstraße, wo er ein Taxi anhielt.

8

»Du hast gute Arbeit geleistet, Tony«, lobte Lovo ihn, als der Junge am nächsten Morgen Bericht erstattete. »Ich fand es furchtbar witzig, wie du dem Kneipenbesitzer gesagt hast, daß du einen ausgibst.«

Er warf den Kopf in den Nacken und lachte lauthals. Tonys Augen verengten sich.

»Ich habe Ihnen nicht erzählt, daß ich das gesagt habe.«

»Nein«, räumte der Bandenführer ein. »Aber ich weiß es trotzdem. Weißt du, ich hatte letzte Nacht noch zwei andere Männer dort – um dir im Fall der Fälle helfen zu können.«

Diese Erklärung täuschte Tony nicht einen Augenblick. Diese beiden anderen Männer waren dort gewesen, um ihn zu beobachten, um zu sehen, wie er sich hielt, wenn er Leute zu bearbeiten hatte. Johnny Lovo war noch cleverer, als Tony ihn eingeschätzt hatte.

»Du hast das großartig gemacht, Kleiner. Ich habe bald noch mehr spezielle kleine Aufträge für dich. Und von jetzt an bekommst du zweihundert die Woche.«

Tonys neue Aufgabe bestand darin, Kneipen zu besuchen und jene, die bereits Kunden von Lovo waren, bei der Stange zu halten, und die anderen zu überreden, sich geschäftlich der Lovo-Organisation anzuschließen. Es war eine gefährliche Aufgabe, aber Tony liebte sie. Unbestreitbar besaß er eine Redegabe, welche diejenige eines durchschnittlichen Jungen seiner Bildung und Herkunft bei weitem überstieg. Und er konnte die Daumenschrauben mit einer lächelnden Verbindlichkeit anziehen, die man nur meisterlich nennen konnte. Sein Erfolg war überraschend.

Als er eines Nachmittags seine Runde machte, hielt ein schwerer Wagen mit quietschenden Reifen neben ihm am Randstein an.

»He, du!« knurrte eine häßliche Stimme. »Komm her.«

Tony drehte sich um. In dem Wagen saßen vier harte Burschen, und die häßlichen Mündungen abgesägter Schrotflinten zeigten direkt auf ihn. Einen Augenblick empfand er das hilflose Erstikkungsgefühl eines Ertrinkenden, und Ereignisse aus seiner Vergangenheit passierten kaleidoskopartig vor seinem geistigen Auge Revue. War das sein Ende, ein schändlicher Tod durch die skrupellosen Hände einer Bande von Straßenräubern? Jeder Versuch, seine eigene Kanone zu ziehen, war gleichbedeutend mit dem sicheren Tod. Dasselbe galt für einen Fluchtversuch. Es blieb ihm nichts anderes übrig, als zu gehorchen. Er ging über den Gehsteig zu dem Wagen.

»Und?« sagte er kalt, wobei er nicht die leiseste Andeutung von Furcht erkennen ließ.

»Hör gut zu, du!« schnauzte der offensichtliche Anführer, ein häßlicher Schläger mit einer platten, verunstalteten Nase und winzigen grauen Augen wie Granit. »Du machst die Runde und versuchst der North Side Gang die Kunden zu stehlen, versuchst die Kneipenbesitzer dazu zu bringen, daß sie von Lovo kaufen. Hör auf damit, verstanden? Wir warnen dich nur dieses eine Mal wie auch alle anderen von Lovos Männern. Danach machst du eine Spazierfahrt.«

Der Wagen fuhr weg, und Tony starrte ihm hinterher. Eine Spazierfahrt – damit drohten sie ihm also, mit der gefürchtetsten Vergeltungsmaßnahme der Unterwelt. Eine Spazierfahrt endete immer mit dem Tod – die Leiche wurde normalerweise irgendwo auf dem Land gefunden –, aber was vor dem Tod geschah, war oft eine schreckliche Sache. Die Leichen von Gangstern waren schon ohne Ohren, ohne Zunge und gräßlich verstümmelt gefunden worden, mit allzu deutlichen Anzeichen grauenhafter Folter, bevor Kugeln gnädigerweise allem ein Ende bereitet hatten. Andererseits war das der Sinn einer Spazierfahrt – sie war ebensosehr eine Warnung für andere wie ein Racheakt gegen einen bestimmten Mann.

Es war charakteristisch für Tony, daß er seine Aktivitäten nach dieser Warnung nicht einstellte. Aber er fügte seiner Ausrüstung eine weitere Kanone hinzu und achtete darauf, sie immer griffbereit zu haben. Er achtete mit größerer Sorgfalt auf seine Schritte als je zuvor, und er kehrte zu seiner alten Angewohnheit zurück, auf Schritt und Tritt einen bewaffneten Leibwächter hinter sich zu haben.

Eines Tages erhielt Tony gegen Mittag einen dringenden Anruf von Lovo, der ihn aufforderte, umgehend in sein Büro zu kommen. Er fand Johnny hinter seinem Schreibtisch vor, sein dunkles Gesicht blaß und entschlossen und in seinen blauen Augen jenes unheilvolle Funkeln, wie man es in den Augen einer Klapperschlange sehen kann, bevor sie zustößt.

»Setz dich«, befahl Lovo. Es gab keine Begrüßung, kein Lächeln. Tony wußte sofort, daß entweder etwas Ernstes geschehen war oder noch geschehen würde. »Al Swali hat eine Spazierfahrt gemacht.«

Tony schluckte und erbleichte ein wenig. Al Swali war einer von Lovos besten Männern gewesen, ein Mann, der dieselbe Aufgabe hatte wie Tony. Also hatten diese Straßenräuber ihre Drohung wahrgemacht!

»Man hat seine Leiche auf der anderen Seite des Melrose Park gefunden«, fuhr Lovo verbittert fort. »Hände und Füße waren mit Draht gefesselt, und er hatte ein Dutzend Kugeln im Leib. Man hat ihn anhand einiger Papiere in seiner Tasche identifiziert und mich vor ein paar Minuten verständigt.«

»Das war natürlich die North Side Gang«, sagte Tony leise und erzählte Lovo von der Warnung, die er vor ein paar Tagen erhalten hatte.

»Ich nehme an, du bist als nächster für eine Spazierfahrt vorgesehen«, sagte Lovo mit nüchternem Unmut. »Aber sie werden weder dich erwischen noch sonst jemand aus meiner Truppe. Ich werde sie Gottesfurcht lehren, und zwar schnell. Bist du dazu aufgelegt, mir bei einem gewagten Coup zu helfen?«

»Absolut.«

»Gut. Wenn du es machst, springt dabei ein Tausender für dich heraus. Sei um acht Uhr hier, im Smoking ... Hast du einen?«

»Nein.«

»Dann kauf dir einen – mit allen Schikanen. Wahrscheinlich wirst du ihn oft brauchen. Du mußt erstklassig aufgemacht sein, um den Auftrag zu erledigen, den ich für dich vorgesehen habe ... Vergiß nicht – um acht Uhr hier und in Schale. Bis dahin habe ich ein Gun-Girl für dich, das dich begleitet.«

Tony verließ das Büro mit einem merkwürdigen Gefühl der Erregung. Er wußte jetzt, daß ein Mord für diese Nacht geplant war, und selbst für einen erfahreren Revolvermann ist so eine wichtige Angelegenheit immer mit Aufregung und Spannung verbunden. Und Lovo hatte gesagt, daß ihn ein Gun-Girl begleiten würde. Er fragte sich, ob es *das* Gun-Girl sein würde, von dem er so viel gehört hatte, jene umwerfende Brünette, die er in jener Nacht in der Kneipe gesehen hatte, als er Captain Flanagan niederschlug, weil dieser Vyvyan beleidigt hatte. Natürlich war es unwahrscheinlich, aber durchaus möglich. Er erwartete die Aktivitäten der Nacht mit außerordentlicher Vorfreude.

An jenem Abend näherte er sich Lovos Büro mit klopfendem Herzen. Würde es *das* Gun-Girl sein? Er hoffte es jedenfalls. Er wollte sie schon seit langem kennenlernen. In Übereinstimmung mit seinen Befehlen trug er einen Smoking »mit allen Schikanen«. Und mit seiner aufrechten Statur, der guten Figur und dem gründlich rasierten Gesicht sah er recht gut aus.

Er klopfte, dann öffnete er die Tür und trat über die Schwelle. Lovo saß hinter seinem Schreibtisch, wie Tony ihn Stunden zuvor verlassen hatte. Und neben ihm saß *das* Gun-Girl. Tony erkannte sie augenblicklich und schluckte bewundernd. Gott! Sie war wunderschön! Eine schlanke, geschmeidige Brünette mit einer umwerfenden Figur, die von einem engsitzenden, tiefausgeschnittenen Abendkleid raffiniert unterstrichen wurde. Dessen reines Weiß bildete einen verblüffenden Kontrast zu ihrer dunklen Schönheit, dem Elfenbeinteint ihrer Haut, den langen, modisch geschnittenen Haaren, die so schwarz waren, daß es in ihren Tiefen bläulich glitzerte wie Waffenmetall, den großen dunklen Augen mit der Andeutung eines inneren Feuers und dem wunderbar geschwungenen roten Mund.

»Jane, Tony«, stellte Lovo sie kurz vor. »Setz dich, Kleiner. Du siehst prima aus.«

Tony sank auf einen Stuhl und fühlte sich zittrig unter dem taxierenden Starren der großen dunklen Augen des Mädchens.

»Das ist eine bedeutende Sache, die ich dir heute abend anvertraue, Tony«, sagte Lovo. »Vielleicht ist sie zu groß für dich. Aber das glaube ich eigentlich nicht, und du hast dich mir gegenüber als so verdammt loyal erwiesen, daß ich es mit dir versuchen werde. Wenn du versagst, sind wir natürlich geschiedene Leute, und ich lasse es von einem anderen erledigen. Aber ich rechne nicht damit, daß du versagst. *Ich will, daß du Jerry Hoffman erledigst.«*

»Jerry Hoffman!« rief Tony. Das Mädchen sagte nichts, ließ nicht einmal eine Andeutung der Überraschung erkennen, die sie empfinden mußte.

»Genau«, fuhr Lovo fort. »Jerry Hoffman, die größte Nummer auf der North Side und der Anführer des ganzen Vereins. Im Augenblick gibt es niemanden, der groß genug ist, um in seine Fußstapfen zu treten, und sein Tod wird die ganze Bande erledigen. Natürlich werden sie wissen, daß es jemand aus meiner Truppe war, aber sie werden nicht wissen, wer die Sache konkret erledigt hat – das heißt, wenn ihr zwei so clever seid, wie ich glaube –, und sein Tod wird sie in eine derartige Panik versetzen, daß sie meiner Ansicht nach lange Zeit zu große Angst haben werden, um etwas gegen uns zu versuchen. Wir spielen hier um einen hohen Einsatz, Leute, aber der mögliche Gewinn rechtfertigt das Risiko.«

»In Ordnung«, sagte Tony kurz und bündig. »Ich bin dabei. Wie lautet der Plan?«

»Ich habe herausgefunden, daß Hoffman heute abend eine kleine Party im Embassy Club schmeißt.«

»*Er* – im Embassy Club?« rief das Mädchen ungläubig und meldete sich zum erstenmal zu Wort. Und ihre Stimme – tief, volltönend, kehlig – erregte Tony ebensosehr wie ihr Aussehen.

»O ja«, antwortete Lovo mit einem kurzen Lachen. »Es ist überraschend, was man sich alles kaufen kann – wenn man das nötige Kleingeld hat. Also, er schmeißt dort heute eine kleine Party. Ziemlich exklusive Angelegenheit, ein paar Richter, ein oder zwei stellvertretende Bezirksstaatsanwälte und so weiter. Er wird nicht im geringsten argwöhnen, daß er dort und in dieser Gesellschaft angegriffen wird, also wird er seine Leibwächter nicht bei sich haben, und da er keinen von euch vom Sehen kennt, müßtet ihr ihn leicht erwischen können. Ich gebe euch keine Befehle, wie ihr die Sache erledigen sollt. Überlegt euch das an Ort und Stelle und macht es so, wie ihr es für richtig haltet. *Aber erledigt ihn!* Hast du eine Kanone bei dir, Tony?«

»Natürlich.«

»Gib sie mir. Heute abend übernimmt Jane das Tragen der Kanone – sie hat sie bereits bei sich. Wenn du bereit bist und die Kanone willst, gibt sie sie dir. Wenn du die Sache erledigt hast, gib sie ihr *sofort* wieder, sie versteckt sie dann. Falls dich dann irgendein schlauer Bursche erkennen sollte und dich filzen läßt, hast du nichts bei dir. Verstanden?«

Widerwillig gab Tony ihm seine Kanone, nahm die Mitgliedskarte für den Embassy Club entgegen, die Lovo ihm gab, und ging mit dem Gun-Girl zu der wartenden Limousine, die Lovo zur Verfügung stellte.

Der Embassy Club war der exklusivste aller teuren Nachtclubs, die seit dem Krieg – und der Prohibition – wie Pilze aus dem Boden geschossen waren. Er bot nicht nur eine erlesene Küche, Tanz und Unterhaltung, sondern verkaufte auch den besten Schnaps, und man brauchte eine Mitgliedskarte, um eingelassen zu werden. Wie Lovo an die Mitgliedskarte gekommen war, die jetzt in Tonys wohlgefüllter Brieftasche steckte, wußte Tony nicht, aber wie der Bandenführer gesagt hatte – Geld konnte erstaunliche Dinge vollbringen.

Ein großer Tisch, hübsch für zehn oder zwölf Personen gedeckt, zeigte an, wo die Hoffman-Gesellschaft sitzen würde, und Tony brachte den Oberkellner dazu, ihm und seiner Begleiterin einen Tisch direkt gegenüber und nicht weiter als zehn Meter entfernt zu geben. Es war außerdem eine hervorragende Position für einen strategischen Rückzug, da er sich nicht weit von der Tür entfernt befand.

Tony war ein wenig nervös, als er bestellte. Er arbeitete zum erstenmal mit einem Gun-Girl zusammen, und es war ein seltsames Gefühl, seine eigene Kanone nicht dort zu haben, wo er sie jederzeit erreichen konnte, wenn er wollte. Doch Jane war so ruhig und gelassen, als sei sie nur zum Vergnügen hier, und ihre Gelassenheit beruhigte ihn schließlich. Gott! Sie war wunderschön! Was er nicht alles darum gegeben hätte, so eine Frau ganz für sich zu haben!

Beim Essen plauderten sie über dies und das. Doch sie bestritt den größten Teil der Konversation. Tony war ganz zufrieden damit, einfach nur dazusitzen und sie anzusehen, ihre Schönheit zu genießen. Die kleinen Pausen, die zwischendurch immer wieder entstanden, beinhalteten eine elektrisierende Spannung. Tony glaubte, daß er Fortschritte machte.

Es gab einen beachtlichen Tumult, als die Hoffman-Gesellschaft eintraf. Es bedurfte der Aufmerksamkeit des Inhabers, des Oberkellners und der Hälfte der anderen Kellner, um dafür zu sorgen, daß die Gesellschaft anständig saß. Wahrhaftig, Geld – ungeachtet seiner Herkunft – gebar Achtung und Dienstbarkeit.

Tony versteifte sich, und sein scharfer Blick begutachtete die Situation. Er erkannte Hoffman sofort – ein hochgewachsener, ziemlich massiger Mann mit rotem Gesicht und sandfarbenen Haaren. Tony musterte die restlichen Mitglieder der Gesellschaft mit aller Sorgfalt, entdeckte jedoch niemanden, der wie ein Revolvermann oder ein Leibwächter aussah. Nein, Hoffman fühlte sich hier in diesem exklusiven Club in der Gesellschaft von Männern, deren Bedeutung unzweifelhaft war, wahrscheinlich vollkommen sicher. Es würde ein Kinderspiel sein, ihn zu erledigen. Es war lediglich eine Frage des richtigen Zeitpunkts. Tony wartete, wobei er mit einer äußerlichen Gelassenheit, die das Ergebnis eiserner Selbstbeherrschung war, eine Zigarette nach der anderen rauchte. Jane redete fröhlich über alles und nichts und lachte hin und wieder völlig grundlos. Tony wurde klar, daß sie ihre Rolle gut spielte, da sie ihrem Tisch eine Atmosphäre der Fröhlichkeit und Gelassenheit verlieh. Er versuchte es ihr gleichzutun, doch er war von Natur aus eher ein stiller Typ, und jetzt konnte er kaum den Blick von dem Mann abwenden, den er in Kürze aufs Korn nehmen würde.

Am anderen Tisch knallten Champagnerkorken, und es wurde viel und laut gelacht. Tony verlangte die Rechnung und bezahlte sie. Dann erlosch die Hauptbeleuchtung, und ein Scheinwerfer wurde auf die kleine Tanzfläche gerichtet. Ein aufdringlicher, übermäßig elegant gekleideter junger Mann betrat den Lichtkreis und erzählte etwas über die anschließende Show, wobei er seine Erklärungen mit angeblich witzigen Bemerkungen spickte. Jetzt war der rechte Zeitpunkt gekommen, die Sache zu erledigen, da aller Aufmerksamkeit auf die Show gerichtet war.

Tony sah Jane an und nickte unmerklich. Sie erwiderte sein Kopfnicken mit einem Blick des Verstehens, dann nahm sie seine rechte Hand mit allen äußerlichen Anzeichen innigster Zuneigung und zog sie sanft unter den Tisch. Seine Hand fand ihr Knie, blieb dort liegen. Und der Kontakt erregte ihn. Aber sie zuckte nicht zurück. Dann spürte er kalten Stahl auf seiner Haut, und seine begierigen Finger umklammerten eine Automatik. Sein Daumen legte den Sicherungsflügel der Waffe um, und dann wartete er.

Eine Frau sang ein witziges Lied, das Tony zum Lachen brachte – trotz der angespannten Situation –, dann kam der Chor auf die Bühne. Während er eine schicke Tanznummer aufführte, sangen seine Mitglieder aus vollem Halse, die Jazzband plärrte wie verrückt, und die Gäste schlugen dazu mit kleinen Holzhämmern den Takt, die ihnen für diesen Zweck zur Verfügung gestellt worden waren. Der Lärm war gewaltig.

Tony hob die Waffe auf seinen Schoß, dann streckte er vorsichtig die Hand aus, wobei er die Waffe dicht neben dem Tisch und ein Stück unterhalb der Platte hielt. Auf dieser Seite des Tisches saß noch niemand, und im Augenblick war nicht einmal ein Kellner in der Nähe. Tony zielte sorgfältig und schoß dann dreimal, so schnell, daß die drei Schüsse fast wie ein einziger klangen. Er sah, wie Hoffman nach vorn sackte, während er die Pistole unter dem Tisch verschwinden ließ und sie Jane zurückgab. Ihre Finger waren kühl und ruhig, als sie ihm die Waffe abnahm.

Die Schüsse hatten natürlich selbst diesen Höllenlärm übertönt, und es kam augenblicklich zu einem Tumult. Die Hauptbeleuchtung wurde eingeschaltet, und alle sprangen auf und starrten entsetzt auf den Tisch, wo Hoffman auf seinem Stuhl zusammengesunken war und ein ständig größer werdender roter Fleck seine ehemals schneeweiße Hemdbrust verunstaltete. Dann setzte allgemein ein verrückter Wettlauf ein, um den Club zu verlassen, bevor die Polizei eintraf. Diese Leute hatten nicht den Wunsch, in einer

Mordsache verhört zu werden und ihre Namen und vielleicht sogar ihre Fotos in der Zeitung zu sehen.

Tony und Jane ließen sich einfach von der Flut der hektischen, von Furcht gepackten Meute mitreißen. Weniger als zwei Minuten später saßen sie gemütlich in ihrer Limousine und entfernten sich rasch vom Schauplatz des Verbrechens. Tony holte tief Luft.

»Tja, das wäre erledigt«, sagte er gelassen. Nun, da alles vorbei war, breitete sich ein Gefühl der Gelassenheit, ja sogar Heiterkeit in ihm aus. »Wir haben gute Arbeit geleistet. Für uns und für Lovo. Er wird es auch nicht vergessen, glaube ich. Aber ich muß schon sagen, Mädchen, du hast ordentlich Mumm.«

»Den braucht man heutzutage, wenn man zurechtkommen will«, antwortete Jane Conley ruhig.

Er nahm ihre Hand und streichelte ihre Finger. Es erregte ihn, daß sie keine Anstrengung unternahm, sie ihm zu entziehen.

»Du und ich werden von nun an wahrscheinlich öfter zusammenarbeiten«, sagte er heiser. »Warum können wir nicht gute Freunde sein und – auch zusammen spielen?«

»Vielleicht können wir das.«

Einem jähen, unwiderstehlichen Impuls nachgebend, nahm er sie in die Arme und küßte sie mit all der hektischen Inbrunst einer starken, begierigen, lange unterdrückten Leidenschaft. Und sie machte keine Anstalten, sich zu wehren.

9

Jerry Hoffmans Tod war eine Sensation, und in den nächsten Tagen erging sich die ganze Stadt in Mutmaßungen, wer einen derart gewagten Mordplan ausgeführt haben konnte. Doch sowohl die Polizei als auch die Unterwelt hatten eine gute Vorstellung davon, wer dafür verantwortlich war. Die Bullen nahmen Johnny Lovo mit ins Präsidium und verhörten ihn einen halben Tag lang, aber abgesehen davon, daß er ein Alibi für sich beibrachte, erzählte er ihnen nichts. Andererseits erweckte er aber auch nicht den Eindruck, ihnen die Stirn zu bieten und etwas zu verheimlichen. Ganz im Gegenteil, er überzeugte sie höflich und lächelnd davon, daß er tatsächlich von nichts wußte. Aber die North Side Gang war weit davon entfernt, überzeugt zu sein, und hatte die Absicht, den Tod ihres Anführers eines Tages zu rächen.

Weder Tonys noch Janes Namen wurden im Zusammenhang mit der Angelegenheit je genannt. Lovo gab jedem von ihnen tausend Dollar und bedankte sich überschwenglich und mit dem Versprechen, ihnen jeden anderen kleinen Job zu übertragen, der in Zukunft anfallen mochte. In der Zwischenzeit schickte er einen riesigen und geschmackvollen Kranz mit seiner Karte zu Jerry Hoffmans protziger und teurer Beerdigung und erteilte Tony im Zusammenhang mit den Aktivitäten der Bande verschiedene Aufträge. Aber er wurde nicht wieder auf die interessante, aber gefährliche Aufgabe angesetzt, Kneipenbesitzer zu konvertieren – er betrachtete den Jungen jetzt als zu wertvoll, um dessen Leben auf eine derart fahrlässige Art und Weise aufs Spiel zu setzen. Nein, Tony war jetzt Stabsoffizier. Seine Arbeit bestand hauptsächlich darin, Lovos Befehle an die Handlanger des mächtigen Anführers weiterzuleiten und Berichte entgegenzunehmen, die Lovo sich nicht selbst anhören konnte, weil er zu beschäftigt war. Es gab keine Einzelheit in den Unternehmungen der Bande, die Tony nicht kennenlernte.

Er verbrachte seine gesamte Freizeit damit, Jane Conley nachzustellen. Und je öfter er sie sah, desto mehr faszinierte sie ihn. Doch sie hatte etwas schwer Faßbares an sich. Er hatte nie das Gefühl, sich ihr auch nur einigermaßen zu nähern. Und doch nahm er schließlich all seinen Mut zusammen und schlug ihr vor, in eine gemeinsame Wohnung zu ziehen.

»Ich bin nicht an einer Heirat interessiert«, antwortete sie mit einem Schütteln ihres wohlgeformten Kopfes.

»Ich auch nicht«, pflichtete Tony ihr rasch bei. »Aber wer hat irgendwas von Heirat gesagt? Ich sagte, ich würde es für eine nette Idee halten, eine gemeinsame Wohnung zu haben.«

Wiederum schüttelte sie den Kopf.

»Ich habe noch nie mit einem Mann zusammengelebt.«

»Na ja, du könntest feststellen, daß es eine angenehme Erfahrung ist.«

»Ja«, räumte sie offen ein, wobei sie ihm direkt in die Augen sah. »Andererseits aber vielleicht auch nicht. Ich fürchte, es wäre zu – intim. Leute, auch wenn sie zu Beginn sehr verliebt sind, werden letzten Endes einander mit Sicherheit überdrüssig.«

»Gibt es – einen anderen?«

»Niemand bestimmtes.«

»Aber es gibt jemanden?« beharrte er eifersüchtig.

Sie lachte unbeschwert. »Es gibt immer jemand anders. Jedes Mädchen kennt mehr als einen Mann und mag oft auch mehr als einen sehr.«

»Dann magst du mich ein wenig?« Er war bei ihr und nahm ihre Hand in seine beiden.

Sie nickte.

»Und du wirst über meinen Vorschlag nachdenken?«

»Ja, ich werde darüber nachdenken.«

Und damit mußte er sich zufriedengeben. Diese Jane Conley war eine äußerst merkwürdige Frau, fand er. Er fragte sich oft, wer sie war, woher sie kam. So oft er auch mit ihr zusammen gewesen war, in Wirklichkeit kannte er sie überhaupt nicht. Und er wußte genug über Frauen, um zu erkennen, daß eben jenes Geheimnisvolle und schwer Faßbare einer der Hauptgründe dafür war, warum sie ihn derart faszinierte.

Aber ihm ging auch ohne beschwerliche Liebesbeziehungen genug im Kopf herum. Im Gegensatz zu den Erwartungen hatte die North Side Gang einen neuen Anführer gefunden und noch dazu einen offenbar fähigen, einen verschlagenen kleinen Italiener, der zu Recht Schemer Bruno genannt wurde – Bruno der Ränkeschmied. Gerüchte besagten, daß er die Dinge in jeder Hinsicht neu organisierte und sich darauf vorbereitete, einen Feldzug der Vergeltung und Geschäftsübernahmen zu beginnen, der die ganze Stadt umkrempeln würde. Daß er vollkommen rücksichtslos war und die Absicht hatte, die Fehden mit Nachdruck fortzusetzen, die sein Vorgänger begonnen hatte, bewies die Tatsache, daß ein weiterer von Johnny Lovos besten Männern eine Spazierfahrt machte. Seine Leiche wurde auf dem Land gefunden. Mit der Klinge eines Taschenmessers hatte man eine flüchtig hingekritzelte Notiz an seine Brust geheftet, die besagte: *Zum Gedenken an Hoffman*.

»Tony, das gefällt mir nicht«, sagte Lovo, nachdem die Leiche mit der grausigen Botschaft entdeckt worden war.

»Du bekommst es doch nicht etwa mit der Angst zu tun, oder?« wollte Tony wissen. Er redete jetzt mit der Freiheit des privilegierten Ratgebers.

»Teufel, nein!« schnappte der Bandenführer, aber er redete wie ein Mann, der sich übertrieben markig gibt, um sich seinen Mut zu bewahren. »Aber es gefällt mir trotzdem nicht. Vielleicht bist du der nächste – oder ich. Ich will nicht den Rest meines Lebens damit verbringen, jemanden erschießen zu lassen und zu versuchen, jemand anders davon abzuhalten, mich oder meine Angestellten zu erschießen.«

»Vergiß es!« riet Tony. »Wir haben es selbst in der Hand. Wir bekämpfen sie, bis es vorbei ist, und schnappen uns diesen Bruno auch, wenn nötig.«

»Nein, noch nicht. Vielleicht hört er jetzt auf. Ich will nicht die ganze Zeit im Krieg verbringen. Das hält zu sehr vom Geldverdienen ab.«

Nach dieser Besprechung war Tony ziemlich entrüstet über Johnny Lovo. Ihm war der wesentliche Unterschied zwischen ihnen nicht klar: Lovo war lediglich ein gerissener und skrupelloser Mann, eher ein Geschäftsmann als ein Kämpfer, der bereit war, für Geld alles zu tun, und nicht Tonys Kriegserfahrung besaß, welche den jüngeren Mann eine so außerordentliche Lebensverachtung gelehrt hatte.

Dann erkannte Tony zum erstenmal die enge Verbindung zwischen Verbrechen und Gesetz. Lovo wurde in das Büro des Bezirksstaatsanwalts vorgeladen, und er nahm Tony als eine Art Leibwächter und Adjutant mit. Der Bezirksstaatsanwalt war ein kleiner Mann mit einer platten Nase, einem kriegerisch vorstehenden Unterkiefer und gemeinen kleinen Augen.

»Diese Schießereien müssen aufhören«, bellte er Lovo an. »Sie sind–«

»Aber ich bezahle doch–«

»Natürlich tun Sie das. Und Sie werden auch weiterhin bezahlen, wenn Sie im Geschäft bleiben wollen. Ich habe nichts gegen das Geschäft, das Sie betreiben. Es sind diese verdammten Schießereien unter Ihresgleichen. Die Stadt gerät dadurch in einen schlechten Ruf, und was noch viel wichtiger ist, die Zeitungen fangen an, auf mir und meiner Verwaltung herumzuhacken. Ich will mich nicht mehr als absolut nötig in Ihre Angelegenheiten mischen, aber dieses Morden muß aufhören.«

»Ich bin ja dazu bereit. Es sind die Kerle von der North Side.«

»Und die sagen, daß Sie es sind. Ich hatte diesen Schemer Bruno heute morgen eine Stunde lang hier, und er hat mir versprochen, daß sein Verein auf weitere Schießereien verzichtet, wenn Ihrer es auch tut. Dann wäre das also geregelt. Ich will in Zukunft nichts mehr von Bandenkriegen hören.«

Sechs Monate lang herrschte Frieden – an der Oberfläche. Es gab keine Schießereien, aber es ereigneten sich mit zu großer Regelmäßigkeit, um Zufall zu sein, Schlägereien und Messerstechereien. Die geschäftliche Rivalität wurde täglich schärfer und erbitterter, und alle Seiten wußten, daß es lediglich eine Frage der Zeit war, bis jemand den Deckel vom Topf riß und wieder mit den alten Fehden begann. Die beiden Gangs aus der South Side mischten sich jetzt ebenfalls in Gebiete ein, die anderen Gangs gehörten, und auf der näheren West Side stiegen plötzlich fünf Brüder mit einer eigenen starken Gang in den Schnapsschmuggel und verwandte Geschäfte ein.

Die Untätigkeit machte Tony immer rastloser. Und er war über viele Dinge äußerst aufgebracht, über die Tatsache, daß der letzte Mord an einem Lovo-Mann immer noch nicht gerächt worden war, über die Tatsache, daß andere Gangs sich zunehmend Übergriffe auf das Lovo-Territorium erlaubten und sie nicht von den Kugeln aufgehalten wurden, von denen sie hätten durchlöchert werden müssen. Er hatte gerade beschlossen, einen einsamen Krieg der Vergeltung zu beginnen, als der siedende Kessel überkochte.

Er und Johnny Lovo aßen im ebenerdigen Restaurant des Hotels zu Abend, in dem Johnny Lovo sein Hauptquartier aufgeschlagen hatte und das ihm gehörte. Plötzlich war das stakkatohafte Knattern von Schüssen irgendwo draußen, das klirrende Splittern zerschmetterter Fensterscheiben und das gehässige Pfeifen von Kugeln zu hören. Mit einem raschen Schwung seiner Arme stieß Tony den Tisch um und zerrte Lovo herunter und hinter ihn. Er hatte das sonderbare Knattern der Waffen draußen erkannt. Maschinenpistolen! Warum hatte sie bisher noch niemand benutzt? Warum hatte er, ein erfahrerer MG-Schütze, nicht daran gedacht und sie in diesem anderen Krieg ins Spiel gebracht, bei dem es nur um Geld ging? Nun, wenn das Spiel jetzt auf diese Weise bestritten werden sollte, würde er ihnen eine reichliche Dosis ihrer eigenen Medizin verabreichen.

Diese Schüsse waren ein direkter Anschlag auf Johnny Lovo persönlich, das gewagteste Manöver des Feindes bisher. Und es war wenigstens teilweise erfolgreich gewesen. Lovos Schulter war getroffen worden. Es war keine ernsthafte Wunde, aber es blieb die Tatsache, daß er zum erstenmal selbst getroffen worden war, und das verlieh seinen Augen den gehetzten Ausdruck, den sie von nun an für immer behalten würden. Johnny war kein Krieger, wenn seine eigene Person betroffen war. Seine Nerven waren nicht dazu geschaffen, dieser Belastung standzuhalten.

Dieser Versuch, Lovo zu töten, machte Tony wütend. Er hatte das Gefühl, daß dies eine Geste der Verachtung war, die nicht unbeantwortet bleiben durfte, wenn Lovos Organisation weiter bestehen sollte. Ohne mit irgend jemandem darüber zu reden, kaufte er für sich eine Maschinenpistole. Dann machte er sich eines Abends auf, seinen eigenen Krieg zu führen.

Das Hauptquartier der North Side Gang befand sich über einem Blumengeschäft, das Eigentum und Hobby des ersten und größten Anführers der Bande gewesen war, des berühmten Tommy Martin, den man inmitten seiner eigenen Blumen niedergeschossen hatte – der erste Nachkriegsbandenführer, der durch die Kugeln eines Feindes gestorben war. Der Laden lag direkt gegenüber von einer großen Kathedrale und an einer Straße, die nachts ruhig und dunkel war.

Tony saß mit seiner Maschinenpistole auf dem Schoß auf der Rückbank des Wagens und befahl seinem Fahrer, langsam an dem Blumengeschäft vorbeizufahren. Als der Wagen den Laden passierte, hob Tony die Maschinenpistole an die Schulter – sie gehörte zu den neuen, die wie ein Gewehr bedient werden – und beharkte die Ladenfront und die Etage darüber. In der ersten Etage hatte Licht gebrannt, das in dem Augenblick erlosch, als er zu schießen anfing, und er hatte keine Ahnung, ob er jemanden getroffen hatte. Aber er hatte mit Sicherheit reichlich Schaden angerichtet, dachte er fröhlich, als der Wagen beschleunigte und sich rasch vom Tatort entfernte. Er hatte es ihnen mit gleicher Münze und mit ihrer eigenen Waffe heimgezahlt. Seit Maschinenpistolen in den Krieg eingeführt worden waren, stand es unentschieden.

10

Anfangs hatte Tony die lange Narbe auf seiner linken Gesichtshälfte wegen seines veränderten Aussehens als Segen empfunden. Doch nun betrachtete er sie zunehmend als Fluch. Sie machte ihn zu einem Gezeichneten. In der Unterwelt trug er bereits den Namen »Scarface Tony«, und zwar nicht nur bei den Mitgliedern der Lovo-Gang, sondern auch bei denjenigen anderer Banden. Und so bekannt zu sein, daß er leicht identifiziert werden konnte, gehörte ganz entschieden nicht zu seinen Plänen.

Außerdem hatte er das Gefühl, die Narbe könne seinem Werben um Jane Conley schaden. Frauen konnten sich nicht dazu überwinden, Männer mit Entstellungen jeglicher Art zu lieben, und diese Narbe trug nicht gerade zu seiner Schönheit bei, obwohl sie mit der Zeit immer mehr verblaßte.

Er und Jane waren die besten Freunde, gingen oft zusammen aus und sahen einander sehr häufig. Und doch hatte er das Gefühl, daß er ihr nicht näher war als bei ihrer ersten Begegnung in der Nacht, als sie Jerry Hoffman umgelegt hatten. Doch sie zog ihn immer stärker in ihren Bann, wenn das überhaupt möglich war.

»Hör zu, Mädchen«, sagte er eines Abends. »Ich liebe dich – mehr, als ich dir je sagen könnte. Ich bin kein großer Redner. Aber ich will nur eine Chance, es zu beweisen. Bitte sag ja zu dem Vorschlag, den ich dir vor langer Zeit gemacht habe.«

Jane schaute ihm einen Augenblick in die Augen, und die Direktheit ihres Blicks brachte ihn ziemlich aus der Fassung.

»Also gut«, antwortete sie. »Wir sehen uns morgen nach einer Wohnung um.«

»Du machst es?« rief er fast außer sich vor Freude.

»Einen Monat lang – auf Probe. Wenn ich am Ende dieses Monats mit – allem nicht zufrieden bin, ziehe ich aus, und du darfst nichts sagen und mich auch nicht wiedersehen, falls ich dich darum bitte. Das sind meine Bedingungen. Bist du damit einverstanden?«

»Ja.«

»Nun gut. Dann sind wir uns einig.«

»Und wenn du zufrieden bist mit – allem?« fragte er.

»Wird die Vereinbarung wahrscheinlich eine Weile Bestand haben«, antwortete sie gelassen.

Als Tony in jener Nacht das Haus verließ, erstickte er beinahe an seinem Triumphgefühl. Schließlich hatte er doch noch gewonnen. Dieses prachtvolle Wesen würde ihm gehören – und sei es auch nur für einen Monat. Aber er hatte die Absicht, die Dinge so angenehm zu gestalten, daß die Vereinbarung viel länger Bestand haben würde.

Als er sich am nächsten Morgen mit Lovo traf, erzählte er ihm jedoch nichts davon. In erster Linie war es eine Privatsache und ging niemanden etwas an. Und in zweiter Linie hatte der Bandenführer offenbar andere Dinge im Kopf. Tony sah ihm zu, wie er nervös in seinem Büro auf und ab marschierte, den geistesabwesenden Blick mal auf die Decke, dann auf den Boden gerichtet, und ein komisches Gefühl der Furcht packte ihn. Was bekümmerte Lovo?

»Ich will mit dir reden, Tony«, sagte der andere schließlich. »Setz dich.«

Tony nahm mit einem merkwürdigen Gefühl auf der anderen Seite des Schreibtisches Platz, als werde er gerade Zeuge bedeutender Ereignisse. Schließlich setzte Lovo sich auf seinen großen Stuhl und zündete sich eine Zigarre an.

»Ich habe gehört, daß du vorgestern nacht das Blumengeschäft zusammengeschossen hast«, begann er.

»Und?« sagte Tony mit einem Gefühl des Unbehagens. Er fragte sich, ob ihm eine scharfe Zurechtweisung bevorstand.

»Es war mutig und gewagt, aber schrecklich gefährlich. Du mußt lernen, dich keinem derart großen Risiko auszusetzen.«

»Ich – ich werde es versuchen. Aber so eine Sache macht eine Menge Spaß.«

»Davon gehe ich aus«, stimmte Lovo zu. »Jedenfalls denen, welchen so etwas gefällt. Nun, ich gehöre nicht dazu. Ich bin lieber friedlich und verdiene Geld. Wenn Maschinenpistolen ins Spiel kommen, wird es mir etwas zu heikel. Ich habe reichlich Geld, Tony. Mehr, als ich je ausgeben kann, wenn ich meinen gesunden Menschenverstand walten lasse. Ich glaube, ich mache eine Reise, nach Monte Carlo oder Havanna oder zu einem anderen netten, fröhlichen Ort, wo das Leben angenehm ist.«

»Für wie lange?«

»Für ein paar Jahre. Eigentlich bezweifle ich, daß ich je wiederkommen werde.«

»Aber die Gang! Du kannst sie nicht einfach auseinanderbrechen lassen–«

»Es wäre eine Schande, so eine perfekte Organisation einfach vor die Hunde gehen zu lassen, nicht wahr? Na ja, kann sie nicht jemand anders anführen?«

»Natürlich.« Dann fiel ihm wieder ein, mit wem er sprach, und er fügte hinzu: »Vielleicht nicht so gut wie du, aber es müßte möglich sein, den Laden zusammenzuhalten und die Geschäfte weiterzuführen. Und es liegt so viel Zaster auf der Straße, der nur darauf wartet, aufgesammelt zu werden.«

Seine Stimme ächzte fast ein wenig, als ihm die riesigen illegalen Gewinnmöglichkeiten einfielen und er sie erwähnte.

»Ich weiß«, pflichtete Lovo ihm bei. »Ich habe diese Gewinne selbst auch noch nicht abgeschrieben ... Hör mal, Tony, glaubst du, du könntest diese Gang führen?«

»Ich weiß, daß ich es kann«, antwortete der junge Mann eifrig. »Ich wünschte, du würdest mir die Chance geben.«

»Das werde ich. Es ist eine ziemliche Verantwortung für einen jungen Burschen, sogar für einen alten Kerl wie mich. Aber ich werde es mit dir versuchen, und ich glaube, du wirst deine Sache gut machen. Du wirst mir jeden Monat die Hälfte der Nettogewinne schicken, und zwar dorthin, wo ich es sage. Wenn deine Zahlungen nicht regelmäßig eintreffen, muß ich natürlich zurückkommen und – andere Vorkehrungen treffen.« Ihre Blicke begegneten sich, als er das sagte, und es war klar, daß sie einander vollkommen verstanden. »Von der anderen Hälfte kannst du zwei Drittel behalten. Das andere Drittel bekommt dein Stellvertreter Steve Libati.«

»Du willst, daß ich so eng mit ihm zusammenarbeite?« fragte Tony. Er empfand eine starke Abneigung gegen Libati.

»Ja. Er ist viel länger dabei als du und kann dir gute Ratschläge geben. Außerdem war er mir immer absolut treu ergeben, und ich weiß, daß er nie irgendwas zum Schaden der Organisation tun würde. Falls – dir irgend etwas zustoßen sollte, übernimmt er das Kommando.«

»Weiß er über all das Bescheid?«

»Nein. Aber ich werde ihn in einer oder zwei Stunden informieren, wenn wir alle Einzelheiten besprochen haben.«

Zwei Stunden lang erörterten der Bandenführer und sein Nachfolger verschiedene Aspekte der Gang und ihrer Aktivitäten. Tony stimmte allem zu, was Lovo sagte, aber in Gedanken war er bereits mit der Planung eines Feldzugs beschäftigt, eines aggressiven, rücksichtslosen Feldzugs, der der Lovo-Gang eine beherrschende Stellung sichern würde. Seine Augen funkelten bei dem Gedanken an die vielen kühnen Unternehmen, die er ausführen würde.

Schließlich wurde Steve Libati gerufen und mit der Situation vertraut gemacht. Er war ein häßlicher Rohling Ende dreißig, ein Gangster der alten Schule, die Sorte, die Pullover und formlose karierte Mützen trug und mit einer Zigarette in dem einen Mundwinkel vor schmuddligen Eckkneipen herumlungerte, während sie aus dem anderen heiser Worte quetschte. Er hatte harte graue Augen, eine etwas zur Seite gebogene Nase und einen gemeinen Mund, der sich bei jeder Gelegenheit zu einem häßlichen, höhnischen Grinsen verzog.

Tony konnte ihn nicht ausstehen, und Libati hatte niemals eine besonders innige Zuneigung für Tony erkennen lassen. Sie standen für zwei vollkommen verschiedene Epochen in der Unterwelt und hatten praktisch nichts gemeinsam. Steve gehörte zur Sorte des Vorkriegsschlägers, der nichts anderes kannte als das Gesetz des Stärkeren. Tony war der Typ des eleganten Nachkriegsgeschäftsmannes, der das Verbrechen effektiv und geordnet verwaltete, die notwendigen Grobheiten mit atemberaubender Schnelligkeit und Gründlichkeit erledigte und seine Ziele erreichte, ohne Spuren zurückzulassen.

Des weiteren besaß Tony weder Vertrauen in Steves Fähigkeiten noch in dessen Loyalität. Er hatte den Kerl noch nie etwas tun sehen, was das eine oder das andere unter Beweis gestellt hätte. Und er lehnte es ab, daß der Mann ihm aufgezwungen wurde. Aber er hatte bereits einen festen Vorsatz getroffen – wenn er und Steve nicht gut miteinander auskamen, würde er sich seiner entledigen. Es gab Mittel und Wege …

»Tja, Kleiner, wir schmeißen den Laden schon, was?« verkündete Steve mit übertriebener Herzlichkeit, als ihm die Bedingungen von Lovos faktischer Abdankung dargelegt worden waren. Aber seine harten Augen hatten einen verschlagenen Ausdruck, und in seiner rauhen Stimme lag ein Unterton der Herablassung, der Tony ärgerte.

»Ich hoffe es«, erwiderte er kalt und wandte sich von ihm ab, um etwas zu Lovo zu sagen.

Tony verließ das Hotel mit seltsam gemischten Gefühlen. Natürlich war er in Hochstimmung, weil er dazu befördert worden war, die große Lovo-Gang anzuführen – das gab ihm die Chance, die er sich immer gewünscht hatte, und außerdem Gelegenheit, ein für allemal aufzuräumen. Aber er lehnte Steve Libati ab. Je mehr er über ihn nachdachte, desto weniger mochte er ihn und desto mehr mißtraute er ihm. Er konnte in ihm nur einen Spion für Lovo sehen, der sich überall einmischen würde. Na ja, dieses Problem würde sich mit der Zeit von selbst lösen.

Er traf sich mit Jane, und sie machten sich auf Wohnungssuche. Er erzählte ihr von seiner Beförderung, und sie war so aufgeregt wie ein Kind über ein neues Spielzeug.

»Welch eine Gelegenheit!« verkündete sie immer wieder. »Jetzt müßte es dir eigentlich gelingen, gut abzuräumen und dich in ein paar Jahren zur Ruhe zu setzen.«

»Wer will sich zur Ruhe setzen?« wollte er wissen. »Ich will *leben*. Nur, weil ich der Boß bin, heißt das noch lange nicht, daß ich mich irgendwo in einem Büro verkrieche und jemand anders den ganzen Spaß überlasse. Ab und zu werde ich mich selbst in die Schußlinie stellen. Du und ich werden noch ein paar kleine Jobs erledigen, Mädchen. Vergiß das nicht. Und es gibt reichlich Jobs zu erledigen. Wenn ich diese Bande schon führen soll, dann *führe* ich sie auch. Keine halben Sachen. Außerdem werde ich die Konkurrenz entweder aus der Stadt vertreiben oder umlegen.«

Sie fanden eine sehr schön möblierte Wohnung in einem großen Haus in einer eleganten Gegend. Die Miete war enorm, aber die Wohnung gefiel ihnen beiden, und Tony war jetzt eine große

Nummer. Sie mieteten die Wohnung für einen Monat, und er zahlte die Miete in bar. Und am nächsten Tag zogen sie ein, und Jane bebte vor Glück wie eine Braut in den Flitterwochen.

Lovo reiste am Freitag ab. Tony fuhr ihn zu einem kleinen Bahnhof auf der South Side, wo er in einen Zug nach New York stieg. Folglich waren keine Reporter und Fotografen zugegen, und die Öffentlichkeit hatte keine Ahnung, daß er nicht mehr da war. Tony wollte seine Führungsposition festigen, bevor Lovos Abwesenheit bekannt wurde.

Als Tony in Lovos ehemaliges Büro in dem Hotel zurückkehrte, um das Kommando zu übernehmen, fand er Steve Libati darin vor. Er saß auf Lovos großem Stuhl, die Füße auf dem Tisch und rauchte eine Zigarre.

»Hallo, Kleiner!« begrüßte er Tony. Und wiederum lag dieser herablassende Tonfall in seiner Stimme, der den jüngeren Mann wütend machte.

»Würde es dir was ausmachen, dich auf einen anderen Stuhl zu setzen?« fragte Tony kalt. »Ich will dort sitzen.«

»Oh, in Ordnung.« Steve wechselte auf einen anderen Stuhl, und Tony setzte sich hinter den Schreibtisch. »Da wir zwei jetzt den Laden schmeißen, dachte ich, wir sollten mal miteinander reden.«

»Ich wüßte nicht, worüber«, erwiderte Tony kalt, indem er ein paar Papiere nahm und sie auf eine Weise durchblätterte, die besagte: Ich bin äußerst beschäftigt. »Ich habe mich noch auf keinen endgültigen Plan festgelegt. Wenn ich es tue, lasse ich es dich wissen und gebe dir die Befehle.«

Einen langen Augenblick starrten die Männer einander an. Tonys rechte Hand hatte sich unauffällig zu seiner Jackentasche bewegt. Er wartete auf eine eindeutige Insubordination. Sie kam nicht. Steves gemeine Augen verengten sich, und sein häßlicher Mund verzerrte sich, als er die Zähne fletschte. Dann entspannte er sich und rang sich ein gezwungenes Lächeln ab.

»In Ordnung«, sagte er, »Wenn du die Sache so siehst.«

Er nahm seinen Hut und verließ das Büro. Tony hatte die erste Auseinandersetzung für sich entschieden. Doch ihm war klar, daß der unvermeidliche ernsthafte Ärger zwischen ihnen nur aufgeschoben war.

Tony arbeitete den Rest des Tages und den ganzen Abend und auch den nächsten Tag und Abend hart und organisierte die Dinge sowohl in seinem Kopf als auch auf dem Papier. Die Gang hatte in letzter Zeit allmählich nachgelassen, sowohl in ihrer Effektivität als auch, was das Einkommen betraf, und zwar wegen Lovos Abneigung gegen Vergeltungsmaßnahmen. Es gab viel zu tun. Zunächst mußten zwei oder drei gewagte Coups – vorzugsweise Morde – zu Lasten des Feindes gelandet werden, um den Jungens Selbstvertrauen und Stolz auf ihre Organisation einzuflößen. Danach lag ernsthafte Arbeit für die gesamte Organisation an, die gleichbedeutend mit großen Gewinnen war. Tony hatte die Absicht, binnen sechzig Tagen den Profit auf eine Höhe zu schrauben, wie sie unter Lovos Führung nie erreicht worden war.

Es war fast zehn Uhr am Samstagabend, als Al, der kleine rattengesichtige Gangster, der als Wache und Türsteher für das Büro fungierte, zu Tony hereinkam.

»Captain Flanagan ist da«, verkündete er.

Tony sah rasch auf.

»Wer?« wollte er wissen.

»Captain Flanagan, der Oberbulle aus dem Präsidium.«

Ein grimmiges Lächeln umspielte Tonys Lippen. Also war Flanagan gekommen! Er erinnerte sich noch sehr gut an den brutalen Beamten, den er in der Kneipe niedergeschlagen hatte, weil er Vyvyan beleidigte, und der ihn danach praktisch aus der Stadt gejagt hatte. Die Situation hatte sich grundlegend geändert. Tony nahm eine häßliche Automatik aus einer Schublade und legte sie so auf den Schreibtisch, daß er sie mühelos erreichen konnte.

»Laß ihn rein!« befahl er grimmig.

11

Captain Flanagan, der Chief of Detectives, kam mit dem selbstsicheren, arroganten Gehabe eines Mannes in das Büro des neuen Bandenführers stolziert, der sich auf vertrautem Gelände bewegt und dem, obwohl er keinen warmen Empfang erwartet, doch bewußt ist, daß seine Stellung eine gewisse Höflichkeit und einen gewissen Respekt gebietet.

Scarface Tony saß hinter dem Schreibtisch, den er soeben erst in Besitz genommen hatte, die rechte Hand locker auf der Automatik, und musterte den eintretenden Polizeibeamten. Und eine Woge der Wut durchströmte ihn so heftig wie die Hitze aus einer plötzlich geöffneten Hochofentür. Doch in erster Linie fragte er sich, ob Flanagan ihn wiedererkennen würde oder nicht.

Flanagan erkannte offenbar in dem elegant gekleideten Mann mit der bläulich verfärbten Narbe, die vom linken Ohr bis zum Kinn reichte, nicht den gutaussehenden Jungen, der ihn vor weniger als drei Jahren niedergeschlagen hatte und dann von ihm aus der Stadt gejagt worden war. In den granitharten grauen Augen des Polizisten leuchtete kein Funke des Wiedererkennens auf, als er seinen Bowler in den Nacken schob und den neuen Anführer der mächtigen Lovo-Gang anstarrte, die großen Füße weit gespreizt und die Hände tief in die Tasche geschoben.

»Wo ist Johnny?« wollte Flanagan wissen.

»Mr. Lovo ist nicht da.« Tonys Augen waren ebenso unpersönlich kalt wie sein Tonfall.

»Das sehe ich selbst«, schnauzte Flanagan, dessen grausamer Mund wütend zuckte. »Ich bin nicht blind. Wo ist er?«

»Nicht in der Stadt. Und er wird eine Zeitlang wegbleiben.«

Flanagan schnaubte verächtlich.

»Hören Sie auf mit dem Quatsch«, knurrte er. »Johnny ist am Monatsersten immer da – für mich.«

»Oh! Ich verstehe. Einen Augenblick.«

Aus einer der Schreibtischschubladen holte Tony ein kleines Notizbuch mit der Schmiergeldliste der Gang. Es enthielt die Namen jener Beamten, ob hochrangig oder nicht, die bestochen werden mußten, und den monatlichen Betrag, den jeder erhielt. Die Liste war sorgfältig in alphabetischer Reihenfolge erstellt, und Tony konnte sich sehr bald davon überzeugen, daß der monatliche Beitrag der Lovo-Organisation für Captain Flanagans Wohlergehen 500 Dollar betrug.

Tony legte das kleine Buch wieder in die Schublade zurück. Dann zückte er eine dicke Rolle Geldscheine, zählte fünf Hunderter ab und warf die Scheine auf verächtlichste Art und Weise auf den Schreibtisch.

»Bitte sehr. Aber vergessen Sie nicht, daß wir auch eine Gegenleistung für den ganzen Zaster verlangen, den wir Ihnen zahlen.«

»Als würden Sie die nicht bekommen«, knurrte Flanagan, indem er das Geld nahm und in seine Tasche stopfte. »Was ich mit diesem Verein anstellen könnte, wenn ich wollte, wäre ziemlich durchschlagend.«

»Ja, das nehme ich an«, räumte Tony nachdenklich ein. »Aber wir Jungens haben auch so unsere Methoden.«

»Was wollen Sie damit sagen?«

»Nichts«, antwortete Tony gelassen, aber er konnte erkennen, daß seine verhüllte Warnung angekommen war. »Und jetzt, Flanagan, halte ich es für eine gute Idee, wenn Sie und ich uns ein wenig unterhalten. Ich bin Tony Camonte. Und von jetzt an führe ich dieses Geschäft.«

»Sie?«

»Ich«, versicherte Tony ernst. »Johnny Lovo ist gestern in Urlaub gefahren. Vielleicht kommt er eines Tages zurück, aber ich glaube es nicht. Er hat reichlich Moneten und die Nase voll vom Geschäft. Natürlich ist er immer noch interessiert, aber er hat mir die aktive Leitung der Dinge übertragen.«

»Werden nicht einige seiner anderen Unterführer Ihre Autorität anzweifeln?«

»Mag sein. Aber nicht mehr als einmal.« Tony tätschelte die Automatik, und der Blick, den er Flanagan zuwarf, sprach Bände.

»Aha!« rief der Captain. »Das *ist* eine Neuigkeit. Obwohl ich mich in letzter Zeit schon gefragt hatte, ob Johnny den Biß verloren hat oder irgendwas. Euer Verein verhält sich seit einer Weile ziemlich ruhig.«

»Zu ruhig!« stimmte Tony zu, dessen Augenlider voller energischer Entschlossenheit flatterten. »Aber das wird sich jetzt ändern, und zwar verdammt schnell.«

»Das dürfte für die anderen Bandenführer sehr interessant sein.«

»Sollen sie es selbst herausfinden. Man muß es ihnen nicht auf die Nase binden. Ich will nicht, daß das herausposaunt wird oder in der Zeitung steht. Aber ich wollte, daß Sie Bescheid wissen, damit Sie wissen, wer ich bin, falls ich Sie eines Tages anrufe und um einen eiligen Gefallen bitte.«

Tony grinste den breiten Rücken des Captains höhnisch an, als Flanagan ging. Er war ein gutes Beispiel für die Männer, die angeblich zwischen der gesetzlosen und der gesetzestreuen Bevölkerung standen. Er schacherte mit denjenigen, die zu verfolgen er geschworen hatte, um seinen eigenen Profit. Das war der springende Punkt bei der ganzen Angelegenheit, *Geld*. Die Unterwelt war jetzt zu reich, um sich einfach verfolgen zu lassen. Aber sogar ein Bulle war nur ein Mensch, dachte Tony. Wie konnten die Leute so dumm sein zu erwarten, daß er für fünftausend Dollar im Jahr – und manchmal sogar weniger – seine Pflicht tat, wenn es ihm fünfundzwanzigtausend – und oft mehr – einbrachte, sie nicht zu tun.

Ein Klopfen an der Tür riß ihn aus seinen Überlegungen über Bullen im allgemeinen und Flanagan im besonderen.

»Herein«, rief er brüsk und hatte die Automatik bereits auf die Tür gerichtet, noch bevor sie geöffnet wurde.

Doch es war nur Al, der rattengesichtige Türsteher.

»Jemand hat gerade den Apparat im Hinterzimmer des Zigarrenladens unten angerufen«, verkündete er, »und gesagt, daß Charlie Martino, einer unserer Lastwagenfahrer, eben überfallen und angeschossen wurde. Er sagte, Charlie ist jetzt in einer Werkstatt in Maywood – die Adresse habe ich hier – und braucht dringend einen Arzt.«

»Ich frage mich, warum er ihnen nicht eine von unseren Nummern hier oben genannt hat«, sagte Tony.

»Wahrscheinlich wollte er sie keinem Fremden geben. Charlie ist ein guter, zuverlässiger Junge, Boß«, sagte Al flehentlich. »Ich kenne ihn gut.«

»Wenn es stimmt, will ich ihm helfen, so gut ich kann«, sagte Tony. »Aber viel wahrscheinlicher ist, daß die North Side Gang beschlossen hat, mich umzulegen. Wir müssen vorsichtig sein.«

Binnen fünf Minuten – so gründlich waren Lovos Gang und ihre Unternehmungen durchorganisiert – lagen Tony Charlie Martinos für diesen Abend geplante Unternehmungen und ein Dossier über seine Zeit bei der Bande vor. Letzteres umfaßte einen Zeitraum von zwei Jahren und war makellos, sowohl in puncto Loyalität als auch, was seine Fähigkeiten betraf. An diesem Abend sollte Charlie eine Ladung aus Korn destillierten Alkohols aus Melrose Park abholen, einem Vorort, in dem es in fast jedem Haus eine Destille gab und die italienischen Bewohner ein kleines Vermögen damit verdienten, für die großen Syndikate »Sprit zu brennen«, und zu einem Lagerhaus nicht weit vom Hauptquartier der Bande in Cicero bringen. Ein Anruf in Melrose Park ergab, daß die Ladung pünktlich abgeholt worden war. Doch ein weiterer Anruf ergab auch, daß Charlie noch nicht im Lagerhaus eingetroffen war. Es sah aus, als sei der Hilferuf echt.

»Sag sechs oder sieben Jungens unten Bescheid, sie sollen ein paar Wagen startklar machen und reichlich Kanonen mitnehmen«, befahl Tony, dessen blaue Augen vor Erregung funkelten, wenngleich seine Stimme so kühl und gelassen war, als lese er eine Telefonnummer vor. »Ich komme mit und sehe mir die Sache mal an.«

Al lief nach unten in den Zigarrenladen, der als eine Art Bereitschaftsraum für die Gang fungierte, um die Befehle weiterzuleiten. Tony rief einen vertrauten Arzt an – einen der seltenen Mediziner, die gegen ein enormes Honorar bereit sind, die Schußwunden der Unterweltler zu behandeln, ohne die gesetzlich vorgeschriebene Formalität zu befolgen, sie der Polizei zu melden. Er nannte ihm die Adresse in Maywood und befahl ihm, sich augenblicklich dorthin zu begeben. Dann schnappte er sich seine Automatik und eilte nach unten.

In der dunklen Gasse hinter dem Hotel – dem Hauptquartier der Gang – fand er eine Gruppe schattenhafter Gestalten und zwei große dunkle Tourenwagen mit zugezogenen Seitenvorhängen vor. Das Scheppern von Metall drang an seine Ohren, als er sich ihnen näherte. Sie luden natürlich die Maschinenpistolen ein.

»Fertig, Jungens?« fragte er. »Gut! Also los!«

Er sprang auf die Rückbank eines der beiden Wagen. Rechts, links und vor ihm drängten sich Männer, und er sah die restlichen Gangster in den anderen Wagen steigen. Motoren erwachten dröhnend zu pulsierendem Leben, und mit dem Aufheulen hochgedrehter Motoren machten sich die beiden Wagenladungen erfahrener Revolvermänner auf den Weg zu einem Akt der Hilfe oder einem des Mordens. Tony hoffte auf beides.

Zu seiner Linken konnte er die häßlichen Mündungen zweier Maschinenpistolen in der Düsternis erkennen. Er zog eine von ihnen auf seinen Schoß.

»Ich halte es mit diesen Babys hier wie andere Leute mit einem Wagen«, sagte er mit einem Lachen. »Ich fühle mich sicherer, wenn ich hinter dem Steuer sitze.«

Einen Block von der Werkstatt entfernt, stellten sie den Motor ab und rollten den Rest des Weges. Doch ihre geübten Augen entdeckten nichts Verdächtiges. Plötzlich brüllten die Motoren wieder auf, und die beiden Wagen fuhren in die Werkstatt und hielten an.

Ein Mann im ölverschmierten Overall eines Mechanikers trat vor, während er sich die Hände an einem schmutzigen Lappen abwischte. Tony öffnete die Wagentür und streckte den Kopf hinaus.

»Wir haben einen Anruf bekommen, daß hier ein Mann ist – angeschossen«, sagte er brüsk.

»Ja. Er ist hinten in meinem Büro. Gerade ist ein Arzt gekommen, um nach ihm zu sehen.«

Der Mann zeigte mit seinem schmutzigen Daumen auf ein kleines Coupé, in dem Tony den Wagen des Arztes erkannte. Der Bandenführer legte seine Maschinenpistole auf den Wagenboden und stieg aus. Doch als er dem Mechaniker über den ölverschmierten Betonboden folgte, steckte seine rechte Hand tief in seiner Jackentasche, und sein scharfer Blick versuchte, die Schatten auf allen Seiten zu durchdringen. Er wußte, daß seine Männer hinter ihm dasselbe taten und ihm mit einer erstaunlichen Menge Artillerie Deckung gaben.

Als die beiden Männer den vollgestopften kleinen Raum betraten, der vom Rest des Gebäudes abgeteilt war, schaute der Arzt auf. Er war ein dünner, nervöser Mann mit einer blassen Haut und unsteten blauen Augen. Doch er kannte sich auf seinem Gebiet aus, was viele noch lebende Gangster bezeugen konnten.

»Ziemlich ernst«, sagte er mit einer Geste an die Adresse seines Patienten, der ausgestreckt auf einem Feldbett lag. Seine Augen waren geschlossen, und er atmete langsam und pfeifend. »Zweimal durch die Brust geschossen. Er hat viel Blut verloren. Wir sollten ihn irgendwohin bringen, wo ich ihn operieren kann.«

»Ist er transportfähig?« fragte Tony.

»Ja. Ich gebe ihm ein Stärkungsmittel.«

Der Arzt zog rasch eine Spritze aus einer der Flaschen in seiner Hand auf und injizierte die Flüssigkeit in die Ellbogenvene des Patienten. Ein paar Augenblicke später öffnete der Junge – denn er war kaum mehr als das – die Augen. Tony ging zu ihm.

»Er ist zu schwach zum Reden«, mahnte der Arzt.

Tony nahm die Hand des Jungen. Ihre Blicke trafen sich, hielten ein paar Sekunden Kontakt, und das leere Starren in den Augen des Jungen wich einem zufriedenen Ausdruck des Wiedererkennens.

»War es der Verein von der North Side?« wollte Tony mit rauher Stimme wissen. »Schemer Brunos Gang?«

Der Junge versuchte zu sprechen, doch die Anstrengung war zuviel für ihn. Er nickte.

»In Ordnung, wir kümmern uns um sie, Kleiner«, versprach Tony heiser und drückte die schlaffe Hand.

Die Augen des Mechanikers weiteten sich, als er diese Androhung von Vergeltung hörte. Als Tony sich zu ihm umwandte, erzählte er rasch seine Geschichte. Er sei unterwegs gewesen, um einen Wagen aus einem Graben zu ziehen, dann auf der Rückfahrt auf den verwundeten Jungen gestoßen, der am Rand einer gottverlassenen Straße gelegen habe, und habe ihn in seine Werkstatt gebracht. Der Junge habe ihn angefleht, nur eine ganz bestimmte Nummer anzurufen, eine Bitte, der er gefolgt sei.

»Wissen Sie, ich dachte mir, daß es wahrscheinlich besser ist, nicht allzuviel Staub mit dieser Sache aufzuwirbeln«, schloß er.

»Das haben Sie sehr gut gemacht«, lobte Tony und steckte ihm einen Hunderter zu. »Wie ist Ihr Gedächtnis?«

»Furchtbar, Boß«, grinste der Mann mit einem wissenden Zwinkern. »Du meine Güte, ich muß sogar die Telefonnummer nachschlagen, wenn ich bei mir zu Hause anrufe.«

Tony grinste seinerseits und schlug dem Mann auf den Rücken. Geld und Macht auf der einen und ein Mangel von beidem auf der anderen Seite führen oft dazu, daß die Leute einander rasch und vollkommen verstehen.

Sie schafften den verwundeten Jungen in ein Zimmer des Hotels, und der Arzt machte sich an die Arbeit, sein Leben zu retten. Tony zog sich in sein Privatbüro zurück und schickte nach Steve Libati, dem Mann, der ihm die Stellung als Anführer neidete. Er hatte das Gefühl, daß dieser Zeitpunkt so gut wie jeder andere war, dem Mann eine wichtige Aufgabe zu übertragen, um seine Tüchtigkeit und Loyalität zu testen.

12

Steve Libati machte einen mürrischen, herausfordernden Eindruck, als er hereinkam. Als Gangster der alten Schule hatte er sich nie an die glatten, verbindlichen, geschäftsmäßigen Methoden der modernen Gangster der Prohibitionsära gewöhnen können. Zwar trug er jetzt die beste Kleidung und fuhr einen teuren Wagen, aber er quetschte die Worte immer noch aus einem Mundwinkel, wenn er redete, und legte manchmal die bestürzenden Wesensmerkmale eines gewöhnlichen Straßenschlägers an den Tag.

»Dieser Verein von der North Side macht wieder Ärger«, kam Tony direkt zum Kern der Sache. »Sie haben sich heute nacht einen von unseren Sprit-Lastern geschnappt und den Fahrer angeschossen, einen Jungen namens Charlie Martino. Ich habe ein paar von den Jungens mitgenommen, bin rausgefahren und habe ihn hergeholt. Er liegt jetzt in einem Zimmer den Flur entlang, und der Doc gibt sich alle Mühe, ihn vorm Abkratzen zu bewahren. Der Überfall hat zwischen Maywood und Melrose Park stattgefunden.

Das ist das erste Mal, daß dieser Verein so weit in unser Gebiet eingedrungen ist, und es war auch das *letzte* Mal.«

»Glaubst du, du kannst sie daran hindern?« fragte Libati gelassen, den Kopf ein wenig auf eine Seite gelegt und das linke Auge wegen des Tabakqualms geschlossen, der von seiner Zigarette aufstieg.

»Ich *werde* sie daran hindern.« Tony unterstrich diese Feststellung mit einem Faustschlag auf den Schreibtisch. »Und wenn ich jeden Mann aus dieser Bande umlegen muß. Die Dinge waren in letzter Zeit viel zu ruhig. Von jetzt an werden sie etwas erleben, daß ihnen die Haare zu Berge stehen. Johnny dachte, wenn wir Jerry Hoffman umlegen, ist die Bande erledigt, aber sie haben diesen Schemer Bruno aus dem Ärmel geschüttelt, und wie sich herausstellt, ist er der beste Anführer seit Tommy Martin, besser, als Jerry je hätte werden können. Von jetzt an herrscht Krieg zwischen ihrem Verein und unserem. Die anderen haben nicht viel drauf.

Also, Steve, einen kleinen Fisch wie Charlie umzulegen, ist lästig, aber es schadet uns im Grunde nicht. Es gibt immer reichlich Burschen, die bereit sind, für Geld ein Risiko einzugehen. Um eine Bande zu erledigen, muß man die Anführer erledigen, das Gehirn der Gang. Und du kannst darauf wetten, daß dieser Schemer das ebenso gut weiß wie wir. Also ist es nur eine Frage der Zeit, bis er es bei mir versucht – oder bei dir. Aber ich werde ihm zuvorkommen und ihn erwischen, bevor er mich erwischt. Und ich habe dich ausgesucht, um den Job zu erledigen.«

Steve spannte sich. Seine häßlichen Züge verzogen sich zu einer wütenden, finsteren Miene.

»Warum mich?« wollte er wissen.

»Ich brauche jemanden, auf den ich mich verlassen kann, dem ich zutraue, die Sache richtig zu erledigen.«

»Warum machst du es nicht selbst?«

Tony starrte seinen Untergebenen lange an, und Wut sammelte sich in seinen Augen. Er schluckte sie mit offensichtlicher Mühe herunter.

»Weil ich nicht will. Als Anführer dieses Vereins halte ich es für meine Pflicht, mich im Hintergrund zu halten und dafür zu sorgen, daß der Laden läuft.«

Libati lachte sarkastisch. Tonys Augen blitzten.

»Ich könnte Bruno erwischen«, fuhr er Libati wütend an, »und zwar binnen achtundvierzig Stunden. Glaub nicht, daß ich es nicht gern täte. *Und das werde ich auch, falls nötig.* Aber angesichts meiner gegenwärtigen Stellung sollte ich ein derartiges Risiko nur eingehen, wenn es sich nicht vermeiden läßt. Aber egal, ich verlange von niemandem in diesem Verein irgend etwas, das ich nicht selbst tun kann oder tun will. Ich habe Jerry Hoffman erwischt und auch noch andere. Ich habe oft genug bewiesen, daß ich genug Mumm habe. *Aber ich habe noch nie gehört, daß du irgendwas bewiesen hast.* Jetzt hast du Gelegenheit dazu.«

Libati erbleichte bei der Anspielung, und sein grausamer Mund verzog sich zu einem häßlichen Zähnefletschen. Einen Augenblick sah es so aus, als werde er eine Kanone ziehen. Tony hoffte es, denn er war darauf vorbereitet, und damit würde sich sein Problem mit Steve Libati von selbst erledigen. Doch der Bursche hatte genug Verstand, seine Selbstbeherrschung zu bewahren.

»Du redest, als wärst du die einzige große Nummer in diesem Verein«, knurrte er. »Was ist mit mir? Gehöre ich nicht zu den Anführern?«

»Natürlich«, antwortete Tony ruhig. »Und ich habe nicht von dir verlangt, den Job persönlich zu erledigen. Aber ich will, daß du die Sache in die Hand nimmst und dich um die Ausführung kümmerst. Du kannst es machen, wie du willst, und du kannst alle Jungens zu deiner Unterstützung haben, die du brauchst, aber ich will, *daß es gemacht wird.*«

»Und wenn ich es nicht mache?« fragte Steve unverschämt.

»Hast du in diesem Verein keine Zukunft mehr«, erwiderte Tony kalt.

»Trotz der Befehle, die Johnny erteilt hat?«

»Die haben damit nichts zu tun. Wenn jemand meine Befehle nicht befolgt, hat er in diesem Verein nichts mehr verloren. Das gilt für dich ebenso wie für die Lastwagenfahrer. Und *hier* ist meine Autorität!«

Er zog seine schwere, häßliche Automatik und knallte sie auf den Schreibtisch. Libatis Blick wanderte zu der Waffe, dann sah er Tony an, um gleich darauf wegzuschauen. Er erhob sich.

»In Ordnung, ich mache es«, sagte er und ging hinaus.

Tony lächelte dünn, als der Mann verschwunden war. Wiederum hatte er sich gegen den mürrischen, aufsässigen Libati durchgesetzt. Er hatte das Gefühl, ihn noch zurechtbiegen und zu einem äußerst nützlichen Untergebenen machen zu können. Jedenfalls war eines sicher: Er würde ihn entweder zurechtbiegen oder von der Autorität Gebrauch machen, die er Libati gezeigt hatte, um seinen Standpunkt durchzusetzen.

Eine halbe Stunde saß Tony ruhig da und rauchte, während er die Lage überdachte. Es sah langsam so aus, als trage dieser Schemer Bruno seinen Namen zu Recht, als sei er ein würdiger Gegner. Und als Instrument, um die Ränke auszuführen, die er schmiedete, hatte er eine mächtige Gang. Sie war zahlenmäßig mindestens ebenso stark wie die Lovo-Bande und hatte unter Beweis gestellt, daß sie gleichermaßen erfinderisch und rücksichtslos war. Und unter der fähigen Führung dieses Schemer Bruno schien sie sich dasselbe ambitionierte Expansionsprogramm auf die Fahne geschrieben zu haben, das Tony mit der Hilfe der Lovo-Gang selbst in die Tat umzusetzen gedachte.

Tony hatte auch gehört, daß die drei wichtigsten Gangs der South Side kurz davorstanden, sich unter einer Führung zu vereinen und zu versuchen, ihre Unternehmungen auf die ganze Stadt auszudehnen. Das hieß also, daß es drei bedeutende Organisationen geben würde, die jeweils über ein bestimmtes Gebiet herrschten, sich aber alle Mühe gaben, in das von den anderen beherrschte Gebiet einzudringen. Es würde einen gewaltigen Kampf geben, noch dazu einen blutigen, und die großen Gewinne würden der Gang zufallen, die am besten schoß und deren Anführer am schnellsten dachte. Und Tony begrüßte die bevorstehende Schlacht, jede einzelne verschlagene, mörderische Phase.

Er drückte einen Knopf unter dem Schreibtisch und rief damit Al herein.

»Ich will, daß jemand etwas für mich erledigt«, sagte er. »Sieh nach, wer unten ist, und sag mir sofort Bescheid.«

Binnen fünf Minuten war Al wieder zurück und rasselte die Liste der Gangster herunter, die unten in dem Zigarrenladen herumlungerten. Tony dachte einen Augenblick nach.

»Sag Mike Rinaldo, daß er raufkommen soll«, befahl er schließlich.

Mike war ein schlanker junger Mann mit dunklem Teint, der wie ein Geck nach der neusten Mode gekleidet war und eine elegante

Art hatte. Im Smoking wäre er am Empfang des Ritz wahrscheinlich als ausländischer Adliger durchgegangen. Doch er war der Anführer der Revolvermänner der Lovo-Gang und selbst der kühnste und erfinderischste Revolvermann, dem Tony je begegnet war.

»Setz dich, Mike«, sagte Tony. »Ich habe einen kleinen Auftrag für dich.«

Mike gehorchte, wobei er sorgfältig die Hose über den Knien hochzog, um sich seine messerscharfen Bügelfalten nicht zu ruinieren. Dann zündete er sich mit einem Feuerzeug aus Silber und Perlmutt eine importierte Zigarette mit Korkmundstück an und schaute erwartungsvoll auf.

»Kennst du irgendwelche Männer aus der North Side Gang?« wollte Tony wissen.

»Ein paar – vom Sehen«, antwortete Rinaldo vorsichtig. Seine Augen verengten sich argwöhnisch angesichts dieser ungewöhnlichen Frage.

»Ich will einen haben. Und du wirst ihn mir beschaffen.«

»Ich glaube, ich verstehe nicht ganz, Boß.«

»Ich will einen von Schemer Brunos Männern haben – je höher sein Rang in der Bande, desto besser –, und zwar hier vor meinem Schreibtisch. Es ist mir egal, wie du es machst, aber er sollte noch am Leben sein, wenn du ihn bringst. Ich will ein paar Einzelheiten herausfinden, wie dieser Verein arbeitet.«

»Aber, du meine Güte, Boß, keiner von ihnen würde reden.«

»Den Teufel würden sie!« schnauzte Tony. »Hast du je den kleinen Raum gesehen, den wir unten im Keller haben?«

»Nein«, antwortete Rinaldo, der plötzlich erbleichte. »Aber ich habe davon gehört.«

»Glaub mir, er wird reden«, sagte Tony mit einem grimmigen

Lächeln. »Du brauchst ihn mir nur zu bringen. Und wenn du mir jemanden bringst, der etwas weiß, springen fünfhundert für dich dabei heraus.«

Als der Revolvermann ging, sprühten seine engstehenden Augen bei dem Gedanken daran, fünfhundert Dollar auf einen Schlag zu verdienen.

Es war jetzt nach ein Uhr nachts. Tony fiel keine wichtige Aufgabe ein, die sich jetzt noch erledigen ließ, und er beschloß, nach Hause zu fahren.

Jane Conley war noch auf und wartete auf ihn in dem luxuriösen Wohnzimmer der teuren Wohnung, die er für die dreißig Tage ihrer unkonventionellen Probeehe gemietet hatte. Er spürte, wie ihn eine Woge der Leidenschaft überkam, als sein scharfer Blick die Andeutung der verführerischen Kurven ihrer perfekten Figur durch die dünnen Falten des flammend orangefarbenen und schwarzen Morgenmantels sah, der ihre lebendige dunkle Schönheit so stark betonte.

Eine Illustrierte lag offen auf ihrem Schoß, aber ihre Augen sahen rot und klein aus, als habe sie geweint.

»Was ist los, Liebling?« fragte er, nachdem er sie geküßt hatte. »Bist du schon unglücklich?«

Sie schüttelte den Kopf.

»Ich habe nachgedacht. Und ich glaube, das hat mich einigermaßen aufgeregt. Weißt du, Tony, du solltest mehr auf dich achtgeben. Jetzt, wo du in Johnny Lovos Stiefeln steckst, werden all die anderen Gangs versuchen, dich umzulegen. Du solltest ständig Leibwächter bei dir haben.«

»Ja, ich schätze, du hast recht, Kleine. Ich kümmere mich gleich morgen darum.«

»Und ich meine auch, daß wir hier besser bewaffnet sein sollten.«

»In Ordnung. Morgen abend bringe ich eine Maschinenpistole mit, wenn du meinst. Niemand weiß, daß wir hier sind, und wenn es jemand wüßte, hätte er genug Verstand, an einem Ort wie diesem nichts zu versuchen.«

»Man kann nie wissen, Tony. Die anderen Gangs werden zu ehrgeizig, und von nun an wird Blut fließen.«

»Was ist los? Verlierst du die Nerven?«

»Nicht im geringsten!« schnaubte Jane mit blitzenden Augen. »Du weißt verdammt gut, daß ich nicht feige bin. Das habe ich mehr als einmal bewiesen. Aber ich halte es für dumm, mehr zu riskieren als unbedingt nötig.« Sie kam impulsiv zu ihm und legte ihm eine Hand auf den Arm. »Ich – mir gehen einige Dinge im Kopf herum, Tony, und wenn dir je etwas zustieße, könnte ich mir das niemals verzeihen.«

Wegen seiner verschlossenen Art ging Tony nicht näher auf ihre rätselhafte Bemerkung ein. Aber im stillen gab sie ihm zu denken. Und nach kurzer Zeit sollte sie ihm noch viel mehr zu denken geben.

13

Am nächsten Morgen las Tony die Zeitungen mit ungewöhnlichem Interesse und ständig wachsendem Zorn. *BANDENFÜHRER FLIEHT* lautete die große schwarze Schlagzeile auf sämtlichen Titelseiten. Darunter folgte eine Chronik von Johnny Lovos Abdankung und Abreise und seiner Ablösung als Anführer der Bande durch Tony Camonte, einen jungen, wenig bekannten Gangster. Und alle Zeitungen brachten ein Interview mit Captain

Flanagan, dem Chief of Detectives, in dem er für sich in Anspruch nahm, Lovo aus der Stadt verjagt zu haben. Der Captain ließ in dem Interview außerdem durchblicken, seine Männer hätten der Lovo-Gang so schwer zu schaffen gemacht, daß sie vollkommen desorganisiert sei und bald der Vergangenheit angehören werde. Der Captain schloß seine Ausführungen mit einer abgedroschenen, hehr klingenden, aber in Wirklichkeit nichtssagenden Feststellung, der Triumph von Gesetz und Ordnung sei nun unvermeidlich, und versprach den Leuten, auch weiterhin alles Menschenmögliche zu tun, um die Stadt von den Gangs zu säubern. Es war unschwer zu erkennen, woher die Zeitungen ihre Informationen bezogen hatten. Die Versuchung, sich unverdiente Lorbeeren anzuheften, war zu groß für den Captain gewesen.

»Der Schweinehund.« In Tonys Stimme knisterte das Gift, als er den Fluch ausstieß. »Dich kriege ich auch noch.«

Tony fuhr mit einer Wildheit zu seinem Hauptquartier, die ihm die profanen Verwünschungen unzähliger Fußgänger und anderer Autofahrer einbrachte. Doch als er schließlich hinter seinem Schreibtisch saß, hatte seine Wut sich zu einem eisigen, wortlosen Zorn abgekühlt, der unendlich viel gefährlicher war. Bisher hatte er es einem Verräter noch immer heimgezahlt.

»Der Bezirksstaatsanwalt hat in der letzten Stunde alle fünf Minuten angerufen«, sagte Al, der kleine rattengesichtige Türsteher. »Ich sagte, Sie würden ihn zurückrufen, sobald Sie da wären. Hörte sich an, als wäre er ziemlich aus dem Häuschen wegen irgendwas.«

»Zum Teufel mit ihm!« fauchte Tony. »Wenn er mit mir reden will, weiß er, wo er mich findet. Für den Batzen, den wir ihm jeden Monat zahlen, können wir auch mal etwas erwarten.«

»Seien Sie besser vorsichtig bei ihm, Boß«, warnte Al. »Er ist gefährlicher als alle Bandenführer der Stadt zusammen. Er hat eine Schlägertruppe, die schon mit vielen armen Kerlen 'ne Spazierfahrt gemacht hat.«

Tony dachte einen Augenblick nach, griff dann mit einem ärgerlichen Grunzen zum Telefon und rief im Büro des Bezirksstaatsanwalts an. Schließlich hörte er die schroffe Stimme in der Leitung, die er noch von jener Besprechung kannte, zu der er Johnny Lovo begleitet hatte.

»Camonte?« bellte die Stimme brüsk. »Hier spricht Bezirksstaatsanwalt Crowder. Ich lese in der Morgenzeitung, daß Lovo die Stadt verlassen hat.«

»Ja.«

»Und daß Sie jetzt seinen Verein übernommen haben.«

»Ja, das stimmt.«

»Tja, ich nehme an, Sie kennen seine – äh – Vereinbarung mit mir?«

»Ja, ich habe eine vollständige Schmiergeldliste, und ich handhabe die Dinge genauso wie er.«

»Reden Sie über solche Dinge nicht am Telefon«, befahl der Bezirksstaatsanwalt scharf. In seinem Tonfall lag so große Besorgnis, daß Tony grinsen mußte. »Dann laufen die Dinge also wie gehabt?«

»Ja, nur besser. Dieser Verein war in letzter Zeit viel zu ruhig.«

»Sorgen Sie nur dafür, daß Sie die Dinge aus den Zeitungen heraushalten.«

»Das wäre kein Problem, wenn die Bullen nicht so verdammt geschwätzig wären.«

»Ich weiß. Also gut, morgen nachmittag schicke ich Moran zu Ihnen.«

Tony legte auf, und seine Lippen kräuselten sich zu einem spöttischen Lächeln. Der Bezirksstaatsanwalt hatte sich nur Sorgen um sein monatliches Stück vom Kuchen gemacht. Und er schickte Moran, um es sich am nächsten Nachmittag zu holen. Moran war einer seiner jüngeren Stellvertreter, ein brillanter Ankläger, wenn er und sein Vorgesetzter es wollten, zwischenzeitlich aber dessen Kassierer.

Den ganzen Morgen über wurde das Hauptquartier von Reportern belagert, doch Tony weigerte sich, mit ihnen zu reden oder auch nur eine kurze Stellungnahme abzugeben. Je weniger Publizität er erhielt, desto besser.

Kurz vor Mittag brachte Al ihm eine Notiz. Sie war mit eleganter femininer Hand auf billiges weißes Papier geschrieben und lautete:

Sehr geehrter Mr. Camonte,
Dürfte ich Sie fünf Minuten sprechen? Danke!
Katherine Merton

Tony schaute auf und runzelte verärgert die Stirn.

»Wer ist die Dame?« wollte er wissen.

»Keine Ahnung, Boß. Ich hab' sie noch nie zuvor gesehen. Aber sie ist schon ein prächtiger Anblick.«

»Ja?« Tony schien sich ein wenig zu beruhigen. »Sie sieht nicht aus wie ein Gun-Girl oder irgendwas?«

»Nee. Eine Dame mit solchen Augen könnte keinem Kätzchen was zuleide tun.«

»Also gut, ich lasse es darauf ankommen. Schick sie rein.«

Einen Augenblick später trat Miss Merton ein, und nach seinem ersten Blick auf sie freute Tony sich, daß er sie vorgelassen hatte. Die Beschreibung, sie sei »ein prächtiger Anblick«, stimmte zwar haargenau, ließ aber ihre Würde und ihren Charme unberücksichtigt. Sie gehörte zu der Sorte, die in einem jungen Mann sofort und unbewußt Gedanken an eine intimere Bekanntschaft und in einem alten Mann Bedauern wegen seines Alters weckte. Hochgewachsen und mit einer athletischen Figur und mühelosen grazilen Schritten betrat sie sein Büro, selbstsicher, aber keineswegs unverschämt. Sie trug ein graues Tweedkostüm und einen kleinen grau-schwarzen Hut, der sich den zarten Konturen ihres Kopfes anpaßte.

»Wie geht es Ihnen, Mr. Camonte«, sagte sie, indem sie die Hand ausstreckte. »Ich bin Miss Merton.«

Tony nahm die Hand, und es tat ihm leid, daß er weder das Recht noch einen Vorwand hatte, sie länger zu halten, als er es tat. Ihre Stimme war voll und beruhigend, klar und absolut gelassen, und in ihren freimütigen blauen Augen stand ein einnehmendes Zwinkern, das davon kündete, daß sie Spaß verstand.

»Ich will Sie um einen Gefallen bitten, Mr. Camonte«, begann sie. »Ich habe festgestellt, daß Männer Ihrer Art fast immer ritterlich sind, wenn sie dazu die Gelegenheit bekommen.«

»Ja, sicher«, murmelte Tony verlegen. »Ich würde mich freuen, für Sie zu tun, was ich kann.«

»Das dachte ich mir. Also, ich habe folgendes Problem: Ich habe einen Job, den ich sehr gern behalten würde. Und im Augenblick sind Sie die einzige Person in der ganzen Stadt, die mir dabei helfen kann.«

»Tatsächlich? Wie das?«

»Ich bin beim *Examiner*«, fuhr das Mädchen freundlich, fast ein wenig bedauernd fort. »Und der Lokalredakteur hat mir heute morgen gesagt, wenn ich kein Interview von Ihnen bekäme, würde er mich feuern.«

»Ein Reporter!« rief Tony verblüfft, und seine ausdrucksvollen blauen Augen blitzten wütend. »Ich rede nicht mit Reportern.«

»Das wußte ich natürlich. Und mir ist klar, wie Sie sich dabei fühlen. Aber Sie verstehen sicher meine Lage – ich *mußte* einfach herkommen und versuchen, Sie zu sprechen, um meinen Job nicht zu verlieren. Aber ich nehme an, ich werde ihn ohnehin verlieren.«

Sie seufzte, und für einen Augenblick gelang es ihr, klein und elend auszusehen, während sie hörbar schniefte. Tony fluchte im stillen und zündete sich eine Zigarette an.

»Nun ja, Miss, ich kann Ihnen nichts über mein Geschäft erzählen«, wandte er stur ein.

»Natürlich können Sie das nicht.« Der bloße Gedanke schien sie zu verblüffen. »Und es würde mir nicht im Traum einfallen, Sie so etwas zu fragen, nicht einmal, um meinen Job zu retten. Ich wollte nur wissen, ob Mr. Lovo tatsächlich die Stadt verlassen hat und Sie ab jetzt wirklich das Kommando haben – du meine Güte, ich bin der Ansicht, daß unglaublich viel Verstand und Nerven erforderlich sind, um ein – äh – Unternehmen wie dieses zu führen. Und Sie sehen sehr jung aus für jemanden, der so eine beeindruckende Stellung innehat.«

In den folgenden zwanzig Minuten bekam Miss Merton ihr Interview. Ihre Fragen waren auf eine geschickte, unverfängliche Weise gestellt und oberflächlich betrachtet harmlos, da sie sich nur mit Dingen befaßten, die über die Bande und ihre Unternehmungen bereits bekannt waren oder in Kürze bekannt würden, und Tony entging völlig, wieviel er tatsächlich sagte.

»Ich wette, Sie wären ein wunderbarer Ehemann«, sagte sie schließlich, wobei ihre Augen auf eine Art und Weise funkelten, die ihn in eine unerklärliche Erregung versetzte. »Das sind Männer, die ein abenteuerliches Leben führen, immer. Ihnen gefällt die Entspannung eines ruhigen, behaglichen Heims.«

Somit lenkte sie das Gespräch auf eine romantischere Ebene, und eine Zeitlang befaßten sie sich mit Liebe, Heirat und so weiter. Im wesentlichen ergingen sie sich in allgemeinen Redensarten, aber hin und wieder entlockte sie ihm eine persönliche Meinung, die Futter für einen sensationellen Zeitungsartikel über »Die Vorstellungen eines Bandenführers über Liebe« oder ein ähnliches Verkäuferinnen-Thema lieferte.

»Übrigens«, sagte sie schließlich, »haben Sie ein Mädchen namens Vyvyan Lovejoy gekannt?«

Die Frage versetzte Tony solch einen Schock, daß er beinahe aufgeschrien hätte. Nur seine eiserne Selbstbeherrschung ermöglichte es ihm, sich nicht durch eine offenkundige Reaktion zu verraten. Kannte er Vyvyan Lovejoy? Kannte Romeo Julia? Vyvyan war seine erste große Liebe gewesen. Er hatte Al Spingola, den seinerzeit bedeutendsten Bandenführer der Stadt, getötet, um sie für sich zu gewinnen. Seine leichtsinnige Liebe, die er für sie empfand, war der Ansporn für seine Karriere außerhalb des Gesetzes gewesen. Und als er aus dem Krieg zurückgekehrt war und festgestellt hatte, daß sie mit einem anderen Mann zusammenlebte, hatte er sie beide umgebracht. Bei der Erwähnung ihres Namens schossen ihm all diese Ereignisse durch den Kopf wie ein kleiner privater Film. Als er zu Ende war, verengten sich seine Augen zu Schlitzen, und sein Mund bekam einen grimmigen Ausdruck.

»Nein«, sagte er. »Warum fragen Sie?«

»Ich habe einmal ein Interview mit ihr gemacht«, antwortete das Mädchen glatt. »Und Sie sehen dem Mann auf einem Foto sehr ähnlich, das sie besaß. Ihre Augen haben etwas–«

Tony war außerordentlich bestürzt. Seines Wissens hatte Vyvyan niemals ein Foto von ihm gehabt. Auch niemand anders. Tatsächlich wußte er nicht, ob *jemals* ein Foto von ihm gemacht worden war. Er haßte Bilder, sie fielen zu leicht in die falschen Hände und mochten irgendwann einmal als Mittel der Identifizierung dienen.

»Und übrigens«, fuhr Miss Merton glatt fort, »treffen Sie sich eigentlich mit der umwerfenden Brünetten, die in der Nacht, als Jerry Hoffman erschossen wurde, mit Ihnen im Embassy Club war?«

Bei dieser Frage schrak Tony tatsächlich zusammen. Selbst seine Nerven konnten einem Schock wie diesem nicht standhalten. Er und Jane Conley hatten Jerry Hoffman, den Anführer der North Side Gang, in jener Nacht im Embassy Club, dem exklusivsten Nachtclub der Stadt, getötet. Johnny Lovo hatte den Befehl gegeben und für die Erledigung des Jobs bezahlt. Und soweit Tony wußte, war Lovo abgesehen von ihm selbst und Jane der einzige, der überhaupt wußte, daß sie in jener Nacht in dem Club gewesen waren.

»Ich weiß nicht, wovon Sie reden«, sagte er.

»Sehen Sie, ich war in jener Nacht auch dort, und mein Begleiter hat mir alle Berühmtheiten gezeigt. Sie waren auch darunter. Er sagte, Sie würden es in Ihrem erwählten Beruf noch weit bringen.« Sie lachte unbeschwert.

»Wer war Ihr Begleiter in jener Nacht?« wollte Tony wissen.

»Oh, ich glaube, es wäre nicht fair, es Ihnen zu sagen.« Sie erhob sich lächelnd und streckte die Hand aus. »Ich werde Ihre kostbare Zeit nicht länger in Anspruch nehmen, Mr. Camonte. Aber vielleicht können wir uns ein andermal noch ein wenig unterhalten. Jedenfalls danke ich Ihnen für dieses interessante Interview. Es ermöglicht mir, meinen Job zu behalten.«

Und sie ging und ließ einen äußerst verwirrten Bandenführer zurück. Nun, da er nicht mehr unter dem Einfluß ihrer Persönlichkeit – und ihrer sachverständigen Schmeicheleien – stand, wurde ihm klar, daß sie sich sehr gut auf ihre Arbeit verstand und ihr Ziel trotz seiner Vorbehalte erreicht hatte. Und woher wußte sie so viel? Und was mochte sie mit der Erwähnung jener Vorfälle aus seiner Vergangenheit bezweckt haben? Je mehr er darüber nachdachte, desto besorgter wurde er. Schließlich kam ihm ein furchtbarer Verdacht, und er rief beim *Examiner* an und bat darum, mit Miss Katherine Merton verbunden zu werden. Einen Augenblick später legte er bedächtig auf, da ihn ein Gefühl der Benommenheit und des Unbehagens beschlich. *Beim Examiner gab es niemanden dieses Namens.* Wer war das Mädchen dann? Und welche Absicht hatte sie mit ihrem Besuch verfolgt?

14

Charlie Martino, der Lastwagenfahrer, der in der Nacht zuvor überfallen und angeschossen worden war, starb im Laufe des Nachmittags, ohne noch einmal ausreichend zu Kräften gekommen zu sein, um die Einzelheiten des Vorfalls berichten oder die Angreifer beschreiben zu können. Tony betrachtete den Jungen einen Augenblick lang, um dann seine unheimlichen, psychologischen Fähigkeiten einzusetzen und jedem Mitglied der Bande, das erreichbar war, zu befehlen, hereinzukommen und sich die Leiche anzusehen. Er hatte den Eindruck, daß ihnen der Anblick eines toten Kameraden Kampfgeist einimpfen würde. Schließlich ordnete er eine große Beerdigung für den Jungen an und ging mit grimmigem Schweigen in sein Privatbüro zurück, wobei er der North Side Gang im stillen blutige Rache schwor.

Nach den Ereignissen des Tages war Tonys Laune verheerend, und um kurz nach zehn beschloß er, nach Hause zu gehen, als Mike Rinaldo, der geschniegelte Revolvermann, eintraf. Und die drei Männer, die ihm in Tonys Büro folgten, bewiesen, daß er seinen Auftrag erfüllt hatte. Denn der Mann in der Mitte war ein Gefangener.

»Erledigt, Boß«, verkündete Mike mit einer eleganten Geste an die Adresse des finster dreinschauenden Gefangenen.

»Wer ist er?« wollte Tony wissen. Tonfall und Haltung deuteten an, daß niemand Geringeres als Caesar persönlich akzeptabel sein würde.

»Benny Peluso, eine große Nummer von der North Side Gang.«

»Habt ihr ihn gefilzt?«

»Gewiß«, antwortete Rinaldo, offenbar gekränkt durch die Frage. »Und wir haben auch eine ganz hübsche Sammlung von Knarren gefunden.«

»Na, dann filzt ihn hier noch mal. Zieht ihn aus.«

Von seinem Stuhl hinter dem großen Schreibtisch beobachtete Tony den Gefangenen, während seine drei Revolvermänner den Mann auszogen und jeden Zentimeter seiner Kleidung nach möglichen Waffen durchsuchten. Der Mann war klein und etwas untersetzt und hatte ein grobes, brutales Gesicht, das umgehend Mißtrauen einflößte. Seine blauen Augen, die jetzt vor Wut funkelten, blickten unstet und standen viel zu dicht beieinander.

Tony holte eine schwere Automatik aus einer Schublade und legte sie nicht weit von seiner geübten rechten Hand auf den Schreibtisch.

»In Ordnung«, sagte er, als die drei Männer ihre fruchtlose Suche beendet hatten und der Gefangene sich mit offensichtlicher Empörung seine Jacke anzog. »Du«, sagte Tony, indem er mit der Pistole auf den Gefangenen zeigte, »setzt dich dorthin. Ihr anderen wartet draußen, bis ich euch rufe.«

Er spielte schweigend mit der Waffe, bis die Tür sich hinter seinen Männern geschlossen hatte. Dann starrte er Peluso an, bis dieser den Blick senkte.

»Weißt du, wo du hier bist?« wollte Tony plötzlich wissen.

»Ja«, knurrte der Gefangene.

»Ich rate dir zu einem netteren Tonfall, wenn du das hier lebend überstehen willst«, schnauzte Tony. »Weißt du, wer ich bin?«

»Nein.«

»Ich bin Scarface Tony Carmonte, der neue Anführer der Lovo-Gang. Und ich bin zehnmal so abgebrüht, wie Johnny Lovo es je hätte sein können. Ich habe persönlich sechs oder acht Männer umgelegt, und einer mehr – besonders eine Ratte wie du – würde mir nicht das geringste ausmachen. Hast du mich begriffen?«

»Ja.« Doch der Tonfall des Mannes brachte jetzt nicht mehr trotzige Wut, sondern mürrische Verdrossenheit zum Ausdruck, und sein Blick klebte wie hypnotisiert an der Pistole.

»Es gibt da ein paar Dinge, die ich wissen will. Und *du* wirst sie mir flüstern.«

»Du hast den falschen Mann, Kumpel. Ich verrate nichts.«

»Den *Teufel* wirst du nicht!« Tony beugte sich über den Schreibtisch, die Pistole stets auf den unglücklichen Gefangenen gerichtet. »Willst du 'ne Ladung Blei verpaßt haben?«

»Nein, natürlich nicht. Aber wenn ich rede, legt mich mein eigener Verein um.«

»Vielleicht nicht.« Tony lehnte sich wieder zurück. »Wieviel Zaster machst du bei deinem Verein?«

»Ungefähr dreihundert die Woche. Manchmal mehr.«

»Dreihundert, ja? Das ist nicht besonders viel, wenn man bedenkt, was du dafür leistest und welche Risiken du dafür eingehst, hab ich Recht?«

»Ich bin mehr wert«, stimmte der Mann finster zu.

»Ja. Aber du wirst es nie bekommen, nicht von diesem Bruno nach allem, was ich über ihn höre. Was glaubst du eigentlich, woher er seinen Namen hat, *Schemer*? Wenn jemand so einen Namen hat, dann hat das einen Grund. Also, Benny, ich bin kein übler Kerl, wenn man mir nicht krumm kommt. Und ich bin immer bereit, dafür zu sorgen, daß meine Jungens gut bei Kasse sind.« Er lehnte sich über den Schreibtisch. »Wie würde es dir gefallen, fünfzehn Riesen einzustreichen – auf einen Schlag?«

Die Augen des Gefangenen funkelten, und er leckte sich die Lippen.

»Jesses!« rief er. »Das ist 'n Haufen Zaster, auch wenn du ihn nicht hast.«

»Ich *habe* ihn. Und er gehört dir, wenn du redest.«

»Was willst du wissen?«

»Das ist schon besser«, lächelte Tony. »Ich will eine Menge über Brunos Bande wissen, wo ihre Lagerhäuser, ihre Brauereien und ihre größten Destillen sind. Ich will wissen, in welchen Garagen ihre Lastwagen stehen und welche Straßen sie benutzen, um ihren Sprit zu transportieren. Und dabei fallen mir bestimmt noch ein paar andere Dinge ein.«

»Gott! Das kann ich dir nicht sagen.«

»Warum nicht?«

»Sie würden mich mit Sicherheit umlegen.«

»Wenn du mir nicht sagst, was ich wissen will, lege *ich* dich um.«

»Und wenn ich es tue, machen die es. Welche Chance bleibt da einem armen Kerl wie mir noch?«

»Hör zu, du Strauchdieb«, schnauzte Tony. »Ist dir nicht klar, daß fünfzehn Riesen ein Haufen Zaster sind? So viel verdienst du bei deinem Verein in einem Jahr, und wenn du bei ihm bleibst, wirst du nie so viel auf einen Schlag bekommen. Wenn du so viele Moneten hättest, könntest du nach Frisco oder New York gehen oder sogar nach Mexiko oder sonstwohin und eine Spielhölle eröffnen oder in ein anderes Geschäft einsteigen. Dann hättest du für den Rest deines Lebens ausgesorgt.«

»Ja, ich weiß. Ich – ich hätte das Geld schon gerne. Aber diese Kerle würden mir *überallhin* folgen.«

»Sie wüßten gar nicht, wo du wärst. Sie würden glauben, du hättest eine Spazierfahrt gemacht. Verschwinden hier in der Gegend nicht jedes Jahr ziemlich viele Kerle spurlos, die irgendwelchen Gangs angehören?«

»Ja, das stimmt wohl. Aber ich kann es trotzdem nicht machen. Sie würden mich mit Sicherheit erwischen. Und was nützt einem Toten ein Haufen Zaster?«

»Das reicht jetzt, sei kein Narr!« knurrte Tony bedrohlich und zielte wieder mit seiner Pistole. »Entweder du redest oder du stirbst.«

Die Augen des Mannes glänzten vor dem Hintergrund seines gräßlich bleichen Gesichts, und er leckte sich ständig die Lippen.

»Jedenfalls weiß ich ganz genau, daß ich sterbe, wenn ich rede«, antwortete er stur. »Also muß ich es wohl darauf ankommen lassen zu sterben, wenn ich es nicht tue.«

»Du willst also nicht reden, was?« knirschte Tony.

Das Loch in der Mündung der Automatik mußte dem Gefangenen so groß wie ein Tunnel vorkommen. Aber er hielt plötzlich den Atem an, schloß die Augen und schüttelte den Kopf.

»Ich glaube, du wirst reden!« sagte Tony. »Steh auf!«

Er rief seine drei Revolvermänner herein.

»Er ist eine harte Nuß«, erklärte er. »Wir müssen ihn in den Keller bringen.«

Rinaldo erbleichte. Er konnte einen Mann erschießen, ohne auch nur einen Gedanken an die Sache zu verschwenden, aber der bloße Gedanke an den Keller machte ihn schwach.

»Macht schon!« schnauzte Tony, indem er sie alle mit einer umfassenden Geste seiner Automatik einbezog.

»Ihr macht eine Spazierfahrt mit mir?« fragte der Gefangene im Fahrstuhl.

»Nein«, erwiderte Tony grimmig. »Noch nicht.«

Der Raum, in den sie ihn brachten, war ein Loch unter dem regulären Hotelkeller. Er war über eine ziemlich wacklige Holzleiter zugänglich und ein großes Rechteck mit Betonwänden, an denen verschiedene seltsam aussehende Gerätschaften an Ketten hingen. Bevor Peluso überhaupt begriff, was geschah, war er bis zur Hüfte nackt und hing an den Armen, deren Handgelenke von starken Eisenklammern umschlossen wurden, an einer Wand. Tony gab einem seiner Männer ein Zeichen, der zu einer kleinen Vorrichtung ging, die wie eine Esse aussah. Er selbst zückte ein großes Messer und musterte seinen Gefangenen, während er es vielsagend befingerte.

»Weißt du, Benny«, sagte er grimmig, »viele von diesen Strauchdieben, die irgendwo am Straßenrand gefunden werden, nachdem sie eine Spazierfahrt gemacht haben, sehen nicht sehr hübsch aus. Die Ohren sind abgeschnitten, die Zunge ist herausgerissen, und manchen fehlen auch noch andere Kleinigkeiten. *Und all diese Dinge passieren, bevor der Bursche umgelegt wird.* Kein schöner Gedanke, oder?«

Tony ging zur Esse. Rinaldo folgte ihm.

»Ich sag's nicht gerne, Boß«, sagte der Revolvermann mit leiser, heiserer Stimme, »aber ganz ehrlich, ich glaube nicht, daß ich das ertragen kann.«

»Dann schau nicht hin oder geh nach draußen. Mir gefällt das auch nicht besser als dir, aber es muß getan werden. Wenn wir diesen Vogel zum Singen bringen, wird unser Verein in Kürze die Stadt beherrschen. Und vergiß eines nicht, Mike: Bruno und jeder andere aus seinem Verein würde dir und mir dasselbe antun, wenn er die Möglichkeit dazu hätte.« Er wandte sich abrupt an den anderen Mann. »Fertig?« wollte er brüsk wissen.

»Hier, Boß.«

Der Gangster zog eine lange dünne Eisenstange aus der Esse. Ein Ende war rotglühend. Tony nahm sie am kalten Ende und näherte sich dem angeketteten Gefangenen.

»Und jetzt«, knurrte er, »wirst du entweder reden, oder ich bohre dir damit ein Loch in den Bauch.«

Und er bewegte die knisternde Eisenstange langsam, aber sicher auf den nackten Oberkörper des Gangsters zu. Der Mann krümmte und wand sich, und seine Augen weiteten sich vor Entsetzen. Schließlich schrie er, obwohl das Eisen ihn noch gar nicht berührt hatte.

»Schrei nur«, sagte Tony grimmig. »Hier unten hört dich niemand.«

Eine Pistolenmündung vor Augen zu haben, ist eine Sache. Ein rotglühendes Eisen zu sehen, das sich langsam der nackten Brust nähert und den Auftakt einer langen Folter bildet, ist eine ganz andere. Peluso zerbrach.

»Ich rede! Ich rede! Ich rede!« schnatterte er, als das Eisen noch einen Zentimeter entfernt war und er die Hitze spüren konnte. »Gott! Nimm das weg.«

Sie fragten ihn eine Stunde lang aus. Rinaldo und die anderen schrieben die Einzelheiten auf, während Tony die Fragen stellte. Die Augen des Anführers blitzten. Er bekam umfassende Informationen über die Organisation seines wichtigsten Feindes.

»Und bekomme ich jetzt den Zaster?« fragte Peluso, als er sie schließlich davon überzeugt hatte, daß er nicht mehr wußte.

»Ja«, erwiderte Tony. »Nachdem wir deine Geschichte überprüft und den einen oder anderen Plan ausgeführt haben, den ich gerade ausbrüte. In der Zwischenzeit bleibst du *hier*. Ich kann das Risiko nicht eingehen, daß du zu Bruno läufst und ihm alles brühwarm erzählst, denn dann könnte er Vorsichtsmaßnahmen treffen.«

Tony trommelte sofort seine sechs cleversten Leute zusammen – darunter auch Mike Rinaldo – und schickte sie los, um zu überprüfen, was Peluso erzählt hatte. Über eine Woche lang arbeiteten sie Tag und Nacht. Sie fuhren durch die Stadt, spionierten, stellten scheinbar sinnlose Fragen und schnüffelten vorsichtig, aber wirkungsvoll in vielen Gegenden herum. Und sie meldeten, daß die

Geschichte ihres Gefangenen in allen Einzelheiten zu stimmen schien.

Mit einem Gefühl der Hochstimmung setzte Tony sofort die Maschinerie in Bewegung, über die er jetzt herrschte. Aus New York wurden auf Umwegen ein Dutzend neue Maschinenpistolen importiert. Und gewisse Mitglieder der Bande, die anerkannte Experten auf diesem Gebiet waren, erhielten den Auftrag, Bomben oder »Ananas« zu bauen, wie sie in Unterweltkreisen genannt wurden. Tony war in dieser Zeit der Vorbereitungen wie ein Dynamo, und seine nachhaltige – und mörderische – Begeisterung erfaßte allmählich auch die anderen, bis die ganze Bande eine Kampfmaschine war, die darauf brannte, auf den Feind loszugehen.

Eines Nachmittags kam Libati in Tonys Privatbüro stolziert.

»Ich schätze, daß wir bereit sind, mit dem Krieg anzufangen. Wie fangen wir an?«

»Das sage ich dir, wenn ich mich entschieden habe«, erwiderte Tony kühl.

»Was ist mit diesem Peluso? Was machen wir mit ihm?«

»Was wir mit ihm machen? Sobald der Krieg gegen die North Side im Gange ist, werde ich ihm den Zaster geben, den ich ihm versprochen habe, und ihn in einen Zug nach Westen setzen. Ich könnte mir denken, daß er es ziemlich eilig haben wird, aus der Stadt zu verschwinden.«

»Das würde ich auch sagen. Aber du wirst doch nicht so ein Gimpel sein und ihn auszahlen. Er hat uns alles gesagt, was er weiß. Warum machen wir nicht einfach eine Spazierfahrt mit ihm und sparen den Zaster?«

Tony, den dieser kaltblütige Vorschlag unerklärlicherweise schockierte, sah mit blitzenden Augen auf.

»Ich halte mein Wort, Steve, ob bei Freund oder Feind und egal, was ich versprochen habe, ob Gutes oder Schlechtes«, erwiderte er grimmig. »Vor einiger Zeit habe ich dir den Auftrag gegeben, einen gewissen Mann umzulegen. Du hast ihn noch nicht ausgeführt. Weißt du noch, was ich dir für den Fall versprochen habe, falls du es nicht tun solltest?«

Steves Blick irrte umher. »Ja.«

»Das Versprechen steht. Und ich habe auch nicht die Absicht, den ganzen Sommer zu warten. Du solltest dich besser beeilen.«

15

An diesem Abend führte Tony Jane Conley, das Gun-Girl, in einen der schickeren Nachtclubs aus. Sie genossen beide diese Ablenkungen, und immer waren damit Erinnerungen verbunden. In Ike Bloom's hatte Tony sie zum ersten Mal gesehen und war von ihrer Schönheit überwältigt gewesen. Im Embassy Club hatten sie sich miteinander bekannt gemacht, während sie auf Jerry Hoffmans Ankunft gewartet hatten.

Tony, dessen Abendgarderobe makellos war und abgesehen von einer kleinen Ausbuchtung unter dem linken Arm perfekt saß, wo eine Automatik im Schulterhalfter steckte, sah sich in dem luxuriösen, überfüllten und lauten Laden um und betrachtete dann Jane mit einem Ausdruck der Zufriedenheit in seinen Augen. Sie war die schönste Frau in dem ganzen Laden oder der »Kneipe«, wie er ihn bei sich nannte. Er fragte sich mit einem jähen Anflug von Eifersucht, ob sie ihm den Laufpaß geben würde, wenn ihre dreißigtägige Probezeit abgelaufen war.

Er stellte fest, daß sie einen abgelenkten Eindruck machte. Ihre

Hände flatterten nervös, kleine Sorgenfalten standen auf ihrer Stirn, und ihr Blick wanderte ständig hin und her, als suche sie jemanden, hoffe aber, ihn nicht zu finden.

»Was ist los, Baby?« fragte Tony freundlich.

»Nichts. Ich fühle mich nur nicht besonders wohl.«

»Ach, Kopf hoch! Laß uns tanzen!«

Sie erhoben sich und gingen auf die kleine, überfüllte Tanzfläche, eindeutig das hübscheste Paar am Ort. Jane war eine überragende Tänzerin, und Tony stand ihr mit seiner angeborenen südländischen Eleganz und seinem Rhythmusgefühl in nichts nach. Niemand, der ihnen zusah, hätte sich träumen lassen, daß sie beide gemordet hatten, nicht in der Hitze der Leidenschaft, sondern kalt und wohlüberlegt – für Geld. Und daß sie wieder morden würden, wenn die Situation es erforderte. Und doch waren sie keine Mörder, nur im gesetzlichen Sinn. Sie selbst fanden alles, was sie getan hatten, vollkommen gerechtfertigt. Und ihr Unternehmen war nie eine Bedrohung für die breite Öffentlichkeit gewesen und würde es auch nie sein. Wenn sie mit mörderischer Absicht unterwegs waren, hatten sie es immer auf eine gewisse Person abgesehen, die es herausgefordert hatte und ihnen dasselbe antun würde, ohne mehr Reue zu verspüren als sie. Und sie achteten immer darauf, daß kein Unbeteiligter zu Schaden kam.

Als die Fröhlichkeit in dem Club in den frühen Morgenstunden ihren Höhepunkt erreichte, sah Tony Katherine Merton, jenes mysteriöse Mädchen, das ihm unter dem Deckmantel der Zeitungsreporterin einen Besuch in seinem Hauptquartier abgestattet und ihm viele Fragen gestellt hatte. Sie saß jetzt in einem etwas gewagten Abendkleid aus funkelnden Ziermünzen auf der anderen Seite des Clubs und war offenbar in Begleitung eines dunklen, gutaussehenden Mannes in einer Smokingjacke, dessen allgemeine Erscheinung auf Tony alles andere als beruhigend wirkte.

Er fragte sich plötzlich, warum sie hier war, ob ihre Anwesenheit hier noch einen anderen Zweck haben mochte als die Teilnahme an der allgemeinen Ausgelassenheit. Die Möglichkeit bereitete ihm Kopfzerbrechen. Er fragte sich, ob sie ihn gesehen hatte, und hoffte, daß es nicht so war.

»Sag mal, Baby«, sagte er, »kennst du die Dame dort drüben, die mit dem funkelnden Kleid?«

Jane wandte den Kopf und schaute sich um. Als sie das mysteriöse Mädchen schließlich sah, weiteten sich ihre Augen, und sie biß sich auf die Lippe.

»Nein«, antwortete sie scharf. Dann: »Laß uns gehen!«

Verwirrt begleitete Tony sie aus dem Club. Er wußte, daß sie gelogen hatte. Aber warum? Zeitungsjungen boten lautstark die Frühausgaben der Morgenzeitungen an. Tony kaufte eine, dann verzerrte sich seine Miene, und ihm entfuhr ein unfreiwilliges »Teufel!«

»Was ist los?« fragte Jane besorgt.

»Steve hat ihn verfehlt, der verdammte Blindgänger!« fauchte Tony.

Das Mädchen nahm ihm die Zeitung aus der Hand und las. In der Nacht war ein Anschlag auf Schemer Bruno verübt worden, dem Anführer der North Side Gang. Aber wie durch ein Wunder hatte er ihn unbeschadet überstanden. Bei der Vernehmung durch die Polizei hatte er zwar zugegeben, eine gute Vorstellung zu haben, wer hinter dem Anschlag steckte, sich aber geweigert, irgendwelche Namen zu nennen. Die Polizei war der Ansicht, daß der Anschlag der Auftakt zu einem neuen Bandenkrieg war.

»Dieser ungeschickte Tölpel!« knurrte Tony. »Es war dumm von mir, ihm diesen Job anzuvertrauen. Jetzt wird Bruno auf uns losgehen. Und er selbst wird so vorsichtig sein, daß wir wahrscheinlich eine ganze Weile keine Gelegenheit mehr finden werden, den Versuch zu wiederholen.«

»Oh, Tony, das macht mir Sorgen!« sagte Jane. »Du mußt sehr vorsichtig sein.«

Er fuhr in stummem Zorn nach Hause, während in seinem emsigen Verstand mörderische Pläne kreisten, wie er seine Feinde auslöschen konnte. Vor dem luxuriösen Haus, in dem sie wohnten, hielt er an und ließ Jane aussteigen.

»Ich bringe den Wagen weg und komme gleich nach«, sagte er geistesabwesend.

An der Ecke bog er nach links ab und fuhr zu seiner Garage, die einen Block entfernt war. Plötzlich bohrte sich das wütende Heulen eines sich mit hoher Geschwindigkeit von hinten nähernden Wagens in sein Bewußtsein. Augenblicklich mißtrauisch, beschleunigte er. Doch der andere Wagen schloß auf und setzte sich neben ihn. Er konnte erkennen, daß er lang und niedrig und schwarz war und die Seitenvorhänge zugezogen waren – der typische Todeswagen. Dann sah er, wie sich ein dünner roter Strom aus der Seite des anderen Wagens ergoß, und hörte das Knattern einer Maschinenpistole. Kugeln trafen seinen Wagen, aber die Karosserie seiner Limousine bestand aus massivem Stahl, und das Glas war kugelsicher. Es schüttelte die Kugeln ab wie eine Ente Wasser. Doch diese Feinde, wer immer sie waren, wollten sich nicht zufriedengeben, bevor sie ihren mörderischen Auftrag erfüllt hatten.

Ihm wurde klar, daß er nicht zur Garage fahren konnte, weil der Todeswagen ihn dorthin verfolgen und dann erledigen würde. Und das Personal würde ihm keine Hilfe sein. Er mußte in sein Gebiet fahren, wohin ihm diese Männer kaum folgen würden, und wo, wenn sie es doch taten, Tag und Nacht einige seiner Männer in dem Zigarrenladen im Erdgeschoß des Hotels herumlungerten, das ihm als Hauptquartier diente. Diese Männer würden ihm zu Hilfe eilen und kurzen Prozeß machen.

Er trat das Gaspedal durch, und der schwere Wagen tat einen Satz nach vorn. Mit verrückter Geschwindigkeit raste er durch die dunklen verlassenen Straßen der Stadt. Der andere Wagen blieb ihm stur auf den Fersen. Mehrmals holte der ein wenig auf und kam fast nah genug heran, um wieder das Feuer zu eröffnen. Doch es gelang ihm immer, vor ihm zu bleiben.

Und das seltsame Rennen ging weiter, für ihn ein Rennen gegen den Tod, für sie ein Rennen gegen das Leben – sein Leben. Sie schleuderten um die Kurven und beschleunigten auf den Geraden. Er mußte sein Hauptquartier erreichen, bevor etwas geschah. Gewiß würden sie es nicht wagen, ihm dorthin zu folgen.

Von hinten ertönte wieder das stotternde Knattern einer Maschinenpistole. Zwei seiner Reifen, die von Kugeln getroffen worden waren, platzten mit lautem Knall. Der Wagen schlingerte nach rechts, schleuderte mit furchtbarer Gewalt gegen den Randstein und überschlug sich. Tony spürte, wie er fiel, und dann wurde alles schwarz.

Als er wieder zu sich kam, lag er auf dem Rücken, aber in einer unbequemen, verkrampften Stellung. Unter ihm war ein Teppich, rings umher sah er überall Füße, und er spürte eine ruckartige schwankende Bewegung. Abrupt wurde ihm klar, daß er auf dem Boden eines fahrenden Wagens lag, der nicht sein eigener sein konnte. Also mußte es derjenige des Feindes sein. Er richtete sich auf und sah sich um. Zwei Männer saßen auf der Rückbank, aber es war zu dunkel, um ihre Gesichter zu erkennen.

»Er ist doch nicht tot«, sagte eine ihm unbekannte Stimme. »Jesses! Ist das nicht ein Jammer?«

»Was, zum Teufel, soll das?« wollte Tony wissen.

»Das erfährst du noch früh genug.«

»Laßt mich auf den Sitz. Hier unten ist es verdammt unbequem.«

Er versuchte sich zu erheben und stellte fest, daß ihm schwindlig war und er sich schwach fühlte. Einer der Männer packte ihn und zog ihn auf den Sitz zwischen sich und dem anderen Typen. Er konnte jetzt erkennen, daß vorne ebenfalls zwei Männer saßen.

»Du sollst diese Spazierfahrt ruhig genießen, Kleiner!« fauchte ihm eine Stimme ins Ohr. »Weil es deine letzte ist.«

Tonys Herzschlag setzte beinahe aus. Er hatte sich schon früher in gefährlichen Situationen befunden, aber noch nie in einer wie dieser. Man machte eine Spazierfahrt mit ihm, was bedeutete, daß er ein Opfer des gefürchtetsten und endgültigsten Mittels der Unterwelt werden sollte. Er wandte sich an den Mann, der gesprochen hatte.

»Ihr gehört also zu dem verdammten Verein von der North Side, nehme ich an«, sagte er verbittert.

»Ja.«

»Wer, zum Teufel, bist du?«

»Ich?« Der Mann lachte freudlos, ein bedrohliches Geräusch, das an das Klappern einer zum Zustoßen bereiten Schlange erinnerte. »Ich bin Jerry Hoffmans Bruder.«

16

Im Geiste ging Tony die Schritte durch, die vor ihm lagen. Die rasche, unheilvoll schweigsame Fahrt aufs Land. Dann, wenn ein ausreichend verlassener Fleck erreicht war, würde man ihn aus dem Wagen stoßen, mit Kugeln durchlöchern und tot im Straßengraben zurücklassen, wo er von einem vorbeifahrenden Wagen oder einem Fußgänger gefunden oder vielleicht von Geiern oder Bussarden in Stücke gehackt würde.

Ein Mann hatte eine Chance bei einer Schießerei auf der Straße, wie groß die Übermacht gegen ihn auch sein mochte, aber eine Spazierfahrt war unerbittlicher als ein von einem Gericht ausgesprochenes Todesurteil. Denn es war keine Berufung möglich. Es gab keine Fluchtmöglichkeit. Die Fahrt wurde mit der kühlen, präzisen Tödlichkeit einer staatlichen Hinrichtung ausgeführt. Und der Tod war noch unvermeidlicher – zumindest war er das bisher immer gewesen.

Ein nervöser oder sensibler Mann, der mit der Aussicht auf einen grausamen und sicheren Tod binnen einer Stunde konfrontiert worden wäre, hätte geschrien, gekreischt, um sein Leben gebettelt, vielleicht mit jener verwegenen, aus der Verzweiflung geborenen Kraft gegen seine Häscher gekämpft. Doch Tony war weder nervös noch sensibel. Ein Mann, der einen ruhigen Abzugsfinger braucht, kann das nicht sein. Tony dachte nach. Nicht mit hektischer, chaotischer Hast, sondern kalt, besonnen, findig.

Die Hoffnungslosigkeit seiner Lage schreckte ihn nicht. Sie stimulierte lediglich jene abnormal ausgeprägte animalische Schläue, die ihn, obwohl er noch keine dreißig war, zum verwegensten und mächtigsten Bandenführer der Stadt gemacht hatte, die für ihre verwegenen und mächtigen Bandenführer bekannt war.

Und schließlich fand sein wacher Verstand eine Möglichkeit – und konzentrierte sich darauf. Es war ein verrückter Plan. Die Chancen standen hundert zu eins dagegen, daß er mit dem Leben davonkam, selbst wenn der Plan funktionierte. Das war ihm klar, doch die Erfahrung hatte ihn gelehrt, daß ein Plan, der scheinbar unmöglich Erfolg haben konnte, manchmal dennoch funktionierte, weil die Leute der Ansicht waren, niemand könne so dumm sein, es zu versuchen. Wie die Dinge standen, würde er in einer Stunde mit Sicherheit tot sein. Wenn er seinen verrückten Plan in die Tat umsetzte, hatte er eine kleine Chance. Er beschloß ohne weitere Bedenken, das Risiko einzugehen.

Ruhig und gelassen wartete er den richtigen Zeitpunkt ab, während er auf der Rückbank des großen Wagens zwischen zweien seiner Häscher saß und zwei weitere vor sich auf den Vordersitzen hatte. Endlich sah er einen entgegenkommenden Wagen. Seine Augen verengten sich zu Schlitzen, da er ihre relative Geschwindigkeit und die Entfernung zwischen ihnen einzuschätzen versuchte.

Dann sprang er plötzlich mit einem pantherartigen Satz auf, schlug dem Fahrer mit aller Kraft gegen den Kopf und griff nach dem Lenkrad. Der schnell fahrende Wagen schlingerte heftig. Doch der überraschte Fahrer hatte immer noch die Hände am Steuer. Tony schlug dem Mann auf den Kopf und versuchte ihn dann mit einer Hand zu würgen, während er mit der anderen am Lenkrad riß. Er spürte, wie Schläge auf seinen eigenen Kopf und Rücken prasselten, dann blitzte und knallte eine Kanone im Rückraum des Wagens, und er spürte ein scharfes Brennen in der Seite. Doch er biß die Zähne zusammen und ließ nicht locker.

Der große Wagen schleuderte nach rechts, kippte mit lautem Krachen in den Straßengraben und überschlug sich mehrfach, während der Motor schrill und gequält im Leerlauf aufheulte. Schließlich blieb der Wagen auf der Seite liegen, immer noch zitternd wie ein erlegtes Wild.

Tony lag auf den anderen beiden Männern, die mit ihm hinten gesessen hatten. In seinem Kopf drehte sich alles, und er schüttelte ihn, um ihn wieder klar zu bekommen. Sein ganzer Körper war ein einziger Knoten aus unerträglichen Schmerzen, aber er war noch bei Bewußtsein. Er registrierte, daß sich keiner von den anderen bewegt oder gesprochen hatte. Sein linker Arm lag unter ihm und war auf unnatürliche Weise verdreht. Er wollte ihn bewegen und stellte fest, daß er es nicht konnte. Außerdem schmerzte er furchtbar. Vorsichtig streckte er die rechte Hand aus und betastete die Taschen seiner reglosen Begleiter. Als er eine vertraute Ausbuchtung fand, griff er hinein und zog eine Fünfundvierziger Automatik heraus.

Das Gefühl des kalten Stahls auf seiner Haut, die Erkenntnis, daß er wieder bewaffnet war, belebte ihn wie kaltes Wasser. Er mühte sich, einen Weg zu finden, wie er das Autowrack verlassen konnte. Dann hörte er, wie sich Schritte näherten, und einen Augenblick später tauchte eine schattenhafte Gestalt neben dem umgestürzten Wagen auf. Das war natürlich jemand aus dem anderen Automobil. Er hatte darauf gezählt.

»Hier!« sagte er heiser und mußte zu seiner Verärgerung feststellen, daß seine Stimme zitterte. »Helfen Sie mir raus, ja?«

Eine Taschenlampe wurde eingeschaltet, dann drang ihr konischer gelber Strahl in den Wagen ein und kam schließlich auf seinem Gesicht zur Ruhe.

»Sicher!« sagte der Fremde. »Aber ich bin überrascht, daß überhaupt noch jemand von Ihnen am Leben ist. Gott! Das war ein furchtbarer Anblick!«

Er half Tony dabei, durch eine zerschmetterte und verbeulte Tür zu steigen, dann richtete er seine Taschenlampe auf die anderen. Der Fahrer und der Mann auf dem Beifahrersitz waren offensichtlich tot, ihre Gesichter von den Scherben der Windschutzscheibe gräßlich zerschnitten. Die beiden Männer im Rückraum waren bewußtlos, schienen aber noch am Leben zu sein.

»Kommen Sie, fahren wir«, sagte Tony.

»Aber die anderen–« widersprach der Fremde verblüfft.

»Zum Teufel mit den anderen!« fauchte Tony rauh. »Das sind Gangster, und sie wollten mit mir eine Spazierfahrt machen. Ich hoffe, sie sind alle tot. Ich schätze, ich sollte ganz sichergehen–«

Er zog die Pistole und zielte auf die beiden reglosen Gestalten.

»Um Gottes Willen!« keuchte der Fremde und legte ihm eine zitternde Hand auf den Arm. »Nicht! Sie können doch nicht–«

Tony drehte sich um und starrte ihn einen Augenblick an, dann zuckte er verächtlich die Achseln und ließ die Kanone sinken. Er war zu dem Schluß gekommen, daß es wahrscheinlich besser war, keinen Mord vor einem Zeugen zu begehen, insbesondere auch deshalb nicht, weil er diesen Zeugen in der nächsten halben Stunde noch dringend brauchte.

»In Ordnung!« knurrte er. »Aber Sie bringen mich, wohin ich will, und zwar schnell. Kommen Sie!«

Er trieb den Fremden mit der Automatik an und grinste beinahe, als der Mann sich zitternd umdrehte und hastig zu seinem am Straßenrand geparkten Wagen voranging. Tony befahl dem Mann, so schnell wie möglich zu seinem Hauptquartier zu fahren, und lehnte sich mit einem Seufzer der Erleichterung auf dem Sitz zurück, um Rachepläne zu schmieden. Doch seine mißliche Lage machte es seinem Verstand unmöglich, sich diesem faszinierenden

Problem zu widmen. Sein linker Arm war gebrochen. In seiner rechten Seite pochte und brannte die Schußwunde. Es war ihm unmöglich, eine Haltung zu finden, die auch nur einigermaßen bequem war. Und Schmerzen und warme dünne Rinnsale sagten ihm, daß sein eigenes Gesicht den umherfliegenden Glassplittern nicht entgangen war. Insgesamt fühlte er sich wie ein Wrack.

Der Mann neben ihm brannte vor Neugier. Mehrfach stellte er seinem Beifahrer Fragen, doch entweder antwortete Tony einsilbig oder gar nicht, und schließlich gab er es auf. Aber er fuhr wie der Teufel. Sie hielten viel früher vor dem Hotel, als Tony erwartet hatte.

»Sie sind in Ordnung«, sagte der Bandenführer kurz und griff nach seiner Brieftasche. Er stellte fest, daß sie dreihundertvierzig Dollar enthielt, und drückte dem überraschten Fremden großzügig sämtliche Scheine in die immer noch zitternde Hand. »Hier ist etwas Benzingeld«, sagte er mit dem Versuch eines Lächelns. Dann wurde seine Miene ernst, und seine Stimme knirschte die folgenden Worte heiser heraus. »Aber halten Sie den Mund über diese Sache!« befahl er grimmig. »Sonst bekommen Sie, was heute nacht mir zugedacht war.«

Auch um diese Tageszeit lungerten noch ein paar Gangster in dem durchgehend geöffneten Zigarrenladen und in der kleinen, dunklen Hotellobby herum. Tonys Auftritt in einem derartigen Zustand verursachte einen kleinen Aufruhr, und alle starrten ihn neugierig an.

»Ich hatte einen Autounfall«, informierte Tony sie kurzangebunden, um dann sofort seine Privaträume im obersten Stock aufzusuchen und einen Arzt zu rufen.

Eine Stunde später, als sein gebrochener Arm geschient und seine Wunden versorgt und verbunden waren, ging Tony zu Bett.

Er war sicher, daß er keinen Schlaf finden würde, doch als er erwachte, war es Mittag. Mühsam hievte er seinen müden, zerschundenen Leib aus dem Bett und versuchte, sich anzukleiden. Doch da er nur einen funktionstüchtigen Arm hatte und dieser auch noch so wund und steif war, daß er ihn kaum bewegen konnte, mußte er Al, den kleinen rattengesichtigen Türsteher, holen und sich von ihm helfen lassen.

Glücklicherweise bewahrte Tony einen Teil seiner umfangreichen Garderobe im Hotel auf. Er hätte komisch ausgesehen, wenn er die Tagesgeschäfte in Abendgarderobe hätte erledigen müssen. Er ließ sich ein kleines Frühstück heraufschicken, setzte sich dann hinter seinen Schreibtisch und schickte nach Steve Libati. Und seine Augen blitzten, als er den Befehl gab. Dies sollte ein Tag werden, an dem Rechnungen beglichen wurden.

17

Der stellvertretende Anführer der mächtigen Lovo-Gang kam mit einem Gehabe freundlicher Selbstsicherheit herein, das aufgesetzt wirkte. Sein häßliches Gesicht hatte sich zu einem Lächeln verzogen, aber seine Augen waren zu Schlitzen verengt und forschend, als sei er begierig zu erfahren, was für ein Empfang ihm bereitet werde.

»Tut mir leid wegen des Unfalls, Boß«, sagte er. »Die Bullen haben angerufen, daß dein Wagen irgendwo auf der North Side gefunden wurde. Und wir hatten heute morgen einen Haufen Reporter hier. Sie sagen, die Reifen wären zerschossen. Aber ich habe ihnen gesagt, du wärst nicht hier–«

»Ja«, knurrte Tony mürrisch, »du bist mir eine große Hilfe.« Er versteifte sich und beugte sich über den Schreibtisch, das Gesicht zu einer häßlichen Grimasse verzogen. »Warum, zum Teufel, hast du Bruno verfehlt?« wollte er wissen.

Libati zuckte die Achseln. »Das war nur verdammtes Pech.«

»Was soll das heißen – verdammtes Pech?« hakte Tony grimmig nach. »Kugeln fliegen dorthin, wohin man sie schießt … Wie bist du die Sache überhaupt angegangen?«

Libati erklärte. Einer der beiden Revolvermänner, die er dazu auserwählt hatte, ihm bei dem Anschlag auf Schemer Bruno zu helfen, habe herausgefunden, daß Bruno um zehn Uhr in der vergangenen Nacht eine bestimmte Kneipe aufsuchen wolle. Sie hätten sich in einem geparkten Wagen auf der anderen Straßenseite auf die Lauer gelegt. Nach ein paar Minuten sei er wieder herausgekommen, und gerade, als sie auf ihn schießen wollten, sei ein anderer Wagen vorbeigefahren und habe ihnen für einen Augenblick die Sicht auf ihr Ziel versperrt. Als ihre Gelegenheit schließlich gekommen war, sei er bereits mit schnellen Schritten unterwegs zu seinem Wagen gewesen. Sie hätten alle auf ihn geschossen und seien dann in ihrem Wagen geflohen, bevor seine Freunde in der Kneipe reagieren und den Spieß umdrehen konnten.

»Ihr habt alle drei auf ihn geschossen?« wollte Tony wissen.

»Ja.«

»Und ihr habt ihn alle drei verfehlt?«

»Ich – nehme es an. In den Zeitungen stand heute morgen, daß er von diesem ›mysteriösen Angriff‹ nicht getroffen wurde!«

»Ihr seid mir ja ein prächtiger Haufen erstklassiger Scharfschützen«, fauchte Tony verächtlich. »Meine Güte, ich könnte eine Kanone auf einen Kerl werfen und ihn damit treffen … Warum, zum Teufel, habt ihr den Job nicht zu Ende gebracht?«

»Aber die Kerle in der Kneipe–«

»Wenn ich eines hasse, dann sind das Drückeberger ... Ich nehme an, du hast dir nicht überlegt, daß Bruno mit Sicherheit weiß, wer hinter dem Angriff steckt, wenn du ihn verfehlst, und seine Gorillas sofort auf *mich* ansetzen würde ... Hör zu, Steve, für zwei Sorten von Leuten ist dieser Verein nicht groß genug – für solche, die Befehle nicht befolgen *können*, und für solche, die Befehle nicht befolgen *wollen*. Und ich glaube, du gehörst zu beiden.«

Libati errötete langsam, bis sein Gesicht einen matt violetten Farbton angenommen hatte. Und in seine unsteten blauen Augen trat ein bedrohliches Funkeln.

»Ich – glaube, ich verstehe dich nicht«, sagte er zögernd, und seine Lippen preßten sich aufeinander, bis sie nur noch eine dünne, harte Linie waren.

»Nein? Dann drücke ich mich klarer aus, so klar, daß selbst *du* mich verstehst. Entweder taugen du und die Männer nichts, die du ausgesucht hast, oder du hast dich an den Feind verkauft und absichtlich nicht getroffen.«

»Zum Teufel mit dir!« knirschte Libati und sprang auf, während seine rechte Hand zu seiner Jackentasche zuckte.

Doch Tony hatte bereits mit der gewandten Mühelosigkeit und unglaublichen Flinkheit des Fachmanns seine Automatik vom Schreibtisch genommen und auf den mittleren Jackenknopf seines Unterführers gerichtet, bevor dieser den Stuhl völlig verlassen hatte.

»Zieh nicht, du Idiot!« zischte Tony. »Ich bin nicht schwach, und ich treffe auch. Du sorgst besser dafür, daß deine rechte Flosse in meiner Gegenwart nicht noch mal nervös wird. Ich habe mir nämlich nur den *linken* Arm gebrochen«, fügte er mit grimmigem Humor hinzu.

Steve ließ die rechte Hand sinken und hob sie dann demonstrativ wieder, um sich eine Zigarette anzuzünden, die er aus der linken Jackentasche geholt hatte.

»Du bist hinter meinem Job her, seit Johnny weg ist«, sagte Tony. »Und du bist nicht der Typ, der wählerisch ist, wie er ihn bekommt. Wenn ich tot wäre, hättest du ihn, verstehst du? Und deshalb war es ganz nett für dich, daß Schemer Bruno noch am Leben blieb, damit er mich erledigt. Aber ich bin noch nicht tot, Steve, und ich habe auch nicht die Absicht, es in absehbarer Zeit zu sein. Also denke ich, daß du deine kostbare Zeit verschwendest, wenn du darauf wartest, daß ich abkratze.« Seine Stimme nahm den kalten, monotonen Tonfall eines Richters bei der Urteilsverkündung an. »Du und diese beiden Strauchdiebe, die letzte Nacht bei dir waren, sind fertig mit diesem Verein.«

»Red keinen Blödsinn!« schnauzte Steve. »Du kannst mich nicht aus dieser Bande feuern. Johnny–«

»Johnny ist nicht mehr da. Und er hat mich zum Boß ernannt. Das hier ist meine Autorität.« Er hob die schwere Automatik und betrachtete sie liebevoll. »Ab heute bekommst du keinen müden Dollar mehr, und wenn ich höre, daß du noch weiterhin hier herumlungerst, mußt du damit rechnen, daß sich der Vorhang für dich senkt. Du bist erledigt, verstehst du? Du kannst diesen Raum entweder so verlassen, wie du bist, oder in einem Sarg. Ist mir egal, wie.«

Die beiden Männer sahen einander in die Augen. Tonys waren kalt, hart und gelassen. Steves waren unstet und blitzten vor Zorn. Doch dann drehte sich der ehemalige Unterführer wortlos um und verließ den Raum. Wiederum hatte Tony gewonnen, diesmal endgültig, wie es schien.

Tonys nächste Handlung bestand darin, einen Leibwächter für sich zu organisieren, und zwar einen fähigen. Dann kehrte er mit einem Gefolge, wie es für eine Person seiner Bedeutung – und der Gefahr, in der er schwebte – angemessen war, in seine Wohnung zurück. Von nun an würde er immer so fahren, wie er es jetzt tat, zwischen zwei wachsamen Revolvermännern auf der Rückbank einer Limousine mit Stahlkarosserie und kugelsicheren Scheiben, während der gut bewaffnete Fahrer und der Mann neben diesem ebenso wie die vier Männer, die ihm in einem ähnlichen Wagen folgten, beständig in jeder Richtung nach verdächtigen Automobilen und Menschen Ausschau hielten.

Als Tony forsch seine luxuriöse Wohnung betrat, funkelte kalte Wut in seinen harten Augen. Er würde Jane einen Haufen Fragen stellen.

Er fand sie im Wohnzimmer, wo sie sich mit einem Roman in einen großen Sessel gekuschelt hatte und dabei eine Schachtel Pralinen aß. Seiner Ansicht nach machte sie einen unverzeihlich gelassenen Eindruck. Bei seinem Eintreten schaute sie überrascht auf, dann weiteten sich ihre Augen in schockierter Verwunderung, als sie sein Aussehen zur Kenntnis nahm.

»Du meine Güte, Tony!« rief sie. »Was ist passiert?«

»Als ob dir daran etwas liegt!« knurrte er. »Ich fahre um die Ecke, um den Wagen wegzubringen, und komme erst am nächsten Tag zurück, und du siehst aus, als hättest du dich nicht mal gefragt, was mich aufgehalten hat.«

»Aber das *habe* ich mich gefragt, Tony. Ich hatte sogar schreckliche Angst. Ich bin davon ausgegangen, daß du weißt, was du tust, und ich dachte, du hast etwas dagegen, wenn ich mich in deine Angelegenheiten mische.«

»So? Nun ja, Brunos Gang hat letzte Nacht versucht, eine Spazierfahrt mit mir zu machen. Und ich glaube, du wußtest, daß sie das tun würde.«

»Tony!« Das Gesicht des Mädchens war totenbleich geworden, und ihre Augen funkelten. »Wie kannst du so etwas–«

»Wer war diese Frau in der Kneipe letzte Nacht, die gutaussehende Braut in Weiß mit diesem dunklen Kerl in der Smokingjacke?«

»Ich – ich weiß es nicht.«

»Doch, du weißt es. Ich habe sie dir gezeigt, und ich konnte dir an den Augen ablesen, daß du sie kennst.« Er ging zu ihr, umklammerte ihren Arm mit schraubstockartigem Griff und drückte brutal zu. »Wer ist sie?« knirschte er.

»Sie ist – ein Gun-Girl«, keuchte Jane schließlich. »Schemer Brunos Braut.«

»*So* ist das also.« Er ließ Janes Arm los, trat einen Schritt zurück und musterte sie mit höhnischer Verachtung. »War das Bruno bei ihr?«

»Ja.«

»Gott! Hätte ich das doch nur gewußt«, knirschte der Bandenführer, und in seinen Augen stand Mord. »Und du wußtest es die ganze Zeit und hast mir nichts davon gesagt.«

»Nein. Denn wenn ich es dir gesagt hätte, hättest du versucht, ihn gleich an Ort und Stelle umzulegen. Und dann wärst du entweder von einem Mitglied seiner Bande getötet worden – er hat nämlich immer einen Leibwächter bei sich –, oder die Bullen hätten dich verhaftet und des Mordes angeklagt.«

»Pah! Mach dich nicht lächerlich! In dieser Stadt können sie mir nichts anhängen.«

»Sei dir dessen nicht zu sicher! Schnapsschmuggel ist eine Sache, Mord eine ganz andere.«

»Warum wolltest du gleich gehen, als du sie und Bruno gesehen hast?«

»Ich – hatte Angst, sie würden vielleicht etwas versuchen. Ich wollte nach Hause – weg von ihnen.«

»Pah! Ich habe eher den Eindruck, als hättest du mehr Angst um deine Haut gehabt als um meine.«

»Und wenn ich nicht umgelegt werden wollte?« fragte Jane, und eine Spur ihrer üblichen herausfordernden Selbstsicherheit kehrte zurück. »Niemand will abkratzen. Aber ich habe mir auch deinetwegen Sorgen gemacht, Tony«, fuhr sie eilig fort, als sie die Gewitterwolken sah, die sich auf seinem Gesicht zusammenballten. »Versuche ich nicht schon seit Tagen, dich zu überreden, dir einen Leibwächter zuzulegen?«

Tony dachte nach und erkannte, daß in ihren Worten Wahrheit lag. In den letzten zwei Wochen hatte sie ihn förmlich angefleht, sich einen fähigen Leibwächter zu besorgen. Aber er hatte gezögert, da er das Gefühl hatte, wenn er sich beständig mit einem Haufen Revolvermänner umgab, lasse das Rückschlüsse auf seinen persönlichen Mut und seine Fähigkeiten im Umgang mit der Waffe zu. Doch er konnte sich noch nicht ganz von der Vorstellung lösen, daß sie ihn verraten hatte. Und sein rücksichtsloser, direkter Verstand fand nur eine Strafe angemessen für Verrat – den Tod.

»Ich liebe dich, Tony«, fuhr sie fort, während er sie durchdringend musterte. »Und ich habe alles getan, was ich konnte, um dich zu beschützen.«

»So? Nun, ich habe meine Zweifel. Aber ich gebe dir Gelegenheit, es zu beweisen. Wenn du mich liebst, erledige Schemer Bruno für mich.«

Ihre Augen weiteten sich langsam, als ihr der Umfang dieses Auftrags aufging und ihr klar wurde, welche Gedanken ihn dazu veranlaßt haben mußten. Tony lachte.

»Hat dich dein Mut verlassen?«

Jane musterte ihn mit jäher Verachtung. »Natürlich nicht!« konterte sie. »Ich habe genausoviel Mumm wie du – jeden Tag in der Woche, du große Nummer.«

»Ach ja? Dann beweise es und auch noch deine Liebe für mich, indem du Schemer Bruno umlegst.«

»Was bist du doch für ein netter, galanter Kerl!« knirschte sie verächtlich. »Überträgst mir die Aufgabe, die größte Nummer in der Stadt umzulegen – nach dir selbstverständlich. Und ganz allein. Du weißt verdammt gut, Tony, daß ich so einen Auftrag noch nie selbst erledigt habe. Aber ich bin eine ziemlich große Hilfe, falls du dich erinnerst, wie wir gemeinsam Jerry Hoffman im Embassy Club erledigt haben. Wenn du mir hilfst, erledige ich meinen Teil. Ich schnüffle herum, bis ich herausgefunden habe, wann sich eine Gelegenheit ergibt. Dann können wir den Job gemeinsam erledigen.«

»Na schön, in Ordnung«, knurrte er. Seine unmittelbare Wut war mittlerweile verraucht, und als er die Vorzüge des Mädchens begutachtete, die ihr teurer Morgenmantel nur schlecht verbarg, kam er zu dem Schluß, daß es wahrscheinlich am besten war, sie noch nicht loszuwerden. Aber natürlich durfte er sie das nicht merken lassen. Er trat vor und packte wieder ihren Arm. »Du kleine Teufelin«, knirschte er, »sollte ich dich je dabei erwischen, daß du mich hintergehst oder falsches Spiel mit mir treibst, bist du erledigt. Verstanden?«

Und so erteilten diese beiden, die bisher noch jeden Mordauftrag erfüllt hatten, der ihnen gegeben worden war, sich selbst einen, und unterzeichneten verbal Schemer Brunos Todesurteil. Doch Tonys Zweifel und der daraus resultierende Streit hatten eine Kluft in ihrer Beziehung aufgerissen, die weitreichende Konsequenzen haben sollte.

18

Tony machte sich umgehend an die Ausführung eines rücksichtslosen, tödlich präzisen Rachefeldzugs gegen die North Side Gang. Er entwickelte langsam einen schleichenden Respekt vor dem berüchtigten Ränkeschmied Bruno. Er hatte einen Haufen Beispiele für den Scharfsinn und die verwegene Courage des verschlagenen Anführers gesehen, und die Sache mit der Kneipe war das letzte in der Reihe. Ein Mann, der eine Stunde, nachdem ein Attentat auf ihn verübt worden war, in einer Kneipe nur ein paar Tische von dem Mann entfernt sitzen konnte, von dem er wußte, daß er für den Anschlag verantwortlich war, hatte Bewunderung verdient. Die Erkenntnis, wie mutig und fähig sein Gegner war, bekräftigte nur Tonys unbedingten Siegeswillen und zwang ihn dazu, überraschende Coups zu planen.

Sie legten Bomben in Lagerhäusern, überfielen Lastwagen, sowohl einzelne als auch ganze Kolonnen, schüchterten Besitzer von Destillen ein, welche die North Side Gang mit Alkohol belieferten, so daß sie fortzogen, und erschossen ein paar, um für die anderen ein Exempel zu statuieren. Sie setzten Kneipenbesitzer unter Druck, ihren Schnapslieferanten zu wechseln, und versprachen ihnen ausreichenden Schutz, wenn sie es taten. Sie töteten ein halbes Dutzend von Brunos besten Revolvermännern und drohten anderen mit demselben Schicksal, falls sie die Stadt nicht verließen. Sie überfielen wiederholt Spielhöllen, die Bruno gehörten, raubten sie aus, und sprengten jene in die Luft, die sich das Flüsterkneipensystem verschlossener Stahltüren und Gucklöcher zu eigen gemacht hatten. Ganz allgemein gesprochen, warfen sie der anderen Gang jeden Knüppel zwischen die Beine, den sich ein erfinderischer Anführer und eine mächtige Organisation einfallen lassen konnte.

Als sich abzeichnete, daß sein Feldzug reibungslos lief, ließ Tony Benny Peluso zu sich bringen, den ehemaligen Unterführer Brunos, der gefangengenommen und zum Reden gebracht worden war. Schließlich beruhte der Erfolg seines gegenwärtigen Feldzugs zum großen Teil auf den Informationen, die Benny ihnen widerwillig geliefert hatte.

Der vierschrötige, häßliche Gangster machte einen mürrischen und mehr als nur ein wenig verängstigten Eindruck, als er von den beiden Revolvermännern hereingeführt wurde, die ihn damals gefangengenommen hatten.

»Also, Benny«, sagte Tony, »die Informationen, die du mir gegeben hast, haben sich als richtig erwiesen. Und hier sind die Moneten, die ich dir versprochen habe.« Er warf einen Umschlag auf den Schreibtisch. »Diese Männer werden dich in einen Zug nach Westen setzen und dich schützen, falls jemand aus Brunos Bande versuchen sollte, dich umzulegen.«

Der kleine Gangster, der gezwungen worden war, auszupacken, nahm den Umschlag und zählte gierig die fünfzehn Tausenddollarscheine. Dann sah er Tony an und lächelte dankbar. In der Unterwelt war es in der Tat ein Vergnügen, einen Feind – oder auch einen Freund – zu finden, der sein Wort hielt, wenn er nicht mußte.

»Danke«, sagte er. »Ich hätte nicht gedacht, daß du zu deinem Wort stehst!«

»Ich halte mein Wort immer – im Guten wie im Bösen«, erwiderte Tony. Die aufrichtige Dankbarkeit seines ehemaligen Feindes rührte ihn so sehr, wie dies irgend etwas konnte. »Dann also gute Reise – und viel Glück!«

Unter der Führung des eleganten, geschniegelten Mike Rinaldo brachten Tonys eigene Revolvermänner Peluso weg. Eine Stunde später kehrte Rinaldo zurück. Er wirkte ziemlich niedergeschlagen.

»Ich bringe schlechte Nachrichten, Boß«, sagte er. »Auf dem Weg zum Bahnhof hat uns ein anderer Wagen abgedrängt, und ein paar schießwütige Revolvermänner haben Benny umgelegt, bevor wir unsere Knarren ziehen konnten. Wir sind aus dem Wagen gesprungen und abgehauen, bevor die Bullen kamen. Brunos Bande muß herausgefunden haben, daß wir ihn geschnappt hatten, und hat nur darauf gewartet, daß er wieder auftaucht.«

»In Ordnung«, sagte Tony müde. »Ich schätze, die Bullen und die Zeitungen werden mir seinen Tod anhängen ... Sieh zu, daß wir den Wagen zurückbekommen.«

Als der geschniegelte, aber gefährliche Rinaldo gegangen war, dachte Tony noch eine Weile über dessen Bericht nach. Er kannte sich mit Revolvermännern aus und hatte den starken Verdacht, daß Rinaldo und sein Helfer Peluso wegen der fünfzehntausend selbst umgelegt hatten. Aber es gab keine Möglichkeit, ihnen die Sache nachzuweisen. Die grimmige Feindschaft, die Brunos Gang Peluso gegenüber empfunden haben mußte, falls sie argwöhnten, was er getan hatte, verhinderte, daß ein direkter Verdacht auf die beiden Revolvermänner fiel. Andererseits, was machte es schon? Er hatte seinen Teil der Vereinbarung in gutem Glauben eingehalten, und

Peluso war ohnehin eine feige Ratte. Tief im Herzen wußte Tony, daß sie alle feige Ratten waren, wenn sie mit einer Situation konfrontiert wurden, die Charakter, Moral und Mut erforderte. Sein Verdacht bestätigte sich, als Rinaldo in der folgenden Woche einen teuren neuen Wagen fuhr.

Mit unverminderter Begeisterung richtete Tony seine Aufmerksamkeit wieder auf den Feldzug gegen die North Side Gang. Denn Schemer Bruno ließ den Angriff seiner Feinde nicht untätig über sich ergehen. Er wehrte sich mit allem, was sein verschlagener, kühner Verstand und seine starke Organisation zu bieten hatten. Insgesamt war es eine Schreckensherrschaft, wie sie der amerikanische Kontinent in Friedenszeiten noch nie furchtbarer erlebt hatte. Und die Zeitungen ließen sich zunehmend über die Rechte der Bürger und die Gefahren für Leben und Eigentum Unbeteiligter aus.

»Zum Teufel mit ihnen!« beklagte Tony sich eines nachts bei Jane. »Wissen sie denn nicht, daß nur Gangster zu Schaden kommen? Weder ich noch einer meiner Männer hat je jemand anders erwischt als den Gauner, hinter dem er her war. Und ich habe noch nie von einer Gang gehört, bei der das anders wäre. Wir werfen nie eine Ananas, wenn wir nicht wissen, was in dem Laden los ist. Und wenn es sich um das Eigentum anständiger Bürger handelt, müssen sie eben die illegalen Geschäfte draußen halten. Niemand kann mir erzählen, daß ein Mann nicht weiß, was in einem Haus vorgeht, das ihm gehört. Wenn er es darauf ankommen läßt, um eine höhere Miete zu kassieren, ist er nicht besser als die Gangster, an die er vermietet, und er muß das Risiko eingehen, daß ihm der Laden um die Ohren fliegt.«

Aber am nächsten Morgen bekam Tony einen Telefonanruf vom Bezirksstaatsanwalt.

»Camonte?« fragte die vertraute anmaßende Stimme. »Ich will Sie heute nachmittag sehen. Suite F im Sherman Hotel. Punkt zwei Uhr.«

»Warum nicht in Ihrem Büro?« wandte Tony ein. »Worum geht es überhaupt?«

»Lassen Sie's gut sein. Kommen Sie einfach, dann wissen Sie's.« Der Bezirksstaatsanwalt legte auf.

Bis um halb zwei dachte Tony über diese offizielle Anordnung nach. Er wurde nicht schlau daraus. Eine Zeitlang argwöhnte er eine Falle und stand kurz davor, nicht hinzugehen, doch dann wurde ihm klar, daß der Bezirksstaatsanwalt es nicht wagen würde, sich an einem Mordkomplott gegen einen so bekannten Anführer wie Tony zu beteiligen. Doch eines war sicher, es verhieß nichts Gutes.

Er war immer noch in trübsinnige und auch unangenehme Grübeleien versunken, als er in Begleitung seiner Leibwache in die Innenstadt fuhr. Vor dem großen Hotel stiegen die Männer aus den beiden Wagen, bildeten einen engen Kreis um Tony und begleiteten ihn ins Hotel. Sie stiegen rasch in einen leeren Fahrstuhl und befahlen dann dem Liftboy, sie zu Suite F zu bringen, »und zwar flott«. Der Liftboy zögerte, da er noch auf zwei oder drei weitere Gäste warten wollte, doch dann sah er sich diejenigen, die bereits eingestiegen waren, genauer an und folgte ihrem Befehl.

Im Flur eines der oberen Stockwerke angelangt, wurde die ganze Gesellschaft augenblicklich von einem Dutzend Detectives umringt, die sie mit systematischer und nicht allzu freundlicher Gründlichkeit entwaffneten.

»Hey! Was soll das überhaupt?« wollte Tony streitlustig wissen.

»Das finden Sie noch früh genug heraus«, erwiderte ein stämmiger Bulle. »Rücken Sie Ihre Knarren auch raus. Hier und heute wird niemand umgelegt.«

Tony knirschte mit den Zähnen, widersetzte sich jedoch nicht. Einen Polizisten bei einer Straßenschießerei zu töten, war eine Sache, während das vorsätzliche Erschießen in einem bekannten Hotel und in Gegenwart von einem Dutzend seiner Kameraden eine ganz andere war. Rein äußerlich war Tony empört, doch innerlich fühlte er sich äußerst unbehaglich. Seine Leute waren schweigsam und fügsam wie alle modernen Gangster, wenn sie entwaffnet und in der Unterzahl sind.

Als das Entwaffungsprogramm beendet war, wurden sie durch den Flur zu einer offenen Tür geführt, und Tonys Leibwächter wurden hineingescheucht.

»Ihr bleibt hier, bis wir euch holen«, sagte der Detective, der das Kommando zu haben schien. »Und macht kein Theater, sonst bringen wir euch ins Präsidium und lassen euch mit den Gummischläuchen Bekanntschaft schließen, die wir für Gangster wie euch bereithalten.«

Er schloß die Tür ab, steckte den Schlüssel ein, ließ zwei seiner Männer als Wache zurück und führte Tony den Flur entlang zu einer geschlossenen Tür mit der Aufschrift *F*. Er klopfte, öffnete die Tür und schob Tony hinein. Tony hörte, wie die Tür sich hinter ihm schloß und ein Schlüssel knirschte. Dann ließ er den Blick über die Szenerie wandern, der er jetzt ebenfalls angehörte, und er versteifte sich.

Um einen großen Tisch in der Mitte des luxuriös eingerichteten Salons saßen ein halbes Dutzend Männer. Es gab einen leeren Stuhl, der für ihn reserviert war. Tony kannte all diese Typen. Am

Kopfende des Tisches saß der Bezirksstaatsanwalt, allein, ein vierschrötiger, etwas korpulenter Mann mit gemeinen kleinen Augen und dem massigen Kiefer einer Bulldogge. Bei den anderen handelte es sich um die bekanntesten Bandenführer der Stadt und des Distrikts, darunter auch Schemer Bruno.

»Kommen Sie schon und setzen Sie sich, Camonte«, schnauzte der Bezirksstaatsanwalt brüsk. »Dann können wir endlich anfangen.«

Tony trat mit dem Gehabe kühler Gelassenheit, die er nicht empfand, vor und setzte sich, wobei er Bruno anfunkelte, der sich ein dünnes Lächeln gestattete, das die Lippen seines hageren, hübschen Gesichts kräuselte, als er registrierte, daß Tonys Arm in einer Schlinge hing. Es war ihre erste Begegnung.

»Was ist mit Ihrem Arm los?« fragte er. Sein Tonfall und seine Manieren waren höflich, doch schwang ein Unterton der Verachtung und Belustigung darin mit, der Tonys Blut in Wallung brachte.

»Ich hatte vor kurzem einen Autounfall«, erwiderte Tony. »Aber dabei sind noch ein paar andere zu Schaden gekommen«, fügte er mit grimmiger Befriedigung hinzu, als er sich an den umgestürzten Wagen mit seiner Fracht aus Toten und Verletzten erinnerte.

Brunos Lächeln war plötzlich wie weggewischt, und sein Gesicht erstarrte zu einer harten ausdruckslosen Maske, in der die Augen das einzig Lebendige waren. In ihnen brannte ein starker, böswilliger Haß. Seinen eigenen Gefühlen konnte Tony entnehmen, daß Brunos rechte Hand nach einer Kanone gierte.

»Das reicht«, schnauzte der Bezirksstaatsanwalt. »Heute übernehme ich das Reden.«

Die sechs Männer, die wichtigsten Unterweltführer der Stadt, drehten sich um und sahen den Mann an, der der mächtigste Vertreter der für die Durchsetzung der Gesetze zuständigen Einrichtungen war, den Mann, der von vertrauensvollen Bürgern gewählt worden war, um sie vor den Machenschaften und Handlangern der Männer zu schützen, mit denen er jetzt konferierte. Alle bezahlten ihm erkleckliche Summen, und alle verabscheuten ihn und empfanden jene Verachtung, die immer das Los desjenigen ist, der Vertrauen mißbraucht. Doch insgeheim fürchteten auch alle seine große Macht, den Sturm, den er gegen sie entfesseln konnte, falls er es wünschte.

»Dieser Krieg muß aufhören!« verkündete der Bezirksstaatsanwalt und hieb mit der Faust auf den Tisch, um seine Forderung zu unterstreichen. »Die Zeitungen schlagen einen Riesenkrach, und selbst ein paar große Politiker sind beunruhigt. Einige der einflußreichsten Männer aus dieser Gegend sind zum Gouverneur gegangen und haben ihm erzählt, die Stadt habe mittlerweile so einen schlechten Ruf, daß die Leute Angst hätten herzukommen, und das ist schlecht fürs Geschäft. Es heißt sogar, daß man erwägt, einen ganz speziellen Ankläger zu ernennen – irgendeinen wohlhabenden furchtlosen Rechtsanwalt, unantastbar – und dazu eine spezielle Anklagejury, um die Bandensituation zu untersuchen. Und Sie wissen alle, was das bedeuten würde.«

Die Bandenführer rutschten unbehaglich auf ihren Stühlen herum. Sie wußten tatsächlich, was solch eine Untersuchung bedeuten würde – eine Menge Unannehmlichkeiten und vielleicht sogar Verfolgung und Auslöschung.

»Camonte«, fuhr der Bezirksstaatsanwalt fort, wobei er Tony anfunkelte, »ich weiß, daß Sie und Bruno die Schuldigen bei diesem jüngsten Gewaltausbruch sind, dem brutalsten, den wir je erlebt haben. Aber ich weiß auch, daß der einzige Grund, warum ihr anderen euch heraushaltet, der ist, daß ihr nicht groß genug seid, um mit diesen beiden zu konkurrieren. Ihr habt genug Verstand, um das zu erkennen ... Die Stadt ist groß genug für alle, und Sie müssen einen Waffenstillstand vereinbaren und friedlich arbeiten.«

»Glauben Sie wirklich, *er* würde sich an einen Waffenstillstand halten?« wollte Bruno mit einem verächtlichen Nicken an Tonys Adresse wissen.

»*Sie* würden es nicht tun, soviel ist sicher«, schnaubte Tony, dessen Mund sich zu einem gemeinen Zähnefletschen verzogen hatte.

»Ich würde es nicht wagen – nicht bei Ihnen. Wer will schon in den Rücken geschossen werden?«

»Sie dreckiger–«

»Maul halten!« schnauzte der Bezirksstaatsanwalt grimmig. »Und hören Sie mir zu. Oder ich lasse Sie aus der Stadt jagen.«

»Dann würden Sie einen Großteil Ihres Einkommens verlieren«, höhnte Tony, den sein Wortwechsel mit Bruno in äußerste Wut versetzt hatte.

Die unverschämte Bemerkung brachte den Bezirksstaatsanwalt auf, der die Stirn runzelte und ihn wütend anfunkelte.

»Immer noch besser, ich habe einen Teil meines Einkommens als gar keines«, erwiderte er zähneknirschend. »Noch so eine witzige Bemerkung von Ihnen, und *Sie* gehen als erster.«

Tony fügte sich, doch er kochte vor Wut. Mit der Zeit würde er alle seine Feinde erwischen, vielleicht sogar den Bezirksstaatsanwalt. Es waren schon seltsamere Dinge vorgekommen, und er forderte es mit Sicherheit heraus.

Der Bezirksstaatsanwalt hatte auf dem Tisch eine große Landkarte des Distrikts ausgebreitet. Die Stadt füllte den größten Teil davon aus. Die Karte war durch rote Linien geteilt, und in den so entstandenen Rechtecken stand jeweils der Name eines der anwesenden Männer.

»Hier sind die Gebiete, die ich jedem von Ihnen zugewiesen habe«, fuhr der Bezirksstaatsanwalt fort. »Und ich glaube, Sie werden alle mit mir übereinstimmen, daß ich sehr fair war. Natürlich bekommen die Großen das meiste, aber die kleinen Banden haben einen proportionalen Anteil, weil sie auch zurechtkommen müssen.«

Die Bandenführer starrten auf die Karte. Im stillen erkannten alle, daß der Bezirksstaatsanwalt das Gebiet in der Tat fair aufgeteilt hatte. Außerdem wußte jeder für sich, daß sein jeweiliges Territorium ausreichende Geschäftsmöglichkeiten bot, um ihn und seine Bande zu beschäftigen und sie außerordentlich reich zu machen. Doch ihre Maxime hatte immer gelautet, am eigenen Territorium festzuhalten und um das des anderen zu kämpfen, wie sie auch erwarteten, daß der andere um seines kämpfte. Und dem Sieger gehörte die Beute aus beiden.

»Hier sind noch mehr Karten wie diese, für jeden von Ihnen eine. Die Territorien sind eingezeichnet«, fuhr der Bezirksstaatsanwalt fort, indem er die zusammengefaltenen Karten herumreichte. »Und der erste, der seine Grenzen überschreitet, wird aus der Stadt gejagt, wer es auch sein mag. Außerdem werden Sie diese Vereinbarung mit Ihren Leuten besprechen, sie mit den Grenzen vertraut machen, in denen sie operieren dürfen, und dafür sorgen, daß sie gehorchen. Jeder einzelne von Ihnen ist für die Taten seiner Leute verantwortlich. Wenn er seine Leute nicht im Zaum halten und dazu bringen kann, seinen Befehlen Folge zu leisten, eignet er sich nicht zum Anführer. *Und es wird nicht mehr geschossen, oder ich werde die Schuldigen wegen Mordes unter Anklage stellen, wer sie auch sein mögen …* Sie können jetzt gehen – Camonte, Sie und Ihre Männer zuerst. Die anderen können später einer nach dem anderen gehen, wenn er und seine Leibwächter das Hotel verlassen haben. Und achten Sie darauf, daß Sie sofort abfahren, Camonte. Draußen stehen Detectives auf Posten, und jedes Herumlungern, um Vergeltung an einem der hier Anwesenden zu üben, wird mit Verhaftung und Anklage bestraft.«

Tony erhob sich und ließ den Blick über die Versammlung wandern, wobei er besonders lange auf Bruno verweilte, dann wandte er sich ab und verließ den Raum. Für ihn hatte die Konferenz einen Nutzen gehabt – er war Schemer Bruno von Angesicht zu Angesicht begegnet. Er wußte jetzt ganz genau, wie sein Erzfeind aussah, und würde von nun an in der Lage sein, ihn auch auf einige Entfernung mit Gewißheit zu identifizieren. Was eine große Hilfe für akkurates Schießen in der Nacht war.

19

Eine Weile, tatsächlich fast vier Monate, blieb alles ruhig. Alle verdienten Geld, und es gab keine Toten. Dann wurden die Männer unruhig, wie Männer der Tat es nach einer gewissen Periode der Tatenlosigkeit immer werden. Die Wiederaufnahme der Feindseligkeiten begann mit kleineren Schlägereien zwischen unbedeutenden Mitgliedern der verschiedenen Gangs, was normalerweise zu nicht mehr als blutigen Nasen und blauen Augen führte. Dann schlich sich hier und da auch schon einmal eine Messerstecherei ein in den bis dahin vergleichsweise harmlosen Sport und schließlich auch die eine oder andere Schießerei. Der Tatendrang, der Drang nach Krieg und Vergeltung, wurde ausgeprägter. Eine gespannte Atmosphäre wachsamen Wartens und sich langsam aufbauender Gefahr hing über den Hauptquartieren der Gangs. Die Männer waren wie Bluthunde, die an ihren Ketten zerrten.

Tony hatte ein Gespür für die Situation. Er war die Tatenlosigkeit selbst leid. Und die ausgedehnte Ruhe seiner Feinde machte ihn argwöhnisch. Er wußte, daß sie und ihre Männer zu einem dauerhaften Frieden nicht fähiger waren als er und seine Leute. Alles spitzte sich mit rasender Geschwindigkeit auf die Frage zu, wer als erster zuschlagen würde.

Zu Tonys verschiedenen wertvollen Besitzungen gehörten auch eine Reihe von Spielhöllen. Eine davon befand sich im ersten Stock eines Hauses im Herzen der Stadt. Trotz ihrer zentralen Lage befand sie sich auf einer Straße, in der es keine Kaufhäuser gab, und in einem Block, der aus Großhandelsgeschäften für Friseurartikel und ähnlichen Unternehmen mit geringer Kundenzahl bestand. Was bedeutete, daß auf den Gehsteigen nur wenige Fußgänger unterwegs waren.

Tony besuchte den Laden beinahe täglich, eine Tatsache, die er nie zu verbergen versucht hatte. Als er eines Nachmittags vor dem Laden aus seiner Limousine stieg und einen Augenblick stehenblieb, bis seine Leibwächter sich um ihn geschart hatten, hörte er plötzlich das Knattern einer Maschinenpistole. Er sah zwei seiner Leibwächter im tödlichen Bleihagel zu Boden gehen, und die anderen duckten sich, um die Deckung auszunutzen, welche die beiden Limousinen boten, und schauten sich hektisch um, auf Suche nach den Angreifern. Tony sprang in den Hauseingang, der zu der Spielhölle führte, verspürte zuvor jedoch ein Dutzend harte Schläge auf dem Oberkörper. Die Angreifer trafen ihr Ziel zwar mit tödlicher Genauigkeit, aber er trug eine kugelsichere Weste.

Im vergleichsweise sicheren Schutz des schmalen Flurs, der zur Treppe führte, drehte er sich um. Er hatte bereits seine Automatik gezogen und wartete nur darauf, sie benutzen zu können. Er sah, wie zwei seiner Männer auf die Fenster eines kleinen Hotels auf der anderen Straßenseite schossen. Doch nach seinem Verschwinden im Hauseingang war das stakkatohafte Knattern der Maschinenpistole verstummt. Er stellte sich vor, daß die Angreifer bereits auf der Flucht waren und verzweifelt zu entkommen versuchten, bevor die Polizei eintraf. Und seine eigenen Männer mußten dasselbe tun, um einer Verhaftung und ernsthaften Anklagen zu entgehen. Eine Schießerei bei Tag auf einer Straße in der Innenstadt ließ sich vor den Behörden nicht so leicht aus der Welt schaffen.

Er ging zur Tür und begutachtete die Fenster des Hotels mit einem raschen, aber gründlichen Blick. Er sah nichts Verdächtiges.

»Hört auf!« rief er. »In die Wagen, schnell! Wir verschwinden!«

Er rannte zu einer der Limousinen und stieg ein. Die Männer folgten ihm und bemannten die beiden Wagen. Einen Augenblick später fuhren sie los. Es gelang ihnen gerade noch, einem Verkehrspolizisten auszuweichen, der hektisch auf seiner Pfeife trillerte, dann waren sie unterwegs zur Sicherheit ihres Hauptquartiers. In Tonys Augen glitzerte eine kalte, tödliche Wut, aber innerlich war er in Hochstimmung. Es herrschte wieder Krieg!

»Sie waren im zweiten Stock des Hotels, Boß«, keuchte einer der Männer. »Wir konnten sie ganz deutlich erkennen – es waren zwei. Einer von ihnen hatte eine Thompson, der andere eine Automatik.«

Eine Thompson ist eine Maschinenpistole, die bevorzugte Waffe des modernen Gangsters. Sie ist leicht zu transportieren, aber eine bösartige Todesmaschine, die so leicht zu bedienen ist wie ein Gewehr und, obwohl sie nur zehn Pfund wiegt, hundert Kugeln in der Minute verschießt.

Als sie das Hauptquartier erreichten, ging Tony direkt in sein Privatbüro und rief den Bezirksstaatsanwalt an.

»Man hat gerade aus dem zweiten Stock des Victor Hotels auf mich geschossen«, sagte er beinahe hämisch.

»Ich weiß. Das Präsidium hat mich gerade verständigt.«

»Es müssen welche aus Brunos Bande gewesen sein. Was werden Sie deswegen unternehmen?«

»Was ich bei der letzten Konferenz versprochen habe. Wir werden noch heute so viele Angehörige der North Side Gang verhaften, wie wir in die Finger bekommen, und morgen dem Richter vorführen.«

Klang gut, fand Tony, hatte aber nicht das geringste zu bedeuten. Die Chancen standen sehr gut, daß die eigentlichen Angreifer längst spurlos verschwunden waren, und von den anderen würde keiner reden – tatsächlich würden sie gar nichts von dem Angriff wissen, bis sie davon in der Zeitung lasen oder verhaftet wurden –, so daß das Büro des Staatsanwalts nichts gegen sie vorbringen könnte als unerlaubten Waffenbesitz. Tony war schnell klar, daß die ganze Verhaftungswelle und die anschließenden Aktivitäten in Wirklichkeit nicht mehr waren als eine Geste mit Rücksicht auf die Zeitungen und die Öffentlichkeit.

Doch Tony hatte das Gefühl, daß so eine Verhaftungswelle eine zu gute Gelegenheit war, um sie ungenutzt verstreichen zu lassen. Er trommelte ein Dutzend seiner zuverlässigsten Revolvermänner zusammen und setzte ihnen eine Stunde lang die Einzelheiten eines Plans auseinander, dessen Ausführung die kühnste Geste der Unterwelt sein würde, welche die Stadt je gesehen hatte.

Die Abendzeitungen – die immer sensationeller aufgemacht waren als die Morgenzeitungen – machten viel Wirbel um den nachmittäglichen Angriff und widmeten ihm riesige Schlagzeilen und viel Raum. Und einige der Informationen waren von großem Interesse für Tony. Bei der Durchsuchung des Hotels im Anschluß an die Schießerei hatte die Polizei in einem Zimmer im zweiten Stock eine Thompson Maschinenpistole, eine leere Automatik und einen Toten mit einem halben Dutzend Kugeln im Leib gefunden. *Und der Tote war als Steve Libati identifiziert worden.*

»Der dreckige-!« brach es giftig aus Tony heraus. »Ein Verräter, der zum Feind übergelaufen ist. Und dann haben ihn ein paar von den Jungens erwischt. Entweder das, oder sein eigener Partner hat ihn erschossen, weil er Angst hatte, er könnte ihn später in die Pfanne hauen. Jedenfalls hat er es mit Sicherheit verdient.«

Tony machte sich eine Zeitlang Gedanken über den Vorfall und betrachtete ihn aus verschiedenen Blickwinkeln. Die Tatsache, daß einer der Attentäter als sein ehemaliger Stellvertreter identifiziert worden war, brachte ein neues Element in die Angelegenheit. Natürlich bestand die Möglichkeit, daß Steve den Anschlag aus Gründen persönlicher Rache verübt hatte. Aber es war unwahrscheinlich. So viel Verstand hatte er nicht. Nein, die ganze Sache war von dem verschlagenen Schemer Bruno geplant worden, der den bereitwilligen Libati als Werkzeug benutzt hatte. Wahrscheinlich hatte Steve sich Brunos Bande angeschlossen, nachdem er von Tony gefeuert worden war, und Bruno hatte ihn aufgenommen, weil Libati ihn mit wertvollen Informationen versorgen konnte und weil er Tony haßte.

Die Morgenzeitungen berichteten zwar mit etwas mehr Zurückhaltung über den Fall, brachten aber die Neuigkeit, daß während der Nacht die gründlichste Fahndungsaktion seit Jahren auf der North Side stattgefunden habe und der Polizei dabei ein Großteil der Mitglieder der berüchtigten North Side Gang ins Netz gegangen sei – darunter auch der verschlagene Schemer persönlich –, die jetzt in Zellen säßen und im Laufe des Vormittags unter verschiedenen Anklagepunkten vor Gericht erscheinen würden.

Um halb zehn lud Tony sein Dutzend sorgfältig ausgewählter Revolvermänner in zwei große Limousinen und begab sich auf die kleine Expedition, die er am Tag zuvor geplant hatte. Als sie noch einen Block von dem Polizeigericht entfernt waren, wo die Mitglieder von Brunos Bande Tonys Wissens nach unter Anklage gestellt werden sollten, befahl er, die Wagen anzuhalten – den Motor jedoch laufen zu lassen, um schnell verschwinden zu können –, und wies seine Männer an, entlang der Straße auszuschwärmen. Er sah zu, wie sie in Stellung gingen, und lächelte kalt und in freudiger Erwartung. Wenn Schemer Bruno und seine Männer herauskamen – und irgendwann würden sie dies mit Sicherheit tun –, stand ihnen eine ziemliche Überraschung bevor. Und natürlich würden sie, da sie aus einem Gericht kamen, unbewaffnet sein. Es sah so aus, als sollte die North Side Gang an diesem Morgen schwer gebeutelt werden.

Plötzlich schwang die Doppeltür des Polizeireviers auf – das Gericht befand sich über dem Revier –, und ein Strom von Detectives und uniformierten Beamten ergoß sich nach draußen und fiel über Tonys Männer her.

»Teufel!« knirschte Tony, der in einem der Wagen geblieben war und neben dem Fahrer saß. »Die Bullen haben sie gesehen. Drück auf die Tube!«

Der große Wagen erwachte dröhnend zum Leben und bog mit quietschenden Reifen um die Ecke, während zwei Schüsse knallten und die Rückseite des Wagens von zwei Kugeln getroffen wurde.

»Anhalten!« befahl Tony, und der Fahrer gehorchte. Sie waren zwar nicht weit von dem Polizeirevier entfernt, aber von dort aus nicht zu sehen. »Gib mir deine Knarre!«

Der Fahrer reichte Tony rasch seinen Revolver, und der warf ihn in einen offenen Abfluß im Rinnstein. Seine eigene schwere Automatik folgte, dann nahm er seine kleine Westentaschenautomatik und schob sie sich in eine Socke. Als zwei Detectives mit gezogenen Revolvern um die Ecke gelaufen kamen – wie Tony es geahnt hatte –, stand er gelassen neben dem Wagen.

»Wollten Sie mit mir reden?« wollte er stirnrunzelnd wissen.

»Das will ich meinen«, japste einer. »Ein Glück, daß Lieutenant Grady aus dem Fenster gesehen und ein paar von Ihren Gorillas erkannt hat, sonst hätten wir eine ganze Straße voller Mörder am Hals.«

»Lieutenant Grady, richtig?« fragte Tony höflich. »Den Namen muß ich mir merken.«

»Ist mir völlig egal, was Sie sich merken. Kommen Sie einfach mit, Sie beide.«

»Haben Sie einen Haftbefehl?«

»Nein, natürlich nicht.«

»Was wird mir vorgeworfen?«

»Unerlaubter Waffenbesitz.«

»Aber ich bin nicht im Besitz einer Waffe.«

»Nicht?« rief der stämmige Detective ungläubig. »Pah! Sie wollen die Sache wohl unnötig in die Länge ziehen, was? Halt die Kanone auf sie gerichtet, Jim, während ich sie filze.«

Er durchsuchte Tony rasch und gründlich, aber natürlich dehnte er die Suche nicht auf den Bereich unterhalb der Knie aus. Offensichtlich verwirrt, zog er den Fahrer aus dem Wagen und durchsuchte ihn ebenfalls – ohne Ergebnis. Verblüfft betrachtete er die beiden Männer, von denen er wußte, daß sie bewaffnet sein mußten. Dann kam ihm eine Idee, wie dies manchmal bei einem ungewöhnlich hellen Polizeibeamten der Fall ist.

»Ich hab's!« rief er mit plötzlicher Begeisterung. »Sie haben die Kanonen auf den Boden fallen lassen oder irgendwo im Wagen versteckt. Das ist ein alter Trick von Vögeln wie euch.«

Er machte sich über den Wagen her, als wolle er ihn auseinandernehmen. Und er tat, was er ohne die Hilfe von Werkzeug oder Dynamit konnte. Aber er fand nichts Belastendes.

»Sehen Sie?« sagte Tony. »Ich habe Ihnen die Wahrheit gesagt. Ich fahre nur ein wenig herum. Und ich mag es nicht, wenn ich dabei völlig grundlos beschossen werde.« Er zückte zwei Fünfzigdollarscheine und gab den verwirrten Beamten jeweils einen. »Und jetzt kauft euch ein paar Zigarren, Jungens, und vergeßt, daß ihr mich heute morgen in dieser Gegend gesehen habt. Und ich werde niemandem erzählen, was ihr für eine alberne Nummer abgezogen habt.«

Er stieg in seinen Wagen, und sie fuhren los. Drei Blocks weiter holte Tony die kleine Automatik aus der Socke und schob sie in die Jackentasche, um für Notfälle gerüstet zu sein.

»Jesses! Boß, das war saubere Arbeit!« rief der Fahrer bewundernd.

»Wenn die Bullen so gerissen wären wie wir, hätten wir keine Chance!« antwortete Tony weise.

Aus seinem Privatbüro in seinem Hauptquartier rief er Captain Flanagan an.

»Hier spricht Tony Camonte!« sagte er brüsk. »Wie ich höre, sind auf der Lawrence Avenue ein paar von meinen Leuten festgenommen worden.«

»Ja. Ich habe es auch gerade gehört.«

»Wie steht's damit, sie wieder laufen zu lassen? Ich sollte auch mal eine Gegenleistung für meine monatliche Prämie bekommen.«

»Tut mir leid, Tony, aber da kann ich nicht viel machen. Wenn sie hier im Präsidium wären, wäre es etwas anderes, aber es würde komisch aussehen, wenn ich mich dort draußen einmischte. Irgendein neugieriger Reporter könnte Wind davon bekommen und aufs Ganze gehen. Aber ich sorge dafür, daß sie nur wegen unerlaubten Waffenbesitzes eingebuchtet werden. Sie sollten trotzdem einen Anwalt schicken.«

Also rief Tony einen der fähigen Anwälte in seinem Stab an, und befahl ihm, seine Männer bei der Anhörung zu vertreten, dann verfiel er in rachsüchtiges Brüten. Ein Plan war gescheitert. *Der nächste mußte gelingen.*

20

Eines Morgens erhielt Tony Camonte eine einzigartige Mitteilung mit der Post, eine kunstvoll gestaltete Einladungskarte in Prägeschrift für die Eröffnung des Woodland Casino, einer neuen Spielhölle etwas weiter draußen auf dem Land, weit jenseits der Gerichtsbarkeit der städtischen Behörden, aber nicht so weit entfernt, daß sie für die Stadtbewohner unerreichbar gewesen wäre. Die Einladung informierte außerdem, daß der Eröffnungsabend ein Bal Masque sein und Einlaß nur unter Vorzeigen der Einladungskarte gewährt würde.

Tony wußte nicht, was ein Bal Masque war, und verspürte auch nicht den Drang, es herauszufinden. Doch die weiteren Informationen interessierten ihn. Mit anderen wohlhabenden, aber gesellschaftlich unakzeptablen Leuten teilte er die fast unwiderstehliche Neugier, exklusive Orte von innen zu sehen. Die Erkenntnis, daß Hunderte dieser Einladungen verschickt worden sein mußten, konnte nicht verhindern, daß es seiner Eitelkeit schmeichelte. Nicht jeder, der vielleicht wollte, würde Einlaß finden.

Einen Moment lang spielte er mit dem angenehmen Gedanken, daß er mittlerweile ein durchaus bedeutender Mann in dieser Stadt war. Dann setzte sich sein aus angeborener Schläue und bitterer Erfahrung geborenes Mißtrauen durch. Die Einladung war vermutlich eine Falle, vielleicht ein Versuch, ihn in eine Situation zu bringen, in der er ein leichtes Ziel war. Er sah sich die Karte genauer an. Sie schien nicht gekennzeichnet zu sein, aber seine vorübergehende Illusion möglicher gesellschaftlicher Größe war durch seine immanente Vorsicht zerstört worden. An so einem Ort würde die Hälfte aller Gangster der Stadt anwesend sein. Es klang nach der Sorte Laden, die gefallen würde. Aber hielten sie ihn wirklich für so naiv, darauf hereinzufallen? Er zerknitterte die Einladung mit starken Fingern und warf sie in den Papierkorb.

Ein paar Minuten später klingelte das Telefon. Es war Jane.

»Könntest du auf ein paar Minuten nach Hause kommen, mein Lieber?« fragte sie. »Ich habe dir etwas sehr Wichtiges zu sagen.«

»Sag es mir jetzt.«

»Das geht nicht. Man kann nie wissen, ob das Telefon nicht von irgendeinem naseweisen Bullen oder sonst jemandem abgehört wird.«

»Kann das nicht bis heute abend warten?«

»Ja, ich denke schon«, kam es zweifelnd vom anderen Ende der Leitung. »Aber ich wünschte, du würdest jetzt kommen.«

»Na schön«, knurrte Tony.

Also trommelte er seine Leibwächter zusammen, fuhr nach Hause und befahl ihnen, draußen zu bleiben, während er mit einem vagen Gefühl des Unbehagens in seine Luxuswohnung eilte. Doch Jane war glücklich und strahlte.

»Liebling!« rief sie fröhlich. »Ich weiß jetzt, wo wir Bruno erwischen können ... Er geht morgen abend zur Eröffnung des neuen Woodland Casinos. Das ist unsere Chance.«

Tonys Augen verengten sich zu Schlitzen.

»Ja?« sagte er. »Wie hast du das herausgefunden?«

»Frag mich nicht, bitte. Ich bin nicht sehr stolz auf die Art und Weise, wie ich an die Information gekommen bin, aber ich *habe* sie bekommen – nur das zählt. Und das ist die ganz große Gelegenheit für uns, ihn zu erledigen, Tony. Bei so einer Sache wird er nicht auf Ärger gefaßt sein und auch nicht viele Leibwächter bei sich haben – vielleicht sogar überhaupt keinen. Und es ist ohnehin ein Maskenball – alle werden ein Kostüm und Masken tragen – also wird niemand wissen, wer wir sind.«

»Nicht? Woher werden wir dann wissen, wer *er ist*?«

»Es liegt an uns, das herauszufinden.«

»Ich denke darüber nach.«

Er kehrte in sein Hauptquartier zurück und rettete zunächst die wichtige Einladungs- und Eintrittskarte aus dem Papierkorb. Den Rest des Nachmittags dachte er über Janes Vorschlag nach. Irgend etwas warnte ihn davor hinzugehen, aber die Gelegenheit, Bruno persönlich zu töten, erwies sich als eine zu starke Versuchung, um ihr widerstehen zu können. Er beschloß, das Risiko einzugehen.

Am nächsten Morgen ging er in Begleitung von vier Leibwächtern zu einem Kostümverleih und sah sich Kostüme an. Aber er lieh sich keines, weil er nicht wollte, daß der Kostümverleiher seine Verkleidung kannte. Er befürchtete, eine derartige Information könne seinen Feinden zugespielt werden, und ihm war absolut klar, daß seine Sicherheit von der strikten Wahrung seiner Anonymität abhing. Doch am Nachmittag schickte er einen anderen Mann, um ein Heinrich-der-Achte-Kostüm zu leihen. Dieses Kostüm hatte er bei seinem morgendlichen Besuch ausgewählt, weil sich unter dem weiten Oberteil aus Samt eine beachtliche Menge an Artillerie verbergen ließ und der falsche Bart, der Bestandteil des Kostüms war, die Narbe auf seinen linken Gesichtshälfte kaschieren würde.

Er und Jane – die in ihrem Julia-Kostüm reizend aussah – fuhren um kurz nach zehn in Begleitung einer aus vier furchtlosen und erfahrenen Revolvermännern bestehenden Leibwache los. Zwei von ihnen, die ausreichend zierlich und schlank waren, trugen weibliche Kostüme, so daß sie den Eindruck einer netten Gesellschaft von drei Paaren erweckten. Tony hatte von einem seiner Männer eine Limousine für die Nacht mieten lassen, einen viel kleineren und billigeren Wagen als denjenigen, welchen er immer benutzte, so daß weder der Wagen noch die Zulassung sie bei möglicherweise wachsamen Feinden verraten konnten. Doch es war ein sehr schneller Wagen – dessen hatte er sich vergewissert.

Hundert Meter vor dem Casino ließ Tony anhalten, und sie setzten alle ihre Masken auf. Dann fuhren sie weiter und parkten mit der Stirn zur Straße. Tony war ein wenig unbehaglich zumute, was den Eintritt einer so großen Gruppe mit nur einer Einladungskarte betraf, aber der Türsteher, der das Kostüm einer türkischen

Haremswache trug, ließ sie alle mit einem eifrigen Willkommen ein. Wie eifrig dieses Willkommen war, konnte Tony nicht wissen. Denn in dieser Angelegenheit gab es einige Punkte, die Jane nicht in Erfahrung gebracht und Tony nicht geargwöhnt hatte. Zum Beispiel hatte Jane nicht herausgefunden, daß Schemer Bruno der Besitzer dieses neuen Casinos war, und Tony hätte sich nie träumen lassen, daß die Karte, die man ihm geschickt hatte, die einzige war, in die in der unteren linken Ecke das Wort »Spielen« geprägt war. Folglich wurden sie in dem Augenblick erkannt, als sie den Laden betraten. Tatsächlich waren sie die Ehrengäste, wußten es aber nicht.

Das Woodland Casino war ungewöhnlich geräumig und verschachtelt für ein Etablissement dieser Art. Ein großes Restaurant, mit seiner Tanzfläche in der Mitte, beanspruchte den größten Teil des Erdgeschosses. Ein gutes Orchester auf einem Podest an einem Ende spielte Jazz, der in den Zehen kribbelte, und Kellner liefen mit Tabletts mit Essen und Getränken herum. Tony und seine Begleiter sahen sich beiläufig die anwesenden Gäste an, wobei sie unwissentlich von einem Dutzend mörderischer Augenpaare beobachtet wurden, und gingen dann eine Treppe höher.

Der erste Stock war in zahlreiche Spielzimmer unterteilt, in denen man auf jede nur erdenkliche Weise sein Glück gegen das Geschick der Bankhalter antreten lassen konnte. Es wurde um hohe Einsätze gespielt. Tony versuchte es an einem Roulette-Tisch, und weil er zerstreut war, sich für das Spiel nicht interessierte und ihm Gewinne und Verluste gleichgültig waren, gewann er in einer halben Stunde über zweitausend Dollar. Der Croupier, der hoffte, das Geld für das Haus zurückgewinnen zu können, versuchte ihn zum Weiterspielen zu animieren, doch Tony schüttelte den Kopf und führte seine Gruppe von dem Tisch weg.

Sie gingen wieder nach unten. Es war jetzt viel voller und äußerst vergnügt und farbenprächtig. Der Lärm war nervtötend, doch irgendwie ablenkend. Tony und seine Begleiter hätten es sehr genossen, wäre nicht ihr Vorhaben gewesen. Tony selbst war angespannt und still wie immer, bevor er einen Mord ausführte. Im Flüsterton instruierte er seine Männer, nicht so dicht bei ihm zu bleiben, um keinen Verdacht zu erregen, aber äußerst wachsam zu sein. Er tanzte drei- oder viermal mit Jane, und seine Männer tanzten nicht weit entfernt. Dann führte er Jane beiseite.

»Sieh dich ein wenig um«, befahl er. »Sieh zu, ob du herausfindest, ob Bruno hier ist und wenn ja, welches Kostüm er trägt.«

Jane nickte und entfernte sich langsam. Tony suchte mit seinem durchdringenden Blick die fröhliche Menge gründlich ab. Hätte er doch nur gewußt, wie Bruno gekleidet war. Hier und da fiel ihm eine außergewöhnlich umwerfende Frau auf. Dann wurde sein Blick plötzlich von der imponierendsten weiblichen Gestalt in der Menge angezogen. Sie war hochgewachsen und schlank und mit einem offenbar teuren weißen Kleid mit langer Schleppe königlich gewandet. Auf ihrem Kopf saß zur Vervollständigung des Kostüms eine reich verzierte und mit funkelnden Brillanten besetzte Krone.

Sie war in Bewegung, als er sie zuerst sah, und es war ihr Gang, der ihm ganz besonders auffiel. Er war elegant, königlich, der richtige Gang für die Königin, die sie darstellte. Und er hatte ihn schon einmal gesehen. Er versuchte sich zu erinnern, aber es fiel ihm nicht ein. Er war sicher, daß er diesen Gang schon einmal gesehen hatte, und er hatte das Gefühl, daß die Erinnerung keine angenehme war.

Er beobachtete sie eingehend, da er sich immer noch zu erinnern versuchte, und stellte fest, daß ihr von einem Mann in einem Satanskostüm große Aufmerksamkeit zuteil wurde. Der Mann war groß, gut gebaut und elegant und bewegte sich mit der geschmeidigen Gewandtheit eines trainierten Körpers unter der Führung eines agilen Verstandes.

Schließlich entfernte sie sich von ihrem rotgekleideten Begleiter und näherte sich ihm dabei langsam. Sie zögerte, als sie ihm gegenüberstand, und sah ihn dann an. Die Maske machte den Blick seltsam geheimnisvoll, aber die blitzenden Augen hinter der Maske schienen eine Einladung auszusprechen. Dann ging sie weiter. An der Tür hielt sie inne und drehte sich noch einmal um, bevor sie hindurchging. Alles war so klar, als hätte sie mit ihm gesprochen. Sie ging auf die große Veranda und lud ihn ein, ihr zu folgen. Er erwärmte sich für dieses Spiel und machte Anstalten, ihr impulsiv zu folgen.

Doch in diesem Augenblick erinnerte er sich plötzlich, woher er den Gang kannte. Diese Frau war Katherine Merton, die sich als Reporterin ausgegeben hatte und zu ihm ins Büro gekommen war, aber in Wirklichkeit Schemer Brunos Braut war. Dann mußte der rotgekleidete Satan Bruno sein. Was für ein außerordentlich passendes Kostüm für den Ränkeschmied, dachte er. Und sein Umhang würde einen fast unbegrenzten Vorrat an Artillerie verbergen. Blitzartig erkannte er den ganzen Plan. Wie sie seine Maske durchschaut hatten, konnte er sich nicht erklären, aber das hatten sie. Und diese Braut versuchte, ihn auf die Veranda zu locken, damit man ihn umlegen konnte, ohne die anderen Gäste zu gefährden. Schlau eingefädelt, gewiß, aber es würde nicht funktionieren.

Er lief die Treppe empor und schaute vorsichtig aus einem Fenster. Vier oder fünf kostümierte und maskierte Gestalten gingen langsam vor dem Casino auf und ab. *Und der Teufel mit dem Umhang war auch dabei.* Also war es ganz eindeutig ein Mordkomplott.

Er eilte wieder hinunter und versammelte ohne jeden äußeren Anschein von Hast seine Leute um sich.

»Bring Jane raus und steig mit ihr in den Wagen«, befahl er einem seiner als Frau verkleideten Revolvermänner. »Ihr braucht euch nicht zu beeilen … aber bereitet den Wagen für eine schnelle Flucht vor … Ihr anderen kommt mit mir.«

Er wußte, daß Jane und ihr Begleiter nicht zur Zielscheibe für die Kugeln der Attentäter würden. Sie waren hinter ihm her. Er führte seine drei Revolvermänner in Richtung Küche. Rechts davon befand sich eine in Mahagoni eingerichtete Bar, vor der jetzt durstige Kunden in drei Reihen standen. In der Küche würde es gewiß noch einen anderen Ausgang geben. Dann sah er eine offene Tür. Bevor der überraschte Küchenchef und seine Helfer Einwände erheben konnten, hatte Tony seine drei Revolvermänner durch die Küche und hinaus in die Nacht geführt. Rasch, aber lautlos schlichen sie vorwärts, und Tony lugte vorsichtig um die Ecke des Gebäudes. Die Männer warteten immer noch, offenbar voller gespannter Erwartung. Auf der Veranda stand eine weißgekleidete Gestalt, die gerade einen Blick in das Empfangsfoyer warf. Offensichtlich konnte die Braut nicht verstehen, warum er nicht erschien.

»Seht ihr die Kerle da?« fragte Tony in heiserem Flüsterton. »Das sind Schemer Bruno und ein paar von seinen Leuten, die darauf warten, uns abzuknallen. Aber wir werden ihnen zuvorkommen. Ihr Jungens nehmt euch den Rest vor. Ich schnappe mir den Teufel.«

Langsam hob Tony seine schwere Automatik und zielte sorgfältig. Dann krümmte er seinen ruhigen Abzugsfinger, und die Waffe explodierte mit Blitz und Donner. Ein Gefühl der Euphorie wallte in ihm auf, als der rotgekleidete schwankte und zu Boden ging, aber er gab noch vier weitere überlegte Schüsse auf die reglos am Boden liegende Gestalt ab. Seine Männer schossen ebenfalls. Überall ringsumher blitzten und donnerten Revolver. Doch die anderen wehrten sich. Beim ersten Schuß hatten sich alle zu Boden geworfen, um ein kleineres Ziel zu bieten, und schossen jetzt wild um sich. Tony und seine Männer hörten Kugeln vorbeipfeifen. Zuerst waren es vier Revolver, die ihr Feuer erwiderten, dann drei ... zwei ... einer. Und schließlich verstummte auch der.

»Wir verschwinden!« rief Tony zufrieden und lief zu ihrem Wagen, der fünfzehn Meter entfernt stand.

Sie stiegen alle ein und fuhren los.

»Drück drauf!« befahl Tony. Er wußte, daß sich noch weitere Revolvermänner Brunos im Casino befanden, und er hatte nicht das Bedürfnis, gegen sie zu kämpfen, wenn es sich vermeiden ließ. Als er sich umdrehte, sah er gerade noch, wie eine weißgekleidete Gestalt auf der Veranda zusammenbrach und andere Leute durch die Doppeltür nach draußen strömten.

»Gott! Das war knapp!« rief Tony auf der Fahrt zu ihrem Hauptquartier. »Hätte ich mich nicht an den Gang dieser Dame erinnert, hätten sie mich mit Sicherheit erwischt. Sie hätten mich beinahe reingelegt! Sag mal«, wandte er sich plötzlich mit wütendem Argwohn an Jane, »was weißt du eigentlich darüber?«

»Was willst du damit sagen?«

»Du weißt verdammt genau, was ich damit sagen will«, knurrte er. »Wußtest du nicht, daß alles ein abgekartetes Spiel war, um mich umzulegen?«

»Natürlich nicht! Tony, du–«

»Woher hattest du die Information, daß er heute hier sein würde?«

»Von Katherine – seiner Braut.«

»Von *wem*? Um Himmels willen, wie hast du sie zum Reden gebracht?«

»Sie ist – meine Schwester.«

»O mein Gott! Das heißt also, daß ich die ganze Zeit so etwas wie der Schwager meines größten Feindes war. Jesses. Was für ein familiäres Durcheinander.«

»Ich dachte, ich hätte sie ausgehorcht, als wir uns gestern trafen, und sie dazu gebracht, etwas auszuplaudern«, fuhr Jane mit gequälter Stimme fort. Sie war völlig erledigt und den Tränen nah. »Aber ich schätze, ich habe nur den Köder für die Falle geschluckt, die Schemer Bruno dir stellen wollte.«

»Ist schon gut«, antwortete Tony großmütig. »Wir haben Bruno trotzdem erwischt.«

Schemer Brunos unerwarteter und rätselhafter Tod war in den nächsten Tagen in der ganzen Stadt die Sensation. Seine Beerdigung war eine aufwendige Angelegenheit, und zu den Trauergästen gehörten auch der Bezirksstaatsanwalt, der Polizeichef, elf Richter und gut zweihundert Wagenladungen von Politikern und anderen Gaunern. Tony schickte einen Zweihundertdollar-Kranz und kam zu dem Schluß, daß er die beste Investition darstellte, die er je getätigt hatte. Dabei bedauerte er lediglich, daß er keinen Grund gehabt hatte, ihn eher zu schicken.

21

Ein Jahr verstrich ziemlich ereignislos. Tonys Macht, die bis auf sporadische, unorganisierte Ausbrüche hier und da unumstritten war, wuchs, bis sie fast zu einer Last wurde. Und sein Einkommen übertraf seine kühnsten Träume. Da ständig über ihn geschrieben und geredet wurde, man ihn aber kaum zu Gesicht bekam, war er zu einer legendären Gestalt geworden, zu einem Symbol für den Erfolg der Unterwelt.

Zweimal hatten Dinge über seine Familie in der Zeitung gestanden, die ihn interessierten. Sein Vater war gestorben, und sein Bruder war zum Detective Lieutenant befördert worden. Tonys Reaktion auf den Tod seines Vaters hatte darin bestanden, einen seiner Anwälte damit zu beauftragen, seine Mutter über den Tod eines mysteriösen Verwandten im Westen in Kenntnis zu setzen und ihr danach tausend Dollar im Monat zu bezahlen, angeblich aus einem Legat des Verstorbenen. Seine Reaktion auf die Beförderung seines Bruders war ein lautes ironisches Lachen gewesen. Aus verschiedenen zuverlässigen Quellen hatte er gehört, daß sein Bruder für Schmiergelder nicht empfänglich und trotz seiner Frau und seines Kindes ein Draufgänger bei den Frauen war. Tony grinste bei dem Gedanken daran, was für einen Skandal es verursachen würde, wenn herauskam, daß der Bruder von Detective Lieutenant Ben Guarino der berühmte Bandenführer Scarface Tony Camonte war.

Er und Jane waren immer noch zusammen, obwohl sie sich immer öfter stritten. Sie zogen oft um, jedesmal dann, wenn die Besitzer der luxuriösen Wohnhäuser, in denen sie sich niederließen, ihre wahre Identität herausfanden. Aber sie machten das Beste daraus und wedelten mit dicken Geldbündeln vor den neidischen Gesichtern der vornehm tuenden Spießer herum, die sie brüskierten. Bisher hatte Tony noch nichts an der Welt auszusetzen. Erfolg war nicht schwierig, wenn man nicht wählerisch war. Er zog klugerweise den Schluß, daß viele Millionäre früh in ihrer Karriere ebenfalls diese Tatsache erkannt hatten.

Doch die Tatenlosigkeit ödete Tony an. Er fing an, sich nach neuen Welten umzusehen, die er erobern konnte. Die Leute behaupteten, der Osten – New York – sei die für die Unterwelt lukrativste Gegend des Landes. Natürlich gab es dort einen Haufen Gangster, aber die waren nicht an die rücksichtslosen Methoden des Mittelwestens gewöhnt. Maschinenpistolen und Bomben würden den zimperlicheren Burschen von der Ostküste die Überraschung ihres Lebens bereiten.

Etwa zur gleichen Zeit machten glaubhafte Gerüchte die Runde, daß die Ostküste mit habsüchtigem Blick westwärts schaue. Es wurde behauptet, der berüchtigte Frankie Wales, der rücksichtsloseste aller Bandenführer des Ostens, plane einen aktiven Feldzug im Mittelwesten, und zwar mit den im Mittelwesten üblichen Waffen und Methoden. Doch Tony lachte nur verächtlich, wenn seine Unterführer ihm derartige Geschichten auftischten. Er war zu mächtig und sogar in New York zu bekannt, als daß ein anderer Bandenführer auch nur davon zu träumen wagte, ihm seine Macht und seinen Reichtum zu entreißen. Aber die Möglichkeit einer weiteren heißen Schlacht brachte das alte Funkeln in den Augen zurück. Falls jemand versuchen sollte, ihm in die Quere zu kommen, würde er es ihm schon zeigen. Er würde sein Gebiet nicht nur halten, sondern das des Gegners erobern, wo es sich auch befinden und wer der Betreffende auch sein mochte.

Tony glaubte den Berichten von der bevorstehenden Invasion aus dem Osten nicht, bis er eines Nachts, als er im Restaurant seines Hotel-Hauptquartiers zu Abend aß, eines Besseren belehrt wurde. Das plötzliche Klirren splitternden Glases und das bösartige Knattern einer Maschinenpistole draußen auf der Straße rissen ihn aus seinen beschaulichen Tagträumen. Er tauchte unter den Tisch und zog seine Automatik. Das häßliche Rat-tat-tat war noch zu hören, und die großen Fensterscheiben des Restaurants splitterten immer noch. Und er hörte Kugeln über seinen Kopf hinwegpfeifen. Dann verstummten die Maschinenpistolen, und er hörte das Aufheulen eines kraftvollen Motors, als ein Wagen davonraste. Es gab keinen Zweifel, hinter wem sie her waren. Wäre er auch nur eine Sekunde später unter den Tisch getaucht, hätten sie seinen maßgeschneiderten Anzug durchlöchert wie ein Sieb. Die Kugellöcher in der Wand hinter seinem Stuhl bewiesen das.

Ihm fiel plötzlich wieder ein, daß die North Side Gang Johnny Lovo mit derselben Methode so viel Angst eingejagt hatte, daß dieser die Stadt verließ. Wer auch dahinterstecken mochte, würde feststellen, daß er sich vor nichts fürchtete. Wenn sie einen Krieg wollten, konnten sie einen haben. Er sorgte mit Freuden dafür, daß sie einen guten bekamen.

Daß seine unbekannten Feinde es ernst meinten, bewiesen ihre restlichen Aktivitäten in dieser Nacht. Sie ließen sein größtes Lagerhaus hochgehen und töteten zwei seiner Leute, welche die Limousine fuhren, die er normalerweise benutzte. Die Dinge kamen ins Rollen. Tony lächelte in freudiger Erwartung.

Als er am nächsten Abend nach einer Runde der Inspektion und Vorbereitungen durch verschiedene Außenposten seiner Aktivitäten rasch in die Hotellobby ging, sah Tony zwei Leute in den Fahrstuhl steigen: Mike Rinaldo, seinen besten Revolvermann, und ein Mädchen. Doch das Gesicht des Mädchens, auf das er einen kurzen Blick erhaschte, bevor sich die Fahrstuhltür schloß und die Kabine sich in Bewegung setzte, ließ ihn seine Augen weiten und den Atem anhalten. Das konnte doch nicht …

Er wandte sich an eine kleine Gruppe seiner Männer, die nicht weit entfernt herumlungerten.

»Das Mädchen, das gerade mit Mike nach oben gefahren ist«, sagte er kalt. »Weiß jemand von euch, wer die Kleine ist?«

»Das ist eine der niedlichsten Puppen, die seit langer Zeit hier aufgetaucht sind. Aber komischerweise ist Mike bisher der einzige von uns, der bei ihr landen konnte. Sie heißt – warte mal – Rosie Guarino, glaube ich.«

»Gott!« keuchte Tony heiser.

»Was ist denn los, Boß?«

»N-nichts«, antwortete Tony atemlos. Aber sein Gesicht war tödlich weiß geworden.

Seine Gedanken schienen zu versuchen, einen unglaublich steilen Hügel zu erklimmen. Rosie, seine kleine Schwester Rosie, die immer eine kleine Modellhausfrau gewesen war, wenn ihre Mutter sich um den Laden kümmerte. Plötzlich wurde ihm klar, daß sie mittlerweile zwei- oder dreiundzwanzig sein mußte. Und er hatte sie sich immer noch als Mädchen von sechzehn vorgestellt. Doch jetzt war sie hier in diesem übel beleumundeten Hotel und ging mit Mike Rinaldo nach oben, dem eleganten und skrupellosen Herzensbrecher, der noch dazu der beste Revolvermann in der Stadt war … Seine Schwester … Nein, das durfte nicht sein … Wenn sie selbst nicht genug Verstand hatte, mußte jemand anders …

Er ging zum Empfang, sein Gang ein wenig unstet, die Augen glasig, da er ein Bild vor seinem inneren Auge sah, das schrecklicher war als alles, was er auf den Schlachtfeldern Frankreichs erlebt hatte.

»Welche Zimmernummer hat Mike Rinaldo?« fragte er.

»Sechshundertzwölf«, antwortete der Mann hinter dem Empfang. »Aber er hat eine Dame bei sich, Mr. Camonte. Wäre es nicht besser, ihn anzurufen?«

»Danke. Ich – ich rufe ihn später an.«

Er ging zum Fahrstuhl, der wieder heruntergekommen war, und stieg ein.

»Sechster«, sagte er matt und schwankte ein wenig von dem Ruck, als die Kabine sich in Bewegung setzte.

Er hatte für Geld getötet, aus Rache, aus Lust, praktisch aus jedem Grund, nur nicht aus einem anständigen. Seine Schwester ... Oben ... In seinem eigenen Hotel ... Mit einem seiner besten Revolvermänner ... Natürlich war Mike der beste und rücksichtsloseste Schütze der Stadt. Tony wurde klar, daß er dem Tod ins Auge sah. Mike war empfindlich, was seine Liebesaffären betraf. Doch Tony hatte schon oft dem Tod ins Auge geschaut. Bisher hatte er immer gewonnen. Eines Tages mußte er auch mal verlieren – er konnte nicht immer Glück haben. Doch wie die Dinge sich auch entwickelten, er würde sich nicht davor drücken.

Die Tür öffnete sich, und Tony betrat den Flur, die rechte Hand tief in der Seitentasche seiner Jacke, die hageren Finger um den kalten Kolben der schweren Automatik geschlossen.

22

Zögernd, doch mit einer gespannten, hektischen Hast, ging Scarface Tony Camonte den Flur entlang, den Blick aufmerksam auf die Zimmernummern aus Messing an den Türen gerichtet, die Hand starr um den Kolben der schweren Automatik in seiner Seitentasche geschlossen.

Dann sah er es. 612. Er blieb stehen und wandte sich der Tür zu, wobei er sich sammelte wie ein wütendes Tier, das sich sprungbereit macht. Mit der lautlosen Mühelosigkeit einer tödlichen Schlange zog er mit der geübten rechten Hand die Automatik und ließ sie dann sinken. Dann ergriff seine linke Hand den Türknopf und drehte daran. Doch die Tür war abgeschlossen.

Tonys Lippen verzogen sich zu einem bösartigen Zähnefletschen, und seine geballte Faust hämmerte laut gegen das polierte Holz der Zimmertür. Einen Moment lang herrschte Ruhe. Dann:

»Was ist los?« kam das wütende Knurren aus dem Zimmer.

»Komm raus!« schnauzte Tony und trat instinktiv zur Seite, so daß er nicht zu sehen sein würde, wenn sich die Tür öffnete.

»Geh und laß mich in Ruhe«, kam die Erwiderung. »Ich bin beschäftigt.«

Das Gesicht des Bandenführers wurde dunkelrot vor Wut, und sein Atem kam in kurzen heiseren Stößen.

»Ich bin es, Tony Camonte, der Boß«, knirschte er, den Mund dicht an der Ritze, wo die Tür mit dem Rahmen abschloß. »Ich will jetzt mit dir reden. Wenn du nicht rauskommst, lasse ich den Nachschlüssel holen und komme rein.«

Er zog sich wieder zurück und umklammerte den Kolben der Automatik noch fester. Er hörte gedämpfte Geräusche aus dem Zimmer und ein feminines Kichern. Und im stillen stieß er einen schrecklichen Fluch aus, als der Schlüssel sich im Schloß drehte. Die Tür öffnete sich.

»Sag mal, Boß, was, zum Teufel, ist überhaupt los mit dir?« ertönte Mike Rinaldos Stimme.

Dann erschien Mike selbst. Er hatte Jacke und Weste abgelegt, und sein Hemdkragen war geöffnet. Sein hübsches dunkles Gesicht war gerötet, sein öliges schwarzes Haar zerzaust. Unter den gegebenen Umständen reichte bereits sein Aussehen, um Tony den letzten Impuls zum Mord zu geben, um die Lunte zu zünden, die das

Pulverfaß zur Explosion brachte. Überrascht und wütend wandte Mike sich seinem Arbeitgeber zu.

Tonys rechte Hand ruckte hoch, und der häßliche Lauf der Automatik war plötzlich auf den Bauch des Revolvermann auf eine Stelle ein paar Zentimeter oberhalb der glänzenden goldenen Gürtelschnalle gerichtet.

»Du Ratte!« knurrte Tony. »Diesmal hast du dir das falsche Mädchen ausgesucht.«

Die Blicke der beiden kalten, harten, ausdruckslosen Augenpaare begegneten sich, prallten aufeinander. Dann weiteten sich Mikes Augen, als er etwas in Tonys Augen sah. Er starrte dem Tod ins Gesicht, und das wurde ihm gerade klar. Seine rechte Hand zuckte zu seiner Hüfte. Tony wagte nicht, ihm eine Chance zu geben. Unter anderen Umständen wäre es Tony eine Freude gewesen, ihm unter gleichen Bedingungen gegenüberzutreten, aber jetzt hatte der große Bandenführer das Gefühl, kein Risiko eingehen zu dürfen. Wegen des Mädchens in dem Zimmer mußte er ganz sichergehen.

In der Sprache ihresgleichen besorgte Tony es ihm. Die Schüsse knallten. Insgesamt ein halbes Dutzend. Doch sie folgten so dicht aufeinander, daß sie zu einer einzigen lauten Explosion zu verschmelzen schienen, die durch den Flur hallte. Mike fiel die Kinnlade herunter, und er starrte seinen Mörder durch den Nebel des bläulichen Pulverdampfs verständnislos an. Dann fuhr er sich mit zitternder Hand verblüfft über sein plötzlich aschfahles Gesicht und sank mit einem Seufzer abrupt zu Boden. Auf seiner bis dahin makellos weißen Hemdbrust war ein halbes Dutzend roter Punkte aufgetaucht. Tony sah interessiert zu, wie sie sich vergrößerten, um schließlich zu einem einzigen großen Fleck zu verschmelzen, der stetig wuchs.

Plötzlich lachte Tony, ein wenig hysterisch. Dann wurde ihm bewußt, daß das Mädchen in dem Zimmer laut schrie. Das Geschrei klärte seinen Kopf wie ein Eimer kaltes Wasser. Mit dem Fuß stieß er die Leiche über die Schwelle in den Flur, dann ging er in das Zimmer. Ein wunderschönes Mädchen mit dunklem Teint in rosa Seidenunterwäsche und einem Kleid in den Händen stand schreiend da.

Ihre Augen weiteten sich vor Entsetzen, als sie ihn hereinkommen sah, und sie wich zurück und hob dabei eine Hand, als wolle sie einen Angriff abwehren. Tony starrte sie einen Augenblick an und verspürte einen bitteren Schmerz, als würden glühende Kohlen auf sein Haupt gehäuft. Seine Schwester! Und in solch einer Situation! Aber er war dankbar, daß sie ihn nicht erkannte.

»Halt's Maul!« schnauzte er. »Zieh dein Kleid an und verschwinde, bevor die Bullen kommen.«

»Sie haben ihn ermordet!« stöhnte sie. »Sie Bestie! Sie haben ihn ermordet!«

Die bittere Ironie der Situation traf Tony bis ins Mark. Von seiner eigenen Schwester geschmäht, weil er sie vor den lüsternen Nachstellungen eines seiner Revolvermänner bewahrt hatte! Er wollte sie in die Arme nehmen, sie trösten, ihr alles erklären, sie warnen. Doch das wagte er nicht. Er erkannte plötzlich, daß das Wissen, daß er der berüchtigte Tony Camonte war, seine Mutter umbringen würde. Nein, seine Familie hielt ihn für tot. Was sie betraf, mußte er tot bleiben.

»Halt's Maul!« befahl er mit bösartigem Nachdruck. »Und verschwinde von hier!«

Hysterisch schluchzend streifte sie das Kleid über, zog ihre Jacke an und setzte den Hut auf. Er nahm ihren Arm, doch sie zuckte vor ihm zurück und eilte zur Tür. Dort blieb sie stehen und schwankte unsicher. Ihr entsetzter Blick war auf Mikes blutüberströmte Leiche gefallen. Mit einem durchdringenden Schrei brach sie über der Leiche zusammen und küßte das entsetzlich bleiche Gesicht.

Tonys Nerven waren bis zum Zerreißen gespannt, als er sie grob am Arm packte und zum Fahrstuhl schob.

»Verschwinde!« knirschte er. »Und komm nicht wieder! Und halt den Mund!«

Sie erwiderte seinen Blick, totenblaß, die Augen vor Entsetzen geweitet.

»Ich hoffe, man wird Sie hängen!« rief sie und fing an zu laufen, wobei sie erstickt vor sich hin schluchzte.

Sie lief an der geschlossenen Fahrstuhltür vorbei und weiter zur Treppe. Tony hörte, wie das hektische Klicken ihrer Absätze auf den Stufen und ihr Schluchzen langsam leiser wurden und schließlich verstummten. Dann ging er zurück und starrte auf die Leiche.

»Ein Jammer, Mike«, sagte er leise, als könne ihn die reglose Gestalt des toten Gangsters hören. »Aber es mußte sein.«

Er ging in das Hotelzimmer und nahm den Telefonhörer auf.

»Mike ist gerade gestorben«, sagte er matt, als der Empfang sich meldete. »Ich kümme mich später um alles. Sag den Jungens, wenn irgendein neugieriger Bulle kommt, haben sie nicht die geringste Ahnung, wer die Dame war, mit der Mike heute hier war. Verstanden? Der Bursche, der ihren Namen ausplaudert, ist erledigt, hast du gehört?« fügte er bösartig hinzu. »Sag ihnen das auch.«

Der scharfe Knall des Telefons, als er es auf den kleinen Tisch stellte, durchdrang den Nebel, der sich über seine Wahrnehmung gelegt zu haben schien, seit der Gangster in der Lobby Mikes neues Mädchen identifiziert hatte. Immerhin war sie jetzt weg. Wenn irgendwas passierte, würde sie nicht in die Sache verwickelt werden. Ihm wurde klar, daß die Ereignisse dieses Abends seine Mutter umbringen würden. Aber sie würde nichts davon erfahren. Was war es doch für ein Segen, daß die meisten Leute im Grunde so wenig wußten.

Er ging zur Tür und starrte wieder auf Mikes Leiche. Plötzlich brachen seine Augen, und er warf die Automatik zu Boden. Sie traf die Leiche, prallte von ihr ab und schlitterte durch den Flur, bis sie liegenblieb, ein unfehlbares Instrument des Todes.

Tonys andere Morde hatten ihn in Erregung versetzt, ihm ein durchdringendes, erhebendes Triumphgefühl vermittelt, das Gefühl, schlauer als seine Feinde gewesen zu sein und sie besiegt zu haben, Feinde, die ihm nur allzu bereitwillig dasselbe angetan hätten. Doch jetzt spürte er nichts von alledem. Er war benommen, zittrig und sehr müde. Er fühlte sich plötzlich alt. Es kam ihm so vor, als habe er bereits ein Jahrhundert gelebt, und doch … Und doch mußte es weniger als eine Viertelstunde her sein.

Er wandte sich ab und ging langsam die Treppe zu seinem Privatbüro hinauf. Er ließ sich auf den bequemen Stuhl hinter seinem großen Schreibtisch fallen, stützte die Ellbogen auf das polierte Walnußholz und ließ den Kopf auf die Hände sinken.

Wie lange er dort so gesessen hatte, wußte er nicht. Aber plötzlich wurde ihm klar, daß das geräumige Zimmer sich mit Männern füllte. Er schaute auf und sah Captain Flanagan, der ihn mit gezogenem Revolver anstarrte, während ein grimmiges Lächeln um seine Mundwinkel spielte.

»Tja, Tony, ich schätze, diesmal haben wir Sie am Kanthaken«, sagte Flanagan mit Genuß. »Sie haben also Mike Rinaldo wegen einer Frau erschossen.«

Tony versteifte sich und richtete sich auf. Seine Augen blitzten, als er die Menge der Polizeibeamten anstarrte. Wer hatte gesungen?

»Bleiben Sie ganz ruhig, Tony«, knurrte Flanagan warnend, als er die jähe Erregung des Bandenführers spürte. »Sie kommen mit uns ins Büro des Staatsanwalts. Strecken Sie die Flossen aus!«

Es klirrte metallisch, als ein weiterer Detective mit einem Paar Handschellen vortrat. Tony starrte sie an. Dann huschte ein Ausdruck des Abscheus über sein Gesicht, und er sah Flanagan an, während sein üblicher aufsässiger Stolz in seine Miene und sein Gebaren zurückkehrte.

»Sie brauchen keine Handschellen für mich!« zischte er. »Ich bin kein kleiner Einbrecher. Ich gehe mit Ihnen, und zwar wohin Sie wollen, aber ich werde einen Anwalt anrufen, der dafür sorgt, daß meine Rechte gewahrt bleiben.«

Er griff nach dem Telefon, doch einer der Beamten riß es ihm unter den Händen weg. Ein halbes Dutzend weitere näherten sich ihm mit bedrohlicher Haltung. Und Flanagan hatte seinen Revolver gehoben, so daß er direkt auf Tonys Brust zeigte.

»O ja, Sie kommen mit!« sagte der stämmige Chief of Detectives, der sich in einer merkwürdigen Hochstimmung zu befinden schien. »Und Sie werden die Handschellen tragen. Wir gehen kein Risiko ein. Kommt nicht oft vor, daß wir Gelegenheit haben, eine große Nummer wie Sie einzubuchten«, fügte er mit einem gemeinen Grinsen sarkastisch hinzu. »Und Sie rufen niemanden an, bevor Sie nicht im Büro des Bezirksstaatsanwalts waren.«

»Hören Sie, Flanagan, mir stehen alle Gefälligkeiten zu, die Sie und Ihre Jungens mir erweisen können. Die Moneten, die ich bezahlt habe ...«

»Davon weiß ich nichts, Tony«, log der Chief of Detectives zungenfertig. »Außerdem habe ich gehört, daß Sie nicht mehr so freigebig sind, seitdem Sie in der Stadt allein das Sagen haben.«

Was stimmte. Nun, da er und seine Bande den Schnapsschmuggel und gewisse andere unterweltliche Geschäfte der großen Stadt kontrollierten, hatte er die Summen zurechtgestutzt, die er für Protektion bezahlte. Es hatte keinen Sinn, mehr Geld auszugeben, als unbedingt nötig war. Wenn es keine anderen Gangs gab, auf deren Seite sich die Behörden schlagen konnten, begnügten sie sich auch mit weniger.

Sie legten ihm nicht allzu sanft Handschellen an und führten ihn nach unten. Tony erhaschte einen kurzen Blick auf die Gangster, die sich in der Lobby versammelt hatten und die Gruppe mit verblüfftem Haß anstarrten. Die Erkenntnis, daß seine Männer mit angesehen hatten, wie ihr Anführer von der Polizei in Handschellen abgeführt wurde wie ein kleiner Tagedieb, setzte ihm mehr zu als der bevorstehende Ärger.

Er wurde nach draußen geführt und in einen der drei großen Mannschaftswagen gestoßen, mit denen der Trupp vom Präsidium hergefahren war und die jetzt am Randstein parkten und von einem halben Dutzend mit kleinen Maschinenpistolen bewaffneten Beamten bewacht wurden. Die Bullen verhielten sich so, als führten sie einen so gewagten Coup aus wie den, Napoleon aus der Mitte seiner Armee zu entführen.

Die drei Wagen fuhren in die Innenstadt, und ihre jaulenden Sirenen machten den Weg frei und veranlaßten die Passanten, sich umzudrehen und ihnen nachzustarren. Tonys undurchdringliches Schweigen verbarg seine brodelnde Wut. Wer hatte gesungen? Woher hatten die Bullen so schnell von Mikes Tod erfahren, und woher wußten sie, wen sie dafür einbuchten mußten? Es sah so aus, als habe jemand eine Gelegenheit gesehen, um ihn zu erwischen, und diese Gelegenheit rasch ausgenutzt. Aber wer? Nun, eines war sicher, er würde dafür büßen. Die schuldige Person war erledigt.

Moran, der erste Stellvertreter des Bezirksstaatsanwalts, erwartete sie in einem der Anklagebüros im ersten Stock des düsteren Strafgerichtsgebäudes. Und Tony grunzte spöttisch, als er ihn sah. Moran war tatsächlich ein guter Ankläger, der beste, den sie hatten. Aber er war auch der Kassierer seines Vorgesetzten. Tony hatte ihm Tausende gezahlt. Er war ein hochgewachsener, schlanker junger Mann mit eisigen blauen Augen hinter einer Hornbrille und einem gemeinen, zynischen Lächeln, das absolut freudlos war.

»Nun, Camonte, was haben Sie zu Ihrer Verteidigung vorzubringen?« wollte er wissen.

»Hier – nichts«, schnauzte Tony. »Sie müssen mich für ziemlich dämlich halten.«

»Ja, das tue ich.«

Tonys Gesicht nahm eine dunkelrote Farbe an, und die Kette zwischen den Handschellen klirrte, als er die Fäuste ballte.

»Ich will allein mit Ihnen reden, Moran«, knirschte er leise.

Moran musterte ihn einen Augenblick, dann zog er einen Revolver und legte ihn griffbereit auf seinen Schreibtisch.

»Sie können alle draußen im Vorzimmer warten«, sagte er zu den versammelten Detectives. »Ich rufe Sie, wenn ich Sie brauche.« Während die Detectives den Raum verließen, fixierte Moran den Bandenführer mit tödlichem Blick. »Eine falsche Bewegung, Camonte«, sagte er kalt, »und ich schieße Sie nieder wie einen tollwütigen Hund.«

»Ja, ich glaube, Sie würden die Gelegenheit begrüßen«, pflichtete Tony ihm verbittert bei.

»Es würde dem Staat die Kosten für Ihr Verfahren und Ihre Hinrichtung ersparen.«

Tony lachte rauh. »Reden Sie keinen Unsinn! Sie werden niemals meine Verurteilung erreichen!«

»Nein? Na, dann geben Sie gut auf uns acht. Oder vielmehr, geben Sie gut auf *mich* acht. Der Chef sagt, daß ich die Anklage vertreten werde.«

»Wo ist er?«

»Zu Hause natürlich. Sie sind nicht so wichtig, daß er mitten in der Nacht aufstehen, hierherkommen und Sie persönlich vernehmen würde.«

»Nicht? Jedenfalls bin ich wichtig genug, um ihm jeden Monat einen dicken fetten Batzen Bargeld zukommen zu lassen. Und Ihnen auch. Wenn mir irgendwas passiert, bricht die Gang auseinander, und Sie würden diese Happen nicht mehr bekommen.«

»Wenn Ihre Gang auseinanderbricht, ist Platz für zwei oder drei andere Gangs, und jede von ihnen wäre froh, so viel zu bezahlen, wie Sie es im Augenblick tun. Konkurrenz belebt das Geschäft, müssen Sie wissen«, fügte er grimmig hinzu.

»Ich könnte meinen Beitrag erhöhen«, schlug Tony vor.

»Ja, aber das interessiert uns jetzt nicht. Drei oder vier Gangs über die ganze Stadt verteilt sind eine viel größere Hilfe für die politische Maschinerie als nur eine. Und Sie haben ohnehin noch nie irgendein Interesse an den Tag gelegt, uns bei dem Aufbau dieser Maschinerie zu helfen. Nein, Camonte, das ist jetzt unsere Gelegenheit, Sie von Ihrem Thron zu stoßen, und die werden wir nicht auslassen.«

Tonys Gesicht war erstarrt, und seine Augen funkelten.

»Hören Sie, Moran«, sagte er, und sein Tonfall enthielt ein kaltes tödliches Gift, das den stellvertretenden Bezirksstaatsanwalt zusammenzucken ließ, »wenn Sie mich vor Gericht stellen, wird es Ihnen und dem Bezirksstaatsanwalt noch mächtig leid tun, bevor das alles vorbei ist.«

»Wollen Sie mir drohen?« brauste Moran auf.

»Nein. Ich will Sie nur davon abhalten, sich zum Narren zu machen.«

Moran lachte rauh und sarkastisch.

»Überlassen Sie das uns! Ich erreiche auf jeden Fall eine Verurteilung. Allein die Zeugenaussage des Mädchens wird …«

»Was für ein Mädchen?« wollte Tony wissen.

»Diese Rosie Guarino, deretwegen Sie Mike umgebracht haben. Sie ist diejenige, die Sie dafür angezeigt hat, und Sie hat sich zur Aussage bereiterklärt. Frauen! Daran geht ihr Gangster alle zugrunde. Ich nehme an, Sie wissen nicht, daß diese Dame und Mike vor einer Woche in Crown Point in aller Stille geheiratet haben.«

Also glaubten sie, er hätte Mike aus Eifersucht erschossen. Kein Wunder, daß Flanagan ihn so verächtlich behandelt hatte. Und sie und Mike hatten geheiratet. Lieber Gott! Er hatte nicht das Recht gehabt, ihn … Aber woher hätte er das bei Mikes Vergangenheit wissen sollen?

Als Tony schließlich in eine Zelle geführt wurde, war er müde und durcheinander, und seine Gedanken waren ein wirres Labyrinth.

23

Die Mordanklage gegen Tony Camonte, den berühmten Bandenführer, von dem man geglaubt hatte, er sei für das Gesetz unerreichbar, war die Sensation des Jahres. Für die Zeitungen war sie ein Gottesgeschenk in einer Phase, als andere Nachrichten rar zu sein schienen, und sie brachten nur selten etwas anderes auf die Titelseite. Die öffentliche Meinung, was Tonys Schuld und die Strafe anbelangte, die er verdiente, war extrem geteilt.

Ein gewisser Querschnitt der Bevölkerung verwünschte ihn von Herzen und mit Erleichterungsseufzern und wollte ihn am Galgen sehen. Doch eine andere Gruppe, die ebenso zahlreich war und im Laufe der Jahre seine Taten in den Zeitungen verfolgt hatte, entwickelte so etwas wie Bewunderung für diesen außergewöhnlichen Mann, der vom Diener zum Herrscher aufgestiegen war. Diese Leute brachten offen ihre Sympathie für ihn und die Hoffnung zum Ausdruck, daß er freigesprochen werde.

Für Tony war die Phase der Verhandlung eine nervenzerfetzende Zeit des Schreckens. Nicht aus Angst vor Bestrafung, denn die fürchtete er nicht, sondern aus Furcht, daß seine wahre Identität aufgedeckt werden könnte.

Moran vertrat die Anklage mit Unterstützung von einem der unbedeutenderen Stellvertreter des Bezirksstaatsanwalts, und es war offensichtlich, daß sie wie die Tiger um ein Todesurteil kämpften. Tony wurde von zwei der besten Strafverteidiger der Stadt vertreten, von denen einer ein ehemaliger Mitarbeiter des Bezirksstaatsanwalts war. Und das Honorar, das sie bereits im voraus kassiert hatten, versetzte sie in die Lage, zwei oder drei Jahre behaglich zu leben.

Rosie Guarino war natürlich die Hauptzeugin der Anklage, aber nur, weil Tony es zuließ. Seine Anwälte hatten ihm verschiedene

Vorschläge seiner Männer überbracht, sie aus dem Fall zu eliminieren, indem man ihr dadurch, daß man das Haus und den Laden der Guarinos bombardierte, so viel Angst einjagte, daß sie aus der Stadt floh. Sie hatten sogar eine Entführung geplant. Und schließlich entwickelten sie sogar den kaltblütigen Plan, sie vom Fenster eines angrenzenden Gebäudes im Zeugenstand zu erschießen.

Tony hatte zur Verblüffung seiner Anwälte und Männer gegen all diese Pläne wütend sein Veto eingelegt. Ihm war klar, daß er sofort aus dem Verfahren herauskam, wenn er sich ihr als ihr Bruder zu erkennen gab, aber er hatte mehr Angst davor, daß diese Tatsache ans Licht kam, als vor dem Galgen. Er hatte jedoch seine Zustimmung zu dem Plan gegeben, ihr fünfzigtausend Dollar dafür anzubieten, daß sie aus der Stadt verschwand und verschwunden blieb, bis er freigesprochen und der Fall vergessen sein würde. Dieses Angebot hatte sie empört abgelehnt und die Tatsachen gleich an die Zeitungen weitergegeben, was zu einer weiteren sensationellen Schlagzeile geführt hatte. Insgeheim war Tony stolz auf sie. Sie war tatsächlich seine Schwester.

An dem Tag, als Rosie aussagte, war die ganze Guarino-Familie im Gericht. Tony betrachtete sie verstohlen von seinem Platz ganz vorn auf der Anklagebank. Sie waren alle gut gekleidet, und sie schienen wohlauf und glücklich zu sein. Er empfand ein Gefühl der Befriedigung. Sein ungesetzlich verdientes Geld hatte zumindest ihnen etwas genützt. Die großzügige monatliche Summe, die er ihnen insgeheim über einen Rechtsanwalt zukommen ließ, ermöglichte ihnen einen Lebensstil, in dessen Genuß sie ohne seine Hilfe nie gekommen wären.

Er sah, wie seine Mutter, matronenhaft in einem glänzenden Pelzmantel und mit einem Pariser Hut auf dem Kopf, ihn durchdringend musterte. Für einen Moment glaubte er, sie habe ihn erkannt, und sein Mut sank, aber er hatte sich so hingesetzt, daß die Zuschauer nur seine linke, vernarbte Gesichtshälfte sehen konnten. Er sah, wie ein Ausdruck der Verachtung in den scharfen Blick seiner Mutter trat, und empfand Erleichterung. In diesem Augenblick sah er sich selbst so, wie andere ihn sehen mußten, als ein ungezogener Junge, der erwachsen geworden war. Er war blaß und zittrig, als er seine Aufmerksamkeit wieder auf den Zeugenstand richtete.

Rosie machte ihre Aussage mit herausforderndem Stolz und mehr als einem giftigen Blick in seine Richtung. Die Anklage ließ natürlich Mike Rinaldos schrecklichen Charakter außen vor, und Tony hatte seinen Anwälten verboten, ihn zum Thema zu machen. Er weigerte sich, das Andenken des toten Ehemanns seiner Schwester noch mehr zu beschmutzen. Als der Ankläger mit seiner direkten Befragung fertig war, erhob sich einer von Tonys Anwälten für das Kreuzverhör.

»Befand sich Mr. Rinaldo von dem Zeitpunkt an, als er die Tür öffnete, bis zu dem Zeitpunkt, als Sie die Schüsse hörten und ihn fallen sahen, ständig in Ihrem Blickfeld?« fragte der Anwalt.

»Ja.«

»Sahen Sie ihn plötzlich nach seiner rechten Hüfte greifen?«

»Ja.«

»War das nicht, bevor Sie die Schüsse hörten?«

»Ja.«

»Dann haben Sie also nicht mit eigenen Augen gesehen, wie der Angeklagte Rinaldo erschossen hat?«

»Nein, aber–«

»Das ist alles«, sagte der Anwalt brüsk.

Er wandte sich ab und lächelte dann dünn über den plötzlichen Aufruhr am Tisch der Anklage. Die extreme Kürze des Kreuzverhörs ihrer Hauptzeugin hatte die Staatsanwälte offenbar aus der Fassung gebracht.

Rosie war ganz offensichtlich klar, daß sie Zugeständnisse gemacht hatte, die der Anklage schadeten. Sie blieb im Zeugenstand und versuchte die Antworten, die sie gegeben hatte, näher auszuführen, doch ein Gerichtsdiener führte sie hinaus.

Im Gerichtssaal befanden sich noch andere Zuschauer, die Tony interessierten. Zum Beispiel seine Braut, Jane Conley, die bei der Polizei und in der Unterwelt als »Gun-Girl« bekannt war, deren Aussehen jedoch bei weitem nicht den Bekanntheitsgrad ihres Rufs hatte. Janes Verhalten verwirrte ihn ein wenig. Sie hatte ihn während seiner Haftzeit nicht besucht.

Während sie im Gerichtssaal saß, modisch gekleidet und bei weitem die umwerfendste Frau unter den Zuschauern, gab sie mit keiner Miene zu erkennen, daß sie ihn kannte. Er nahm ihr diese Zurückhaltung übel.

Doch da er nach einer Entschuldigung für ihre scheinbare Unfreundlichkeit suchte, fand er auch eine. Sie hatten die Tatsache, daß sie seine Braut war, immer strikt geheimgehalten, und es war besser, wenn es dabei blieb. Je weniger über die Privatangelegenheiten eines Mannes in seiner Position bekannt war, desto weniger Angriffsflächen boten sich seinen Feinden.

Sein Bruder, Detective Lieutenant Ben Guarino, war ein beständiger und interessierter Zuschauer der Verhandlung. Tony war ein wenig überrascht über das Aussehen seines Bruders. Ben hatte zugenommen, und sein Gesicht wirkte aufgeschwemmt. Er kletterte die Karriereleiter hinauf, und das hinterließ Spuren.

Am letzten Verhandlungstag sah Tony seinen Bruder neben Jane in der ersten Zuschauerreihe sitzen. Hin und wieder flüsterten sie miteinander, und mehrfach sah er, wie sie sich zulächelten. Eifersüchtige Wut durchströmte den Bandenführer wie geschmolzenes Metall, und seine Augen blitzten. Mit einiger Mühe konzentrierte er sich wieder auf die Verhandlung. Das Ende näherte sich mit Riesenschritten.

In ihrem Abschlußplädoyer vor der Geschworenenbank taten Moran und sein Assistent alles, um die zwölf Personen dazu zu bringen, den Angeklagten des Mordes ersten Grades schuldig zu sprechen. Während sie ihn mit all den beißenden Schmähungen und sarkastischen Anspielungen, zu denen clevere Anwälte fähig sind, verbal in der Luft zerrissen, stellte Tony fest, daß es beinahe seine Selbstbeherrschung überstieg, auf seinem Stuhl sitzen zu bleiben. Seine kräftigen Hände umklammerten die Armlehnen, bis seine Knöchel vor Anstrengung weiß waren. Sein ohnehin dunkles Gesicht nahm einen dunkelroten Farbton an, und es juckte ihm in den Fingern, diesen Heuchlern, die ihn als unverbesserliche Gefahr für die Menschheit bezeichneten, die Hände um den Hals zu legen. Die Autos, die sie fuhren, waren mit seinem Geld bezahlt worden.

Doch er entspannte sich, als seine Anwälte an der Reihe waren. Er lächelte sogar ein- oder zweimal über einige ihrer schlauen sarkastischen Bemerkungen auf Kosten der Anklage. Sie stellten den Fall ganz einfach dar. Zeigten auf, daß die ganze Anklage lächerlich und vollkommen unbewiesen war. Sie bezeichneten einen möglichen Schuldspruch als den größten Justizirrtum, der jemals das Ansehen eines Staats beflecken könnte. Doch die Geschworenen schienen weniger am Schrecken eines schlechten Gewissens infolge der Verurteilung eines Unschuldigen interessiert zu sein als am Aussehen von zehn von Tonys besten Revolvermännern, die in den ersten beiden Zuschauerreihen saßen. Es waren gut gekleidete junge Männer, welche die Geschworenen mit kalten, harten Blicken musterten.

Der Richter hatte zehntausend Dollar dafür bekommen, daß seine obligatorische Geschworenenbelehrung so günstig wie möglich für Tony ausfiel, und er ging so weit, wie er es eben wagte, um sich sein Honorar zu verdienen. Die Geschworenen brauchten nur vierzehn Minuten, um sich auf das Urteil »Nicht schuldig« zu einigen. Und allen war klar, daß jene zehn grimmig schweigenden Männer der entscheidende Faktor gewesen waren.

Es gab Beispiele, wo Geschworene, die Gangster schuldig gesprochen hatten, erschossen oder deren Häuser in die Luft gejagt oder gar deren Kinder entführt worden waren. Gesetz und Ordnung und Pflichterfüllung waren gut und schön, aber gegen eine Bombe oder eine Kugel konnte man keine Berufung einlegen. Und das Gesetz ist notorisch lax, wenn es darum geht, seine Bewahrer zu schützen, sobald sie ihre Schuldigkeit getan haben.

Tony schüttelte jedem Geschworenen die Hand. Und einige von ihnen waren so aufgeregt, als hätten sie soeben den Präsidenten persönlich kennengelernt. Am nächsten Tag schickte er jedem von ihnen eine Kiste unverschnittenen Whisky.

Tony wartete im Gespräch mit seinen Anwälten, bis die Zuschauer sich zerstreut hatten, dann verließ er den Gerichtssaal als freier Mann, aber als Mann tiefster Ressentiments, die durch Rache abgebaut werden mußten.

Im Eingang lungerte Detective Lieutenant Ben Guarino herum.

»Du bekommst auch noch, was dir zusteht, du große Nummer«, sagte er rauh.

Tony eilte weiter, ohne sich anmerken zu lassen, daß er die Bemerkung verstanden hatte. Im Flur nahmen ihn seine Leibwächter in Empfang. Sie umringten ihn rasch, wie sie es gelernt hatten, und brachten ihn nach unten und nach draußen zu der großen Limousine mit den kugelsicheren Scheiben. Aus respektvoller Entfernung beobachtete sie eine Menschenmenge, die sich auf der Straße versammelt hatte. Das Augenklimpern und Hälseverrenken, das sein Auftritt nach sich zog, hätte auch die größte Berühmtheit zufriedengestellt.

Fast ein halbes Dutzend Zeitungsleute bettelte um ein Interview, und unzählige Fotografen versuchten hektisch, Aufnahmen zu machen. Da Tony etwas kleiner war als der Durchschnitt, hatte er für seine Leibwache absichtlich die größten Männer aus seiner Gang ausgesucht. Normalerweise schützten sie ihn vor den Kugeln ehrgeiziger Attentäter. Jetzt schützte ihn der Kreis der Männer ebenso wirksam vor den fast ebenso lästigen Kameralinsen. Doch er nahm sich einen Augenblick Zeit, um mit den Reportern zu reden.

»Ich habe genug vom Geschäft, Jungens«, verkündete er. »Ich habe genug Geld, und ich mache Schluß. Johnny Lovo hatte die richtige Idee. Ich werde ins Immobiliengeschäft einsteigen.«

Er stieg in seine Limousine, und die Kolonne der drei Wagen fuhr los. Tony Camonte war wieder ein Herrscher.

24

Tony empfand eine Spur von Unsicherheit, als er eine halbe Stunde später seine Luxuswohnung am Lake Shore Drive betrat. Und die kühle fragende Art, mit der Jane ihn musterte, trug nicht gerade zu seiner Zuversicht bei.

»Jesses, bin ich müde!« verkündete er erschöpft. Und das war er. Die Verhandlung hatte ihm mehr abverlangt, als ihm klar war.

»Hör zu, Tony«, sagte Jane, und ihre Stimme hatte einen harten Unterton, »was bedeutet dir diese Frau?«

»Welche Frau?«

»Diese Rosie, deretwegen du Mike erschossen hast.«

»Sie bedeutet mir gar nichts.«

Jane lachte spöttisch. »Erwartest du, daß ich das glaube? Warum hast du dann Mike umgelegt, um sie dir zu schnappen?«

»Das habe ich nicht. Es ging um etwas anderes.«

»Versuch nicht, mich für dumm zu verkaufen. Du und Mike wart bis zu diesem bewußten Abend die besten Freunde. Die Jungens sagten, du seist richtig grün im Gesicht geworden, als du sie mit Mike hast hereinkommen sehen. Du bist gleich nach oben gegangen, und fünf Minuten später war Mike tot.«

»Du bist verrückt! Ich – ich habe sie noch nie zuvor gesehen. Wenn sie – mir irgend etwas bedeutete, glaubst du, sie hätte mich dann so verpfiffen?«

»Die Gefühle einer Frau können sich ändern.«

»Die eines Mannes auch.« Er betrachtete sie mit zu Schlitzen verengten Augen. Sein Tonfall sprach Bände.

»Ach ja? Keine Sorge, du große Nummer, es gibt reichlich Männer, die froh wären, wenn sie mich hätten.«

»Mag sein. Aber es wäre ziemlich schwierig für dich, jemanden zu finden, der so viel für dich bezahlen kann oder will wie ich. Bei dem Geld, das ich für dich ausgebe, habe ich die freie Auswahl, vergiß das nicht!«

»Warum nimmst du sie dann nicht wahr, deine freie Auswahl?« wollte sie zornig wissen.

»Ich war zu beschäftigt, um darüber nachzudenken«, erwiderte er hochmütig. »Aber vielleicht bin ich später nicht mehr so beschäftigt ... und wo wir gerade beim Thema sind, mir ist aufgefallen, daß du im Gericht ziemlich dicke mit diesem Detective warst?«

»Welchen meinst du?«

»Warst du mit mehr als einem dicke? Würde mich nicht überraschen. Aber mir ist nur einer aufgefallen. Ben Guarino, der Bruder dieser Frau.«

»Ach? Du weißt wohl alles über diese Familie, was?«

»Halt's Maul!« fauchte er plötzlich, während er sich ihr in bedrohlicher Manier näherte. »Ich habe jetzt genug von deinen Unverschämtheiten.«

Einen Moment lang starrten sie einander mit blitzenden Augen und geballten Fäusten an.

»Was hat es für einen Sinn, wenn wir uns so streiten, Baby, solange wir zusammen sind?« sagte Tony schließlich, und seine Stimme klang müde. »Ich schwöre bei Gott, ich hatte mit dieser Frau noch nie etwas zu tun. Und jetzt gibt es Wichtigeres zu erledigen.«

»Zum Beispiel?«

»Ich will mir Flanagan und Moran vorknöpfen, diese verfluchten dreckigen Falschspieler. Nach all den Moneten, die ich ihnen gezahlt habe! Flanagan hätte mich in jener Nacht anrufen und mir Gelegenheit geben können zu verschwinden. Aber hat er das getan? Nein, er kommt, um mich persönlich festzunehmen. Und legt mir sogar Handschellen an, als sei ich ein gemeiner, billiger Tagedieb. Und Moran, dieser dreckige irische ...«

Tonys kompetente Zunge spuckte Flüche wie eine Maschinenpistole. »Er und sein ausgekochter, betrügerischer Boß. Sie wußten, daß sie einen armseligen Fall hatten, und sie wußten, daß Mikes

Tod ein Segen für die Menschheit ist. Sie hätten die Sache vergessen müssen. Haben sie das getan? Nein, sie tun ihr Bestes, um mich aufzuknüpfen, weil sie wissen, daß sie mehr kassieren können, wenn es mehr große Nummern im Geschäft gibt als nur einen wie mich, der den ganzen Laden kontrolliert. Ich habe bezahlt, und was habe ich dafür bekommen? Sie haben auf mir herumgetrampelt, kaum daß sie glaubten, sie hätten die Möglichkeit, mich fertigzumachen. Jetzt werden sie dafür büßen, und zwar heftig.«

Und so vergaßen sie ihre persönlichen Eifersüchteleien und Differenzen, während Tony seine Rachepläne für diejenigen skizzierte, die ihn verraten hatten. Aber die Kluft zwischen ihnen hatte sich verbreitert. Zweifel lassen sich, einmal gesät, fast unmöglich ausräumen und können sich beim geringsten Anlaß mit bestürzender Schnelligkeit zu Überzeugungen verdichten.

Am nächsten Tag fuhr Tony in sein Hauptquartier. Und seine Männer begrüßten seine Rückkehr mit sonderbarem Schweigen und grimmigem Lächeln. Er verspürte ein Unbehagen. Irgend etwas stimmte nicht, und er fragte sich, was das sein mochte.

Er brauchte nicht lange zu warten. Nach wenigen Minuten kamen ein halbes Dutzend seiner wichtigeren Leute in sein Privatbüro im obersten Stockwerk des Hotels. Einer von ihnen, ein Gangster mit kantigem Kinn und hartem Blick namens Finaro, räusperte sich lautstark.

»Wir machen uns Gedanken wegen dieses Zeitungsartikels, Boß«, begann er, »daß Sie aus dem Geschäft aussteigen und in die Immobilienbranche einsteigen wollen. Das war nur Gerede, oder?«

»Ich habe mich noch nicht entschieden«, antwortete Tony kühl. »Ich habe genug Moneten, um auszusteigen und das Leben zu genießen, wenn ich will.«

»Ja. Aber wer hat Ihnen dabei geholfen, die Moneten zu machen, Boß? Wir haben alle dazu beigetragen. Und Sie sind es uns schuldig, die Dinge am Laufen zu halten und uns die Chance zu geben, auch weiterhin ein Stück vom Kuchen abzubekommen. Wir haben in einigen verdammt schlechten Zeiten zu Ihnen gehalten, und jetzt, wo die Zeiten gut sind, sollten Sie zu uns halten. Wenn Sie jetzt aussteigen, bricht der Laden über Nacht auseinander. Und wo würden wir dann bleiben? Sie können jetzt nicht einfach aussteigen und uns im Regen stehen lassen.«

Die anderen nickten zustimmend, als er seinen Vortrag beendet hatte. Tonfall und Gehabe des Mannes waren durchaus respektvoll, aber sein Blick war hart. Tony, dessen Augen vor Wut über die ersten Zeichen von Insubordination in den eigenen Reihen funkelten, wollte sie schon schroff entlassen. Doch eine innere Stimme riet ihm, es nicht zu tun. Er spürte den Anflug von Bedrohung in der Haltung der Gruppe.

Plötzlich wurde ihm klar, daß er mit der Organisation und Perfektionierung dieser mächtigen Bande, die alle Unterweltaktivitäten in dieser großen Stadt kontrollierte, ein Ungeheuer erschaffen hatte, das sich nach den Prinzipien, die er ihm eingeimpft hatte, berechtigt fühlen würde, ihn zu vernichten, sollte er jetzt versuchen zu desertieren.

In einer großen Vision sah er, daß diese Männer nur so lange Loyalität für ihn empfanden, wie sein beweglicher Verstand Aktivitäten plante, die ihnen ein hübsches Auskommen garantierten. In dem Augenblick, in dem er keinen Wert mehr für sie besaß, würden sie ohne Zögern die Kugeln der Attentäter auf ihn lenken, die auf seine Feinde zu richten er ihnen jetzt befehlen konnte. Er konnte niemals aussteigen. Sie würden es nicht zulassen.

»Vergeßt es, Jungens«, sagte er, wobei er versuchte, seinen Tonfall freundlich klingen zu lassen. »Das war nur für die Ohren der Bullen bestimmt. Macht weiter wie bisher.«

Tony verlor keine Zeit mit der Ausführung seiner Rachepläne gegen diejenigen, die ihn verraten hatten.

Fünf Tage lang ließ er Captain Flanagan Tag und Nacht beschatten. Dann, als er die Berichte seiner Spione in der Hand hielt, verbrachte er zwei Tage mit der Ausarbeitung des eigentlichen Plans. Schließlich war alles bereit.

In einer der nächsten Nächte fuhr er gegen elf Uhr nach Hause in seine schicke Wohnung, in der Jane und er lebten. Er gab dem uniformierten Portier eine Zigarre und blieb einen Augenblick stehen, um eine Bemerkung über das Wetter zu machen. Dem würdevollen Fahrstuhlführer mittleren Alters gab er ebenfalls eine Zigarre, und da er scheinbar Zweifel hatte, was die Genauigkeit seiner Uhr betraf, verglich er die Zeit, die sie anzeigte, mit derjenigen auf dessen Uhr. Auf diese Weise sorgte er dafür, daß die beiden Hausangestellten genau wußten, wann er an diesem Abend nach Hause gekommen war.

Seine Wohnung lag im zweiten Stock, und am Ende des Flurs befand sich eine eiserne Feuerleiter, die sowohl nach oben als auch nach unten führte. Vorsichtig öffnete er die Glastüren, trat hinaus und schloß sie hinter sich. Dann kletterte er rasch, aber lautlos nach unten.

Seine gummibesohlten Schuhe verursachten kein Geräusch, als er durch die dunkle Gasse huschte und in die Limousine stieg, die auf der verlassenen Straße hinter der Gasse wartete. Der große Wagen, dem ein weiterer vorausfuhr und ein dritter folgte, beschleunigte rasch.

An einer ruhigen Ecke auf der North Side hielten die drei Wagen an. Dann fuhr einer langsam durch die von Bäumen gesäumte Wohnstraße zur nächsten Ecke. Der zweite Wagen setzte sich in Bewegung. In der Mitte des Blocks und gegenüber von einem zweistöckigen Ziegelhaus, in dem noch Licht brannte, hielt er am Randstein an. Die vier Männer darin duckten sich, so daß der Wagen einen verlassenen Eindruck machte. Das Fenster in einer der hinteren Türen war bereits heruntergekurbelt, und die kühle Nachtluft erfrischte die geröteten, gespannten Gesichter der vier Männer.

Tony wartete einen Augenblick, dann stieß er einen seiner Begleiter an. Der Mann hob eine Polizeipfeife an die Lippen und pfiff dreimal. Unmittelbar darauf knallten zwei Schüsse an der nächsten Ecke. Plötzlich flog die Eingangstür des Hauses auf der anderen Straßenseite auf, und ein stämmiger Mann kam heraus, in dessen rechter Hand ein Revolver funkelte. Es war Flanagan!

Ein weiterer Schuß ertönte von der Ecke. Flanagan lief mit schußbereitem Revolver die Treppe herunter. Langsam hob Tony den häßlichen schwarzen Lauf einer Maschinenpistole, schob ihn vorsichtig durch das geöffnete Fenster, mit der Wagentür als Stütze, und zielte sorgfältig. Dann drückte er mit einem grimmigen Lächeln ab. Das tödliche Knattern der Waffe machte ihn und seine Begleiter fast taub, aber Flanagan brach von mindestens zwei Dutzend Kugeln getroffen zusammen. Einen Augenblick später rasten die Wagen davon.

In dieser Nacht ging Tony mit einem starken Hochgefühl ins Bett. Er war auf demselben Weg zurückgekehrt, auf dem er gekommen war, und zwar, davon war er überzeugt, ohne gesehen worden zu sein. Wenn die Polizei die Hausangestellten verhörte, was mit Sicherheit geschah, würden die beiden Männer ihm aufrichtig und unwissentlich ein perfektes Alibi geben, denn das Haus hatte nur den einen Eingang, an dem sie Dienst taten.

Flanagan war tot. Eine Rechnung, die im Laufe der Jahre immer größer geworden war, war endlich beglichen worden. Und jetzt zu Moran.

25

Am darauffolgenden Nachmittag versetzten die Zeitungen Tony einen Schock. In einer längeren Stellungnahme zu dem dreisten Anschlag auf Flanagan sagte der Polizeichef, er habe das Gefühl, daß jüngere Männer nötig seien, um diesen modernen Gangstern die Stirn zu bieten, und kündigte die Beförderung von Lieutenant Ben Guarino zum Captain und Chief of Detectives an. In einer eigenen Stellungnahme brachte der neue Chief seine Ansicht zum Ausdruck, daß der Anschlag der vergangenen Nacht das Werk Tony Camontes und seiner Gang sei, und versprach, Tony aus der Stadt zu vertreiben oder ihn zu töten.

Tony lachte darüber. Dann runzelte er die Stirn. Es war kein angenehmer Gedanke zu wissen, daß der eigene Bruder öffentlich geschworen hatte, einen zu Tode zu hetzen. Gott! Diese Familiengeschichten gingen ihm langsam auf die Nerven. Dann spannten sich seine Kiefermuskeln, und seine Augen blitzten. Sollten sie sich je in einer Situation gegenüberstehen, wo nur einer überleben konnte, würde Ben in seinen Augen auch nur ein Bulle sein.

Als Tony an jenem Abend ins Hotelrestaurant ging, um zu Abend zu essen, war er sehr zufrieden mit sich. Eine der Kellnerinnen kam an seinen Tisch, um ihn zu bedienen, und ihre frisch gestärkte Uniform raschelte steif. Er gab seine Bestellung auf, ohne aufzuschauen. Doch als sie ihm seine Suppe servierte, fielen ihm ihre perfekt manikürten Finger auf. Von den Händen wanderte sein Blick weiter zu ihrer Figur, deren Klasse ihn dazu veranlaßte, ihr Gesicht anzusehen. Dann wäre er fast von seinem Stuhl aufgesprungen. Denn die Kellnerin war seine Schwester Rosie.

»Du!« rief er.

»Ja«, antwortete sie atemlos und leise. »Ich hoffte, Sie würden es nicht bemerken. Aber ich muß etwas tun, jetzt, wo Mike tot ist, und ich konnte keine andere Arbeit finden.«

Sie eilte davon, bevor er dazu eine Bemerkung machen oder ihr weitere Fragen stellen konnte. Tony tauchte den Löffel in die Suppe und hielt dann inne. Die Erklärung für ihre Anwesenheit klang unwahr. Er wußte, daß sie nicht zu arbeiten brauchte. Die monatliche Summe, die sein Anwalt ihrer Familie schickte, war mehr als ausreichend, um ihnen allen ein sorgenfreies Leben zu ermöglichen.

Warum war sie dann hier? Warum, wenn nicht aus dem Grund, sich an ihm zu rächen? Er starrte die Suppe an, und in seinen blauen Augen funkelte Argwohn. Doch die klare Flüssigkeit verriet ihm nichts. Verstohlen goß er den Inhalt seines Wasserglases auf den Boden und löffelte etwas von der Suppe ins Glas. Dann erhob er sich, verbarg das Glas an der Seite und ging zu der Tür, die in die Lobby des kleinen Hotels führte.

»Ein Anruf für mich«, erklärte er mit einem gezwungenen Lächeln, als er an ihr vorbeikam. »Ich bin in einer Minute zurück.«

Draußen in der Lobby rief er einen seiner Männer zu sich und gab ihm das Glas.

»Bring das sofort zur Apotheke gegenüber und laß es analysieren«, befahl er. »Ich warte hier auf deine Rückkehr.«

Während er wartete, überschlugen sich seine Gedanken. Aber er kannte das Ergebnis bereits, bevor sein Mann zurückkehrte und es atemlos verkündete! Die Suppe enthielt genug Gift, um einen Maulesel zu töten, von einem Menschen ganz zu schweigen!

Als Tony in das Restaurant zurückkehrte, war sein Gesicht eine ausdruckslose Maske, in der nur die Augen lebendig funkelten. Das Mädchen hatte Nerven, sich in seinem eigenen Hotel einen Job zu suchen, um Gelegenheit zu erhalten, ihn zu vergiften, und ihm so die Sühne für Mikes Tod abzuverlangen, die das Gesetz ihm nicht hatte aufbürden können. Gott! Sie war in der Tat seine Schwester.

Er stand neben seinem Tisch, und sie trat vor. Nur ihre geröteten Wangen straften ihre äußerliche Gelassenheit Lügen.

»Dein Dienst endet um sieben, nicht wahr?« sagte er ruhig.

»Ja. Warum?«

»Ich habe dringende Geschäfte zu erledigen und muß nach oben. Wenn dein Dienst beendet ist, bring mir bitte den Rest meines Essens in mein Privatbüro im obersten Stock des Hotels. Du bekommst ein anständiges Trinkgeld«, fügte er mit dem Versuch eines Lächelns hinzu, »und ich will mich ohnehin noch mit dir unterhalten.«

Er ging in sein Büro und fragte sich, ob sie aus freien Stücken oder auf Befehl der Männer kommen würde, denen er aufgetragen hatte, sie nicht aus den Augen zu lassen und zu ihm zu bringen, falls sie versuchen sollte, das Hotel zu verlassen. Er hoffte, sie würde von sich aus kommen.

Das tat sie. Sie hatte sich bereits umgezogen und trug ein attraktives Kostüm und in den Händen ein großes Tablett mit einer Reihe abgedeckter Teller. Sie stellte das Tablett auf seinen Schreibtisch. Er sah sie grimmig an.

»Sind diese Sachen auch vergiftet?« fragte er.

Sie erschrak so heftig, daß sie das Tablett beinahe fallen ließ, und ihre Augen weiteten sich vor Entsetzen.

»Ich weiß nicht, was ...« stammelte sie.

»In der Suppe, die du mir unten serviert hast, war genug Gift, um ein Dutzend Menschen umzubringen«, fuhr er fort. »Und normalerweise vergiften die Leute in der Küche das Essen nicht. Also mußt du es getan haben.«

»Ja, das habe ich«, antwortete sie mit jähem Trotz. »Ich habe Mike geliebt, und Sie haben ihn ermordet. Sie haben das Gesetz betrogen. Ich habe diese Arbeit angenommen, um Sie zu erwischen. Aber Sie haben es herausgefunden. Was werden Sie jetzt unternehmen?«

Die abrupte Direktheit ihrer Methoden, die so sehr seinen eigenen entsprachen, brachte ihn einen Augenblick aus der Fassung.

»Das weiß ich noch nicht«, gab er schließlich zu. »Ich sollte eine Spazierfahrt mit dir machen, aber ich glaube, du bist zu tapfer, um auf so eine Art und Weise zu enden. Ist dir die Gefahr bewußt, in der du schwebst?«

»Ja. Ich habe die ganze Zeit gewußt, was für ein Risiko ich eingehe. Aber Mike ist tot. Was machte es schon aus?«

»Mike war ein Gangster«, schnauzte Tony sie rauh an. »Ein Revolvermann und ein Schläger. Er hat eine Menge Leute umgebracht und war immer bereit, noch mehr umzubringen, wenn ich es ihm auftrug und der Preis stimmte.«

»Ich nehme an, Sie halten sich für was Besseres«, höhnte das Mädchen.

»Darum geht es nicht. Wir reden hier über Mike. Er war deine Liebe nicht wert. Aber du solltest wissen, daß ich keine Ahnung hatte, daß ihr zwei verheiratet wart. Ich dachte, er wollte dich einfach ausnutzen wie so viele andere. Deshalb habe ich – habe ich ihn umgelegt.«

In Tonys Stimme lag jetzt eine gewisse Zärtlichkeit. Er riß sich zusammen, als er sah, daß sie ihn mit weit aufgerissenen Augen anstarrte.

»Was ist los?« wollte er wissen.

»N-nichts. Ich dachte nur gerade – für einen Augenblick haben Sie mich an jemanden erinnert, den ich – den ich einmal kannte.«

Tony stockte der Atem, und er wandte sich ab, so daß sie nur die vernarbte Seite seines Gesichts sehen konnte. Sie hätte ihn beinahe erkannt.

»Es tut mir leid wegen Mike. Aber es mußte sein«, sagte er stur. »Und du bist ohne ihn viel besser dran. Eines Tages wirst du mir dafür danken, was ich getan habe. Also geh und vergiß Mike. Und sei bei der Wahl deiner Männer von jetzt an vorsichtiger. Du bist ein zu nettes Mädchen, um dich mit Revolvermännern herumzutreiben.«

»Was halten Sie davon, sich um Ihre eigenen Angelegenheiten zu kümmern?« sagte sie wutentbrannt, während Tränen in ihre Augen traten.

»Eine Menge. Du solltest das auch tun. Und versuch nicht noch mehr Ganglords zu vergiften. Einigen von ihnen könnte das vielleicht nicht gefallen ... Falls du Geld brauchst–«

»Nein«, schnappte sie stolz. »Jetzt nicht und auch später nicht. Wir haben genug.«

Ein Gefühl der Befriedigung durchströmte Tony. Natürlich würden sie nie erfahren, daß er für ihren Wohlstand verantwortlich war. Aber er war froh, daß er in der Lage gewesen war, für eine Verbesserung ihrer Lebensumstände zu sorgen.

»Also gut, Mädchen«, sagte er zögernd. »Und vergiß nie, daß du die einzige Person bist, die je versucht hat, Tony Camonte umzubringen, und noch am Leben ist.«

Mit einem letzten neugierigen Blick und einem verwirrten Stirnrunzeln ging sie schließlich. Tony stieß einen tiefen Seufzer aus. Das war erledigt.

Abrupt richtete er seinen behenden, wagemutigen Verstand wieder auf die Angelegenheit, die sich bei ihm zu einer Besessenheit entwickelt hatte – seiner Rache an den Beamten, denen er so viel Geld gezahlt hatte und die ihn bei der ersten Krise verraten hatten. Und dann wurde ihm klar, daß es bei alledem um viel mehr ging als nur darum, sich persönlich an ihnen zu rächen, die nicht nur ihn verraten hatten, sondern auch das in sie gesteckte Vertrauen der Bevölkerung.

Zum erstenmal in seinem hektischen Leben empfand er den sozialen Impuls, der zugleich Ursache und Ergebnis der Zivilisation ist – die Erkenntnis, daß das Wohlergehen der Menschheit wichtiger war als die eigene Gier, die Erkenntnis, daß er der Welt etwas schuldete.

Unter dem Einfluß neuer Gefühle und merkwürdiger Ideen und Überzeugungen, die ihm bisher fremd gewesen waren, schrieb er zwei Stunden lang ununterbrochen. Als er fertig war, las er den Stapel Blätter mit grimmiger Befriedigung noch einmal durch, dann faltete er sie und schob sie zusammen mit einem kleinen, ledergebundenen schwarzen Notizbuch in einen großen Umschlag, auf den er schrieb: *Am Tag nach meinem Tod ungeöffnet dem* Evening American *zu überbringen.* Dann legte er den Umschlag in eine Schublade seines Schreibtisches und schloß sie ab.

Natürlich war ihm klar, daß die Veröffentlichung seiner Aufzeichnungen einen Skandal hervorrufen würde, aber er hatte keine

Ahnung, daß er soeben mit erstaunlicher Kürze und Direktheit die bedeutendste Anklageschrift gegen die politische Maschinerie Amerikas zu Papier gebracht hatte, die je verfaßt worden war. Denn wie sich erweisen sollte, war genau das der Fall.

Ihre Veröffentlichung, die er nicht mehr erlebte, führte zum Selbstmord von einem halben Dutzend Prominenter, dem Ruin unzähliger anderer und einer vollständigen Reorganisation der Verwaltung und des Polizeiapparates nicht nur dieser Stadt, sondern auch vieler anderer. Und sie sollte sich wegen der Aufschlüsse, die der Wähler über die hinter den Kulissen stattfindenden Aktivitäten der sogenannten Diener des öffentlichen Lebens und deren enge Verbindung zur Unterwelt erhielt, als die mächtigste Waffe der Neuzeit für die Wiederherstellung einer anständigen, verläßlichen Verwaltung in den Großstädten erweisen.

Doch er hätte nur ungläubig gelacht, hätte jemand ihm das in diesem Augenblick gesagt. Er wäre auch nicht sonderlich daran interessiert gewesen. Dieses soziale Gewissen, das ihn zeitweilig überkommen hatte, war zu neu für ihn, um von Dauer zu sein. Er hungerte bereits wieder nach Taten, nach persönlicher Rache an denjenigen, von denen er glaubte, daß sie es verdient hatten. Sein scharfer Verstand wandte sich dem Problem zu, das im Augenblick sein Lebenszweck war – Moran, diesen niederträchtigen Stellvertreter des Bezirksstaatsanwalts, zu beseitigen.

Das Telefon neben ihm schrillte laut in der völligen Stille seines Büros. Er nahm ab, knurrte ein schroffes »Hallo« und lauschte der Stimme, die ihm rasch Bericht erstattete. Als er auflegte, funkelten seine Augen.

Fünf Minuten später stiegen er und vier seiner getreusten – das heißt, am besten bezahlten – Männer in eine Limousine. Sie fuhren schnell zur weit entfernten South Side, jedoch nicht so schnell, daß sie Aufsehen erregt hätten. Denn hier befanden sie sich auf feindlichem Gebiet. Wenn man ihre Anwesenheit entdeckte, würde rasch ein Dutzend Wagenladungen von Gangstern, welche die verschiedenen kleinen und immer turbulenten Gangs der South Side repräsentierten, hinter ihnen her sein und sie unter Beschuß nehmen.

Außerdem drohte ihnen auch Gefahr von den Streifenwagen des Präsidiums. Angesichts dessen, was sich in seinem Wagen befand, würde es Tony unmöglich sein, eine zufriedenstellende Erklärung abzugeben. Und sollten sie zufällig von einem Streifenwagen angehalten werden, dessen Besatzung taub für die Stimme der Vernunft war, würden sie sich wahrscheinlich in einer gemeinen Zwickmühle wiederfinden.

Sie hielten in einer dunklen Gegend gegenüber einer Kneipe. Der Motor des Wagens war einen Block entfernt abgestellt worden, und sie waren zu ihrem Ziel gerollt. Die Bremsen des Wagens waren gut gewartet und vorsichtig betätigt worden, so daß sie nicht quietschten, als der Wagen zum Stillstand kam. Der Fahrer blieb hinter dem Steuer, bereit zur augenblicklichen Flucht, während Tony und die drei anderen Männer Masken aufsetzten, die ihre Gesichter vollständig verhüllten. Dann nahmen sie ihre Maschinenpistolen und huschten über die Straße.

Sie tauchten geräuschlos im Eingang auf, die Waffen im Anschlag und bereit, augenblicklich Vernichtung zu speien. Etwa zwanzig Männer bevölkerten die Bar. Und am Ende stand Moran und unterhielt sich kumpelhaft mit vier Männern, die nicht so aussahen, als seien sie der richtige Umgang für einen stellvertretenden Bezirksstaatsanwalt. Tatsächlich handelte es sich bei zweien von ihnen um bekannte irische Schnapsschmuggler aus dem Dschungel der South Side, die er vor noch nicht allzuvielen Monaten erfolglos wegen Mordes angeklagt hatte.

Der Barmann, dessen Gesicht der Tür zugewandt war, sah die maskierten Eindringlinge zuerst, die stumm und mit bereitgehaltenen Waffen Seite an Seite standen. Die Art, wie er sich versteifte und zur Tür starrte, fiel den anderen auf, weil sie sich umdrehten, um festzustellen, was ihn so faszinierte.

»Alle die Hände hoch!« brüllte Tony.

»Mein Gott! Das ist« rief Moran, aber der Rest des Satzes ging im bösartigen Knattern von Tonys Maschinenpistole unter.

Ohne auch nur einen Seufzer von sich zu geben, fiel Moran nach vorn, von dem Bleihagel fast in zwei Hälften getrennt. Unter seiner Maske lächelte Tony grimmig und schwang die Mündung seiner Maschinenpistole herum, so daß sie auf die zwei irischen Schnapsschmuggler zeigte. Jeder, der es ertragen konnte, dicke mit Moran zu sein, war mit Sicherheit eine Ratte und besser tot als lebendig, und diese beiden ohnehin. Als er sie fallen sah, hatte Tony das Gefühl, der Menschheit einen Dienst erwiesen zu haben. Und zweifellos hatte er dem Staat die Kosten für den Versuch erspart, sie irgendwann in der Zukunft noch einmal zu hängen.

Tony lockerte den Druck seines Zeigefingers auf dem Abzug der Maschinenpistole, und die abrupte Stille, die dem tödlichen Knattern der Waffe folgte, war erschreckend.

»Will irgendeiner von euch anderen eine Portion Blei?« wollte er wissen. Die Männer standen zusammengekauert an der Bar, ihre erhobenen Hände zitterten. »Geht in den nächsten fünf Minuten nicht nach draußen, sonst bekommt ihr sie.«

Einer seiner Männer ging hinaus, um Ausschau zu halten. Tony folgte ihm, dann verließen auch die anderen beiden Männer die

Kneipe. Während der hektischen zwei Minuten in der Kneipe hatte der Fahrer den Wagen gewendet, der jetzt mit wütend brummendem Motor am Randstein stand. Alle vier Männer sprangen hinein, und der Wagen fuhr los.

Tony war in Hochstimmung. Er hatte jetzt alle seine Rechnungen beglichen bis auf diejenige mit dem Bezirksstaatsanwalt persönlich, und das würde der Inhalt des Umschlags erledigen, den er erst vor kurzem versiegelt hatte – und wie! Aber es blieb noch die New Yorker Gang, die in seine Domäne einzudringen versuchte und kurz vor seiner Verhandlung ein Attentat auf ihn verübt hatte. Tony legte die Stirn in Falten und knirschte mit den Zähnen, als er an sie dachte.

26

Geld wirkt überall Wunder, insbesondere in der Unterwelt, und zwanzig Minuten, nachdem Rosie Guarino Tonys Privatbüro verlassen hatte, war Jane Conley die Information von ihrem angeworbenen Spion telefonisch übermittelt worden. Er hatte ihr keine Einzelheiten darüber berichten können, was sich abgespielt hatte, konnte aber bezeugen, daß Tony dem Mädchen Geld angeboten hatte – das von ihr abgelehnt worden war.

Da Jane Tony kannte, fühlte sie sich in der Lage, die Lücken selbst auszufüllen. Und ihre Schlußfolgerungen ließen sie vor Wut rasen. Die Tatsache, daß sie falsch waren, machte ihre Wut nicht weniger heftig. Sie würde ihm zeigen, daß er sie nicht ungestraft betrügen konnte.

Sie hatte ohnehin die Nase voll von Tony. In letzter Zeit empfand sie eine fast unwiderstehliche Sehnsucht nach den verwegenen Taten und der Aufregung ihrer ehemaligen Aktivitäten als Gun-

Girl. Tony wollte sie ihr nicht gestatten. Solange sie seine Braut war, mußte sie zu Hause bleiben und sich benehmen. Und das häusliche Leben war selbst in der luxuriösen Wohnung langweilig geworden.

Sie war immer nur in Gesellschaft ein und desselben Mannes. Früher hatte sie immer ein Gefolge bewundernder Männer gehabt, wie es jede schöne Frau hat, und das vermißte sie. Sie hatte das Gefühl, von Tony unterdrückt zu werden, als sei sie eines von vielen seiner zahlreichen teuren Besitztümer. Sein angebliches Fremdgehen war nur der Funke, der das Pulverfaß zur Explosion brachte.

Mehr als zwei Stunden brütete sie über alles, dann hatte sie sich entschieden. Zuerst rief sie Captain Ben Guarino an und führte eine angenehme Unterhaltung mit ihm. Es schien eine vernünftige Annahme zu sein, daß es für eine Frau wie sie nur von Vorteil sein konnte, mit dem Chief of Detectives befreundet zu sein. Und dann rief sie Tony in seinem Büro an.

»Ich war sehr beschäftigt heute abend«, sagte er rechtfertigend in dem Augenblick, als er ihre Stimme hörte.

»Ich bin sicher, das warst du«, stimmte sie ihm zu, und ihm entging der scharfe Unterton in ihrer Stimme.

»Und weißt du, was, Baby? Moran hatte einen Unfall.«

»Tatsächlich? Warst du dabei?«

»Ja. Ich bin gerade zurückgekommen.«

»Das ist toll. Hör mal, Tony, ich habe eine ziemlich heiße Information für dich. Dieser Verein aus New York hat ein großes Treffen in Jake's Place für heute um Mitternacht anberaumt. Die großen Nummern aus dem Osten wollen hier die kleinen Fische organisieren, die dich nicht mögen – dann können sie sich die Mühe sparen, einen Haufen ihrer eigenen Leute aus New York herzubringen.«

»Jesses! Wo hast du das aufgeschnappt, Baby?«

»Frag nicht! Du zweifelst doch nicht etwa daran, oder? Haben sie nicht versucht, dich umzulegen–«

»Ja, sicher«, stimmte Tony zu. »Und sie werden heute nacht alle in Jake's Place sein?«

»Ja. Die Burschen aus New York kommen in dunkelblauen Cadillacs – drei oder vier Wagen –, und wahrscheinlich werden sie die Seitenvorhänge geöffnet haben. Es ist jetzt erst halb zwölf«, fuhr sie glatt fort. »Wenn du dich beeilst, erwischst du sie noch.«

»Sehr verbunden, Baby. Ich mache es ganz bestimmt.«

Jane legte zögernd auf, und ein grimmiges Lächeln kräuselte ihre ziemlich harten Lippen. Wenn die Dinge richtig liefen, würden die Morgenzeitungen eine nette Geschichte bringen. Wenn nicht, wachte sie wahrscheinlich mit einer Lilie in der Hand auf. Und wenn schon – sie lebte nur einmal, und da konnte sie ebensogut versuchen, möglichst viel Spaß zu haben.

In Tonys Hauptquartier herrschte rege Betriebsamkeit. Rasch stellte er vier Wagenladungen mit Revolvermännern zusammen, gab ihnen strikte Anweisungen, stieg dann mit seiner Leibwache in seine Limousine, und die Kolonne raste davon.

Jake's Place war eine große Kneipe und Spielhölle, deren Kundschaft hauptsächlich aus Mitgliedern der Unterwelt bestand. In dem Laden war es muffig, schmutzig und gefährlich. Die Lage in einer abgelegenen, baulich noch nicht erschlossenen Gegend fast an der Stadtgrenze, war Jake's Place eine ideale Kulisse für Teufeleien der Unterwelt. Und er war schon Schauplatz für viele gewesen.

Tony hielt seine Mannschaft einen Block entfernt an, während sie die Situation begutachteten. Rings um das große Fachwerkhaus parkten zahlreiche Wagen, aber es war nichts Ungewöhnliches zu sehen. Er konnte auch keine dunkelblauen Cadillacs entdecken, weder solche mit offenen noch solche mit geschlossenen Seitenvorhängen. Vielleicht waren die Jungens noch nicht eingetroffen. Bis Mitternacht blieben noch zehn Minuten.

Ah! Da kamen sie, eine Wagenkolonne, die sich von der anderen Seite aus der Richtung der Stadt näherte. In der Dunkelheit sahen sie schwarz aus, aber sie mochten auch dunkelblau sein, und es waren auf jeden Fall Cadillacs. Daran gab es keinen Zweifel. Sie fuhren dicht hintereinander, insgesamt vier Wagen, und kamen immer näher.

Tony spürte, wie sein Herzschlag sich beschleunigte, und seine Hand krampfte sich um den Kolben der Maschinenpistole auf seinem Schoß. Dies würde der größte Coup seiner ganzen Karriere werden und der Welt beweisen, daß sein Reich ihm ganz allein gehörte und nicht von anderen angetastet werden durfte, wie stark sie in ihren eigenen Domänen auch sein mochten.

Mit leiser, angespannter Stimme zischte er Befehle und schickte einen Mann hinaus, damit er den anderen Bescheid sagte. Vier Wagen auf jeder Seite. Eins gegen eins! Sein Plan war einfach und direkt. Seine Kolonne würde sich in Bewegung setzen, an der anderen vorbeifahren und dann den Feind mit einem furchtbaren Bleihagel eindecken und ihn auslöschen, bevor er sich von seiner Überraschung erholen konnte. Jeder seiner Wagen sollte seine mörderische Aufmerksamkeit auf einen der anderen Wagen richten, und zwar auf denjenigen, welchem er am nächsten war.

Seine Kolonne fuhr los und bog in die andere Straße ein. Tony hob seine Maschinenpistole und drückte ab. Das bösartige Rat-tat-tat machte ihn taub, aber er hörte dennoch dasselbe Knattern aus den anderen Wagen. Dann ertönte von den Wagen des angeblichen

Feindes, scharf und durchdringend trotz des Schußlärms, das Bimmeln von Glocken.

»Jesses!« stöhnte Tony. »Das sind Bullen!«

Anstelle von Gangstern enthielten die vier Wagen Detectives aus dem Präsidium. Was für ein schrecklicher Fehler! Nicht, weil er etwas dagegen hatte, Bullen zu erschießen, sondern wegen der Konsequenzen, die das für ihn und seine Männer haben würde. Es sei denn …

Die Hölle brach aus. Aus allen acht Wagen zuckten die Mündungsblitze der Waffen. Der Lärm war ohrenbetäubend. Tony versuchte in dem Chaos kühlen Kopf zu bewahren. Seine Truppen waren in Panik. Polizisten zu töten war etwas anderes, als feindliche Gangster zu erledigen. Aber jetzt gab es kein Zurück mehr. Es war ein Kampf bis zum Tod.

Sein Fahrer, der zu beschäftigt war und an seine eigene Sicherheit und an die seines Arbeitgebers dachte, versuchte zu fliehen. Der schwere Wagen machte förmlich einen Satz nach vorn, umfuhr schlingernd den führenden Wagen von Tonys Kolonne und beschleunigte. Doch einer der Streifenwagen folgte ihm.

Die Verfolgungsjagd setzte sich über eine Meile fort. Die Wagen schlingerten, schwankten, hüpften. Ströme von Blei verließen die Mündungen der Waffen in beiden Wagen. Zwei von Tonys Männern waren verwundet und bewußtlos, und der dritte war blutüberströmt und phantasierte, während er versuchte, aus dem fahrenden Wagen zu steigen. Schließlich ballte Tony die Faust und schlug ihn bewußtlos. Wunderbarerweise war er selbst nicht getroffen worden, und dasselbe galt offenbar für den Fahrer. Doch der Streifenwagen klebte immer noch stur hinter ihnen. Holte sogar ein wenig auf.

Außer sich vor Wut, zertrümmerte Tony die Heckscheibe und eröffnete das Feuer mit seiner Maschinenpistole. Der beißende Pulverdampf drang ihm in die Nase und trieb ihm die Tränen in die Augen, bis er kaum noch etwas sehen konnte. Die hohe Geschwindigkeit und das Schlingern des Wagens machte ein genaues Zielen unmöglich, aber er wußte, daß einige seiner Kugeln getroffen hatten. Und nichts war geschehen. Sie mußten eine kugelsichere Windschutzscheibe haben. Nun, ihre Reifen waren nicht kugelsicher. Er senkte die heiße, glühende Mündung der Maschinenpistole und zielte auf die Reifen.

Einer von ihnen explodierte mit einem Knall, der trotz der Schüsse deutlich zu hören war. Der schwere Wagen schleuderte herum, überschlug sich und landete im Straßengraben. Tony stieß einen heiseren Triumphschrei aus, doch sein Glücksgefühl war nur von kurzer Dauer. Denn in diesem Augenblick überschlug sich sein eigener Wagen. Der Fahrer hatte eine Kurve unterschätzt.

Als der Wagen auf der Seite liegend zur Ruhe kam, war Tony noch bei Bewußtsein. Doch sein Fahrer gab keinen Laut von sich. Tony hoffte voller Rachsucht, daß der Narr tot war.

Tony brummte der Schädel, und sein Atem kam in kurzen, heiseren Stößen, die ihn nicht ausreichend mit Sauerstoff versorgten, als er sich aus dem Wirrwarr der Toten und Verwundeten löste.

Kaum aus dem Wagen heraus, kroch er sofort hinter der Karosserie in Deckung und legte den Lauf der Maschinenpistole auf eine Stoßstange. Zwei Männer waren aus dem Streifenwagen gestiegen und näherten sich ihm vorsichtig, jeweils einen glitzernden Revolver in der rechten Hand. Tony knirschte mit den Zähnen und drückte ab. Doch nichts geschah. Die Maschinenpistole war leergeschossen. Er zog die Automatik, die so lange sein bester Freund und Leibwächter gewesen war.

Er zielte sorgfältig und schoß. Einer der Männer ging zu Boden. Der andere, der durch den Schuß gewarnt wurde, riß den Kopf hoch und hob seinen Revolver. Doch Tony starrte ihn nur fasziniert an, während seine nervösen Finger sich weigerten, dem Befehl zu folgen, den sein betäubtes Hirn zu senden versuchte. Denn der Mann war sein Bruder, Captain Ben Guarino, der neue Chief of Detectives.

Tony sah den Revolver aufblitzen, dann wurde sein Kopf zurückgerissen. Er hatte es immer kommen sehen.

Zwei Stunden später saß Captain Guarino in seinem Büro im Präsidium, nahm die bewundernden Glückwünsche seiner Kollegen in Empfang und berichtete ihnen die Einzelheiten der heftigen Schlacht, die das Ende des berüchtigten Tony Camonte besiegelt hatte.

»Tonys alte Braut hat mir den Tip gegeben«, sagte er zufrieden. »Ich nehme an, sie hatten Streit und sie wollte es ihm heimzahlen. Sieht übrigens nicht schlecht aus, die Dame. Ich habe sie bei Tonys Verhandlung kennengelernt. Ich wette, sie hat aus ihm einen Haufen Zaster und Schmuck herausgeschlagen. Jedenfalls hat sie mich gegen halb zwölf angerufen und gesagt, Tony und seine Bande wollten gegen Mitternacht ein ganz großes Schlachtfest in Jake's Place anrichten. Und das sei die Gelegenheit für mich, ihn mit seiner ganzen Bande zu erwischen.

Das sah ich selbst, also trommelte ich meine Jungens zusammen und fuhr hin. Aber ich habe keine Ahnung, warum Tony und seine Bande gleich auf uns losgegangen sind, kaum daß sie uns gesehen hatten – Aber mein Gott! War es nicht ein Glück, daß seine Kanone Ladehemmung hatte? Er war ein sicherer Schütze, dieser Bursche. Einen Moment dachte ich, ich würde ganz sicher mit einem Kranz auf der Brust aufwachen. Aber bei einer Automatik kann man nie wissen.«

Aber sogar eine Automatik kann keine Ladehemmung haben, wenn nicht mit ihr geschossen wird.

Die Schande der Nation als Hollywoods Goldesel

(Wo Gewalt Recht ist, hat Recht keine Gewalt)

von Martin Compart

I. Tod im Kino

Armitage Trail ist eine geheimnisvolle Gestalt in der amerikanischen Literatur. Nur wenig ist über ihn bekannt. Das ist um so erstaunlicher, weil sein Roman SCARFACE – und noch mehr die filmische Adaption – einer der innovativsten und einflußreichsten Romane der Epoche war und bis heute fortwirkt. Sowenig über den Autor bekannt ist und geschrieben wurde, um so mehr wurden die Verfilmungen beachtet. In keinem Buch, das sich mit dem Gangsterfilm beschäftigt, fehlt eine ausführliche Würdigung der epochalen Umsetzung des Romans von Howard Hawks oder/und des Remakes von Brian de Palma. Selbst in der einschlägigen Genre-Sekundärliteratur wie TWENTIETH CENTURY CRIME WRITERS jedoch fehlt seine Nennung.

Ideologisch belügen uns die frühen Gangsterromane und Gangsterfilme: Sie behaupten, der amerikanische Pionier, der – wie der Gangster – Gesetzloser und Codes-Stiftender gleichzeitig ist, sterbe in der Stadt am urbanen Leben. In Wirklichkeit hat er sich längst als »feudalistischer Kapitalist« (seine Leute haben den Status von Leibeigenen und Unfreien, werden aber versorgt) im politischen und wirtschaftlichen Gefüge etabliert und ist als gesellschaftliche Kraft am politischen Entscheidungsprozeß (die Mafia bestimmte mit, daß Roosevelt oder Kennedy ins Weiße Haus einzogen) hochgradig beteiligt. Als extremer Vertreter eines Raubtierkapitalismus stand und steht das Organisierte Verbrechen der Wall Street und Washington immer näher als dem Gefängnis. Es ist wohl kaum ein Zufall, daß Vertreter des Establishments wie Anwälte, Geschäftsleute, Banker oder Beamte im Gangster-Genre als schwächlich und korrupt dargestellt werden. Im Unterschied zum enthemmten Unternehmer, der der Gangsterboß schließlich ist, halten sich die Angehörigen einer auf der Kippe stehenden Sozialstruktur zumindest rudimentär an einen Gesellschaftsvertrag. Was diesen frühen Beispielen (im Gegensatz zum Gangstergenre ab den 60er Jahren wie etwa bei Richard Stark) fehlt, ist die Umwandlung des »Reichsgründers« zu einer Managementorganisation, die geschäftlich unauffällig illegales Kapital in den legalen Wirtschaftskreislauf einspeist, um so in etablierten Herrschaftsschichten aufzugehen.

Armitage Trail war das Pseudonym von Maurice Coons. Sein Vater war ein Impresario, der als Road Manager für die New Orleans Opera Company arbeitete und auch noch Getreidesilos und Möbel herstellte. Sein Bruder war der humoristische Schriftsteller Hannibal Coons. Mit sechzehn Jahren ging Maurice von der Schule ab, um sich künftig ganz dem Schreiben zu widmen. Innerhalb der nächsten zwei, drei Jahre hatte er sich als Autor von Stories für Pulps etabliert. Unter verschiedenen Pseudonymen füllte er oft eine komplette Ausgabe von *Detective-Story-Pulps*. Ende der zwanziger Jahre lebte er in Chicago und kam mit verschiedenen sizilianischen Gangs in Berührung. Und natürlich beobachtete er auch, wie Al Capone die Stadt beherrschte. Monatelang trieb sich Coons nachts zusammen mit einem befreundeten Anwalt in den Clubs des Chicagoer Ganglands herum. Tagsüber saß er in seiner Wohnung am Oak Park und schrieb an SCARFACE.

Coons hatte genau hingeschaut. Sein Roman strahlt eine Authentizität aus, die noch heute spürbar ist und fasziniert. Ja, seine

Beschreibung einer durch und durch korrupten Welt, in der nur die Skrupellosesten überleben, erscheint heute wieder aktueller denn je. Mit kalter Präzision führt er den urbanen Dschungel vor und jagt dem heutigen Leser manchen Eisschauer über den Rücken. Im Gegensatz zu vielen späteren Autoren verklärt er nichts, sondern führt schonungslos ein erschreckendes Zeitbild vor. Es ist die Zeit der Bandenkriege und Prohibition, die für die wirtschaftliche Integration des Organisierten Verbrechens notwendige Voraussetzung war. Es ist die Zeit, für die ein Name steht: Al Capone. Der Roman wurde sofort ein großer Erfolg, da er den Zeitgeist widerspiegelte und Einblick in die Welt des Organisierten Verbrechens vermittelte. Der Normalbürger konnte in diesen Jahren kaum Berührung mit Gangstern vermeiden (trank er dazu noch Alkohol, verhielt er sich ja selbst wie ein Krimineller). Aber tieferen Einblick erhielt er über die Zeitungslektüre hinaus nicht. Da konnte nur die vermeintliche Fiktion nachhelfen, und W. R. Burnetts LITTLE CAESAR und Trails SCARFACE wurden als Schlüsselromane gelesen. Es waren für die Gegenwart bestimmte Bestseller, die zu Klassikern wurden. Auch heute noch überzeugt Trails frischer Stil. Trotz gelegentlicher Überlegungen, Phrasen und Anmerkungen, die von heutigen Autoren nicht mehr erzählt oder reflektiert würden, wirkt der Roman erstaunlich modern. Aktuell ist auch die gesellschaftliche Beschreibung: Damals wie heute stellt die Organisierte Kriminalität eine Macht da, die ganze Staaten erschüttern oder zum Einsturz bringen kann (Rußland und Kolumbien augenscheinlich, Belgien und Italien wohl weniger augenscheinlich). Das Organisierte Verbrechen als höchste Stufe des Kapitalismus, als Wirtschaftsliberalismus ohne Gesellschaftsvertrag. Hobbes hätte seine helle Freude an diesem Anschauungsmaterial gehabt.

Al Capone selbst, der die hauptsächliche Inspiration für seinen Roman war, lernte Coons nie persönlich kennen. Er lebte in New York, bevor er nach Hollywood ging, um eine Karriere als Drehbuchautor anzustreben. Trail bekam von Howard Hughes 25.000 Dollar für die Verfilmungsrechte von SCARFACE. Auf ziemlich miese und selbstgefällige Weise erinnerte sich William R. Burnett an seine Arbeit am SCARFACE -Film: »Trail war glücklich darüber, ein paar Dollar in der Tasche zu haben. Er brauchte immer Geld. Für den Rest seines Lebens war er nicht mehr nüchtern und starb an einer Herzattacke in Grauman's Chinese Theatre. Hughes wollte im Grunde nur den Titel haben und etwas Material aus diesem Pulp-Ding. Bevor er mich verpflichtete, hatten sich ungefähr zwölf Autoren an dem Drehbuch versucht. Ich bekam 2000 Dollar die Woche und schrieb ein völlig neues Drehbuch.«

Coons war keine dreißig Jahre alt und wog dreihundert Pfund, als er an einer Herzattacke im Kino starb. Er lebte nicht lange genug, um den Film nach seinem Roman zu sehen. Außer SCARFACE ist nur ein weiterer Roman als Buchveröffentlichung bekannt: die *hard-boiled-novel* THE THIRTEENTH GUEST von 1929.

II. Film:

Howard Hawks' Verfilmung von SCARFACE (1932) war der dritte große Gangsterfilm nach LITTLE CAESAR und PUBLIC ENEMY, der das Genre für die nächsten Jahrzehnte prägte und Stereotypen und Rituale festlegte. Dieser von Howard Hughes produzierte United Artists-Film erregte die Gemüter der Zensoren noch mehr als die beiden Gangsterfilme von Warner Brothers. Drei Schlußsequenzen wurden für den Film gedreht. Dabei wurde das übliche Klischee, wie der einstige furchtlose Gang-Boß um Gnade bittet, zur Freude der Zensoren meistens bei Vorführungen in den USA verwendet. Das schönste Ende ist aber sicherlich die Version, in der Paul Muni von Maschinengewehrkugeln niedergemäht wird, vor dem Cook Tours-Zeichen mit der Aufschrift THE WORLD IS YOURS. Wie kompliziert die Adaption für den Film in Zeiten heftiger Zensur gewesen sein muß, sieht man an der langen Namensliste der Drehbuchautoren. Beteiligt am Drehbuch waren: Ben Hecht, Seton I. Miller, John Lee Mahin, William R. Burnett (der Romanvorlagen für LITTLE CAESAR, HIGH SIERRA, ASPHALTJUNGLE und mehr lieferte) und Fred Palsey.

Burnett: »Ein Agent von Howard Hughes rief mich an und bot mir 2000 Dollar pro Woche für die Arbeit am Drehbuch zu SCARFACE. Grundlage war dieses Buch von einem Heini namens Armitage Trail. Ein schlimmes Stück Mist – Pulp-Literatur eben. Ich arbeitete nicht für Howard Hawks, sondern für Hughes, der mir auch ein Büro gab. Plötzlich hatte ich zwölf verschiedene Drehbuchfassungen von SCARFACE auf dem Tisch. Egal. Ich schrieb ein komplettes Buch. Als ich fertig war, setzte Hughes den Drehbeginn an. Aber Hawks mochte nicht, was ich geschrieben hatte, und holte zehn Tage vor Drehbeginn Ben Hecht dazu. Ben sagte: *Ich schreib' euch ein drehbares Skript in zehn Tagen und kriege täglich 1000 Dollar ausbezahlt.* Hecht war brillant, brauchte aber immer Geld. Ich denke, Ben Hecht war letztlich dafür verantwortlich, daß der Film gedreht wurde.«

Laut anderen Quellen schrieb Hecht in zwei Wochen sechzig Seiten des Drehbuches. Dann wollte er zurück nach New York und übergab die Arbeit an John Lee Mahin mit den Worten: »Voller Löcher, das Ding. Kaum Dialog. Das ist eher ein gutes Treatment. Du wirst Probleme haben, aber das ist dein Job.« Hawks behauptete, er sei zu Ben Hecht gegangen und habe ihm die Anweisung gegeben, »Al Capones Geschichte wie die der Borgias zu erzählen«. Mahin: »Falsch. Ben sagte das zu Hawks. Ich habe selbst gehört, wie er es ihm sagte. Die Borgias faszinierten Ben schon immer. Ich bin mir nicht mal sicher, ob Howard die Borgias überhaupt kannte. Vielleicht. Wahrscheinlich hat er aber im Lexikon nachgeschaut, nachdem Ben ihm das gesagt hatte. Howard ist ein großer Lügner. Er behauptete auch, die Idee, wie George Raft mit der Münze spielt, sei von ihm. War es nicht. Das stand alles schon im Drehbuch. Ben hatte auch das erfunden.« Raft mußte das Flippen der Münze tagelang üben, bevor er es so gut konnte, daß er dabei einen anderen Schauspieler ansehen konnte.

Gleichzeitig arbeitete auch Seton Miller, ein alter Weggefährte von Howard Hawks, an dem Buch. Mahin konzentrierte sich auf die Dialoge, und schließlich erstellten die beiden Autoren zusammen mit Hawks die letzte Fassung. Angeblich verlangte Al Capone, der von dem Filmprojekt erfahren hatte, Einblick in das Drehbuch zu nehmen, das frei seine Lebensgeschichte erzählen sollte. Der Capone-Biograph John Kobler schreibt:

Eines Nachts, so erzählte Hecht später, klopfte es plötzlich an der Tür seines Hotelzimmers in Los Angeles. Als er öffnete, standen zwei finster blickende Unbekannte vor ihm. Auf irgendeine Weise waren sie an eine Kopie seines Drehbuchs gekommen.

»Sind Sie der Mensch, der das geschrieben hat?« fragte der Mann mit dem Skript in der Hand.

Hecht bejahte.

»Wir haben es gelesen.«

»Und wie fanden Sie es?«

»Ist dieses Zeug über Al Capone?«

»Gott bewahre! Ich kenne Al noch nicht mal.« Er nannte die Namen einiger Gangster, die er in Chicago als Reporter kennengelernt hatte – Colosimo, O'Bannion, Hymie Weiß …

»Okay. Wir sagen Al, daß dieses Zeug über andere Brüder ist.« Als sie gerade gehen wollten, fiel ihnen noch etwas ein:

»Wenn das Zeug nicht über Capone ist, warum haben Sie es dann SCARFACE *genannt? Jeder denkt, daß er es ist.«*

»Genau deshalb. Al ist einer der berühmtesten und faszinierendsten Männer, die es gibt. Wenn man den Film SCARFACE *nennt, will jeder ihn sehen, weil er glaubt, er ist über Al. Das gehört zu den Tricks im Showgeschäft.«*

»Werd' ich Al sagen. Und was ist dieser Howard Hughes für ein Kerl?«

»Der hat damit gar nichts zu tun. Das ist der Dummkopf mit dem Geld.«

»Okay. Hol ihn der Teufel.« Befriedigt zogen sie ab.

Den Titelzusatz *Shame of a Nation* hatte ein Zensor des Hays Code durchgesetzt. Anscheinend war Capone von den Berichten seiner Drehbuch-Controler nicht völlig überzeugt. Jedenfalls besuchten einige von Capones Leuten die Dreharbeiten und wollten eine Preview des Films sehen. Hawks sagte ihnen, Al könne sich eine Eintrittskarte kaufen, wenn der Film in den Kinos sei. Capones Leuten paßte diese Antwort überhaupt nicht, und sie machten ein bißchen Druck. In Windeseile stellte Hawks für sie eine Rohfassung zusammen. Den Gangstern gefiel der Film, und sie berichteten das Capone. Daraufhin wurde Hawks nach Chicago zu einer Audienz bei Capone eingeladen. »Capone und ich tranken zwei, drei Stunden Tee miteinander. Er hatte einen Morgenrock an.« Zur Premiere des Films in Chicago schenkte Capone Hawks eine Miniaturmaschinenpistole und verlangte, daß George Raft zu ihm kommen solle. Raft erzählte seinem Biographen Lewis Yablonsky von dem Gespräch: *Capone rieb sich die berühmte Narbe und sagte: »Sag' den Typen in Hollywood, sie kennen Al Capone nicht. Sie haben mich am Ende des Films umgelegt. Niemand legt den König von Chicago um. Sag' ihnen das.« Als ich verschwinden wollte, sagte er: »Georgie, du spielst in dem Film meinen Leibwächter und machst dauernd mit dieser Münze rum.«*

»Nur theatralisches Zeug.«

»War das ein Vierteldollar?«

»Nein. Ein Nickel.«

»Das ist schlimm. Sag' ihnen, wenn einer meiner Leute mit einer Münze spielen würde, dann mit einer goldenen Zwanzigdollar-Münze.« Ich wußte nicht, ob er nur Spaß machte oder es ernst meinte. Jedenfalls mochte er den Film und die Aufmerksamkeit, die er durch ihn bekam.

III. Remake?

1980 sah der amerikanische Produzent Martin Bregman im Nachtprogramm eines TV-Senders Howard Hawks' Klassiker SCARFACE. Sofort dachte er daran, eine zeitgenössische Version des Films zu realisieren. Und er sah eine Chance für Al Pacino, mit dem er zuvor schon bei DOG DAY AFTERNOON (HUNDSTAGE) und SERPICO zusammengearbeitet hatte, »einen Charakter auf die Leinwand zu bringen, den Pacino nie zuvor gespielt hatte und der seit James Cagney in WHITE HEAT nicht mehr zu sehen war«. Bregman wollte aber kein simples Remake: »Die Unterwelt hat sich, wie alles andere auch, geändert seit den Tagen von Capone. Inzwischen ist Kokain das große Geschäft geworden. Jemand, der skrupellos, clever und hungrig genug ist, kann unglaubliches Geld machen, indem er Drogen von Südamerika in die USA bringt.« Das Drogengeschäft, das immer auch mit Unterstützung von so edlen Organisationen wie CIA oder DEA gemacht wird, ist für die Entwicklung der Organisierten Kriminalität genauso wichtig, wie es einmal das Alkoholverbot war. Riesige illegale Vermögen werden und wurden verdient und in den legalen Weltfinanzkreislauf eingespeist. »Mit dem Geld aus dem Drogenhandel könnte man locker Schwarzafrika aufkaufen«, sagte einmal der zu ehrliche DEA-Fahnder Levine, der am eigenen Leib feststellen durfte, daß politische und wirtschaftliche Verantwortungsträger nicht das geringste Interesse haben, dieses schmutzige Geschäft zu zerstören. Oder wie es ein Wall Street-Banker in der bahnbrechenden TV-Serie MIAMI VICE ausdrückte: »Unsere Freunde in Südamerika können uns ihre Schulden nicht zurückzahlen, wenn sie tontöpfern.« Ein genialer Einfall von Stone und Bregman, die zeitgenössische Interpretation von SCARFACE in diesem Geschäft anzusiedeln!

Im Mai 1980 ließ Fidel Castro 125 000 Kubaner vom kubanischen Hafen Mariel aus in die USA abschieben. Castro nutzte die Chance, um Kubas Kriminelle in die Staaten zu deportieren. Versteckt unter den Neuankömmlingen befanden sich das schlimmste Gesindel und der Abschaum der Insel. Ausgehend von diesen Ideen, holte Bregman Oliver Stone als Drehbuchautor zu dem Projekt. Zwei Monate lang recherchierte Stone in der mittel- und lateinamerikanischen Unterwelt von Südflorida. Er sprach mit Mulis, FBI-Agenten und Straßendealern, dann flog er zur Karibikinsel Bimini und weiter nach Kolumbien, Ecuador und Peru. »Damals fühlte ich mich ziemlich bedroht. Die meiste Zeit verbrachte ich zwischen Mitternacht und Tagesanbruch in dubiosen Gegenden. Es ist nicht gerade die sicherste Zeit, erst recht nicht, wenn man dauernd Leute trifft, die sich vielleicht hinterher überlegen könnten, daß sie dir zuviel erzählt haben«, erinnerte sich Stone. Das fertige Drehbuch schickte Bregman an Brian de Palma, der gewöhnlich seine Filme selbst schreibt, aber Stones Skript akzeptierte. Pacino begann auf die für ihn typische Art mit den Vorbereitungen: Er zog nach Miami und trieb sich unter Exilkubanern herum, um die Bräuche und Spracheigenheiten der *Marielitos* kennenzulernen, die so genannt werden, weil sie ursprünglich vom kubanischen Hafen Mariel aus nach Florida kamen. Während der Dreharbeiten sprach er ausschließlich in diesem Slang.

In Brian de Palmas Version spielt die Handlung während der 80er Jahre im MIAMI VICE-Territorium. Tony Montanas (Pacino) flieht von Kuba nach Miami, um dort seinen eigenen amerikanischen Traum zu verwirklichen. Durch Drogenhandel im großen Stil wird er einer der mächtigsten Kingpins und muß feststellen, daß man genauso brutal die Macht verteidigen muß, wie man sie erobert hat. Nichts ist ihm dabei zu schmutzig. Am Ende ist er isoliert und der Schlachten mit seiner Frau (Michelle Pfeiffer), die zur Fixerin geworden ist, müde.

Der arme Maurice Coons, alias Armitage Trail, hat bestimmt nicht im Traum daran gedacht, daß sein Roman so einflußreich werden würde. Dieser Roman und Burnetts LITTLE CAESAR waren die Grundlage für die Mythologisierung des Gangsters zu einer Pop-Ikone des 20. Jahrhunderts.

NOIR 8 **Jonathan Cash**
Lovejoys Gold

Wieder einmal sucht Lovejoy entgegenkommende Damen – und findet Ärger. Römische Goldmünzen sind aus dem örtlichen Museum verschwunden. Bei seinen Nachforschungen macht Lovejoy unerwünschte Bekanntschaften, die ihn in tödliche Gefahr bringen. Er wird durch Englands idyllische Countryside gejagt, wo die Bedrohung blüht wie das Heidekraut.

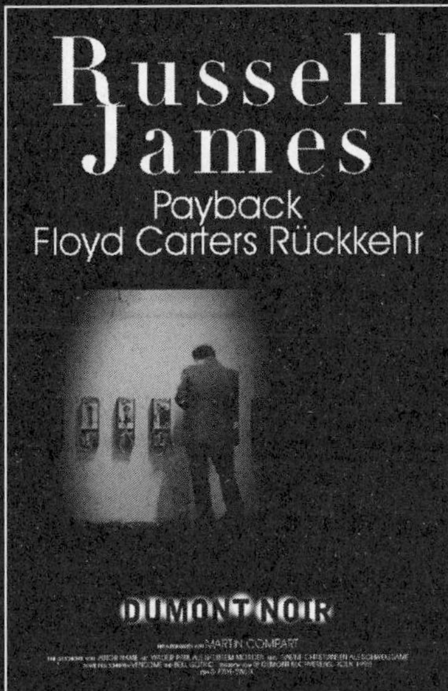

NOIR 9 **Russell James**
Payback
Floyd Carters Rückkehr

Albie Carter ist tot. War es Unfall oder Mord? Sein Bruder Floyd wird es herausfinden und kämpft sich durch den Londoner Untergrund.
Kultautor Russell James hat einen weiteren düsteren Gangsterroman vorgelegt. Ein Kritiker lobte seine bisherigen fünf Romane als ›eine Mischung aus David Goodis und Len Deighton‹ – aus dem schwärzesten Melancholiker des Noir-Romans und dem Großmeister des modernen Spionageromans.

NOIR 10 **J. Robert Janes**
Salamander

Zwei Tage vor Weihnachten 1942 in Lyon: In einem Kino haben sich 450 Menschen vesammelt, um Jean Renoirs Film ›Bestie Mensch‹ zu sehen; Feuer bricht aus und 183 Menschen verlieren ihr Leben. Zwei Kriminalbeamte aus Paris werden hinzugezogen – eines der ungewöhnlichsten Teams der Noir-Literatur: Jean-Louis St.-Cyr von der Sureté und Hermann Kohler von der Gestapo. Zwei unterschiedliche Männer, die der zweite Weltkrieg zusammengeführt hat. Die Spuren des Verbrechens führen zum Hotel Terminus, in dem der Schlächter Klaus Barbie sein Hauptquartier hat.

NOIR 11 **James Sallis**
Die langbeinige Fliege

Immer wieder verschwinden Menschen in den dampfenden Nächten von New Orleans, der Stadt am Mississippi-Delta. Und es ist Lew Griffins Aufgabe, diese Verlorenen zu suchen. Er selbst ist ein Verlorener, ein Gefangener der Flasche, seiner Vergangenheit und seiner schwarzen Hautfarbe.
James Sallis' Lew-Griffin-Romane eröffnen dem Private-Eye-Genre neue Dimensionen.

»Der Lyriker, Essayist und Romancier Sallis schuf einen poetischen Spannungsroman, der sich wie Variationen eines Blues-Riffs liest.«
Publishers Weekly

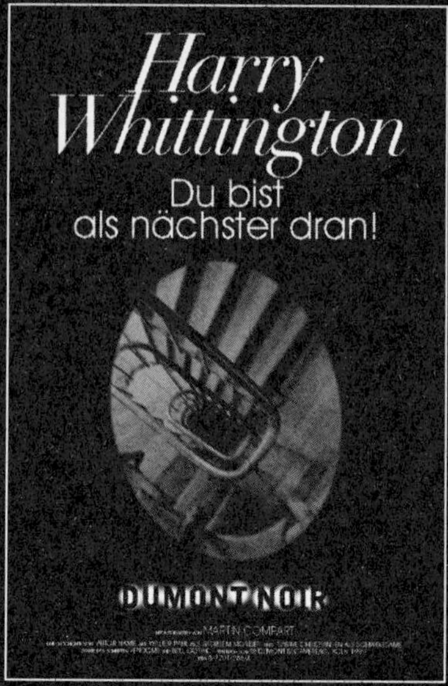

NOIR 12 **Harry Whittington**
Du bist als nächster dran!

Harry Wilson ist der typische Nachbar von nebenan. Er ist freundlich, geht seinem Job nach und liebt seine schöne Frau. Seine Welt ist in Ordnung und friedlich. Aber eines Tages klopft in Gestalt eines Fremden das Schicksal an seine Tür. Wilson stürzt in einen Alptraum und flieht durch eine unbekannte städtische Schauerwelt. Harry Whittington läßt seine Geschichte mit tödlicher Präzision abrollen.

»Bestes Storytelling« applaudiert Anthony Boucher in der *New York Times.*

NOIR 13 **Jonathan Gash**
Lovejoys Gral

»Antiquitäten, Frauen und mein persönliches Überleben – das sind die einzigen Interessen, die ich pflege. Klingt simpel, aber versuchen Sie doch mal, die richtige Reihenfolge zu finden.«
Nach *Lovejoys Duell* und *Lovejoys Gold* wieder eine neue Lovejoy-Geschichte: Reverend Swan, der stolze Besitzer des Heiligen Gralkelchs, bittet beim besten Experten um die Bestätigung der Echtheit dieser wertvollsten Antiquität der Welt. Doch bevor Lovejoy seiner Passion nachgehen kann, kommt es zu einem Mord. Lovejoy muß sich auf die gefährliche Suche nach dem Gral machen. Eine neue und typische Geschichte mit dem Chauvi und Zyniker Lovejoy, voller Dialogwitz und Ironie.

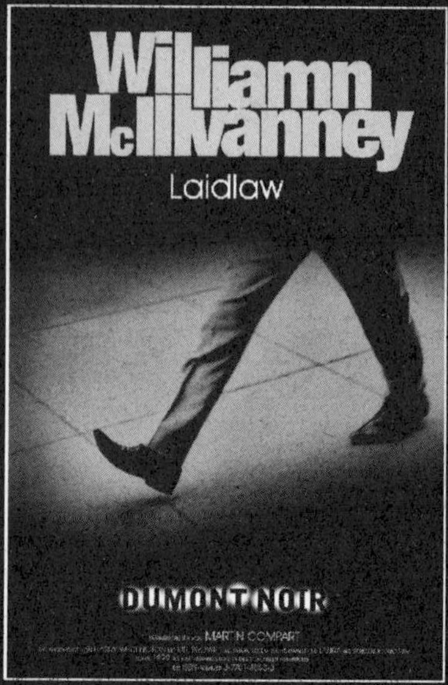

NOIR 15 **William McIlvanney**
Laidlaw

Tommy Bryson, ein Zwanzigjähriger, hat ein junges Mädchen, Jennifer, ermordet. Er wollte beweisen, daß er nicht homosexuell ist. Nun wird er gejagt, von vielen, darunter der Vater des Opfers, der Rache will. Für den eigenwilligen Inspektor Laidlaw von der Polizei in Glasgow gibt es keine vorprogrammierten Verbrecher. Gegen den Widerstand der Glasgower Racheengel muß er Tommy schleunigst finden.
Inspektor Laidlaw gehört zu den Polizisten, die im Zusammenhang einer Mörderjagd noch Fragen stellen – nach dem Zustand unserer Gesellschaft.

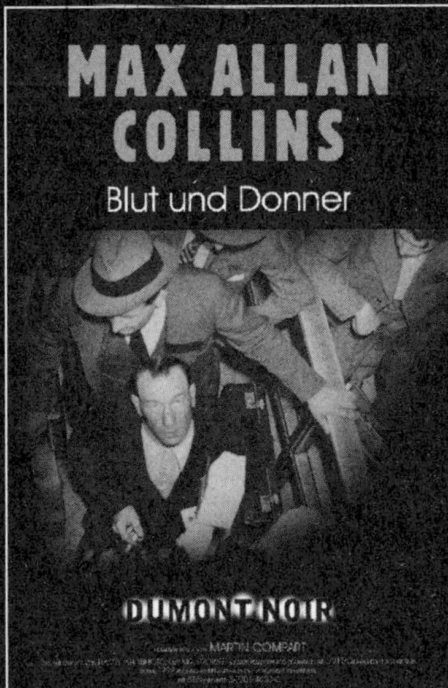

NOIR 17 **Max Allan Collins**
Blut und Donner

Endlich werden die historischen Privatdetektivromane um Nate Heller in Deutschland wieder veröffentlicht. *Blut und Donner* ist Politthriller und historischer Roman – ein Vergnügen für Krimifreunde.

Max Allan Collins, der Meister dieses Genres, stellt in jedem Roman einen wahren Kriminalfall in den Mittelpunkt seiner Geschichten: 1935 will Huey Long, der ehemalige Gouverneur von Louisiana, Präsident der USA werden. Jedes Mittel ist ihm dazu recht. Nate Heller, der Privatdetektiv aus Chicago soll sein Leben schützen. Und von den glitzernden Straßen von New York bis in die Bayous von Louisiana führt eine Spur der Korruption, der Nate Heller folgt.

NOIR 18 **J. Robert Janes**
Stonekiller

Stonekiller ist ein aufregender historischer Krimi aus der Nazizeit.

In der Dordogne im Juli 1942: Die Nazis haben Frankreich besetzt und begehen Verbrechen im großen Stil. Um die ›kleineren‹ müssen sich wieder der Franzose St.-Cyr von der Sûreté Nationale und der deutsche Gestapo-Mann Kohler kümmern. Eine tote Archäologin wird aufgefunden. Vor Jahren war sie an der Entdeckung einer prähistorischen Höhle beteiligt. Ein Film über ihre Funde ist geplant, der die berüchtigte Evolutionstheorie der Nazis bestätigen soll. Himmler ist begeistert, Goebbels finanziert und der Führer gibt der Sache äußerste Priorität. Nur St.-Cyr und Kohler wollen den Mörder fangen.

NOIR 19 **Russell James**
Schlachtmusik

Russell James ist der britische Kultautor einer existentialistischen Großstadt- und Kriminalliteratur. Und *Schlachtmusik* ist eine barocke Tragödie, inszeniert als moderner Gangsterroman.

Der junge Tim Hawk ist ein einsamer Wolf und Novize im Killergeschäft. Nach einem Mord weiß er, daß es Ärger geben wird. Aber er ahnt nicht, daß ausgerechnet Irena, die Braut des ukrainischen Gang-Bosses von Südost-London, ihm in die Quere kommt. Tim Hawk gerät in einen Abgrund, in den ihn ein schwarzer schottischer Söldner, ein weiblicher Bodyguard und eine rachsüchtige Witwe zerren ...

DUMONT NOIR

»Harte Zeiten brauchen harte Bücher«

NOIR 1 **Derek Raymond** Die verdeckten Dateien
NOIR 2 **Russell James** Underground
NOIR 3 **Jonathan Gash** Lovejoys Duell
NOIR 4 **Harry Whittington** Im Netz
NOIR 5 **Ulf Miehe** Puma
NOIR 6 **George P. Pelecanos** Das große Umlegen
NOIR 7 **James Sallis** Deine Augen hat der Tod
NOIR 8 **Jonathan Gash** Lovejoys Gold
NOIR 9 **Russell James** Payback
NOIR 10 **J. Robert Janes** Salamander
NOIR 11 **James Sallis** Die langbeinige Fliege
NOIR 12 **Harry Whittington** Du bist als nächster dran!
NOIR 13 **Jonathan Gash** Lovejoys Gral
NOIR 14 **Armitage Trail** Scarface
NOIR 15 **William McIlvanney** Laidlaw
NOIR 17 **Max Allan Collins** Blut und Donner
NOIR 18 **J. Robert Janes** Stonekiller
NOIR 19 **James Sallis** Schlachtmusik